AF281250

Gustav ist auf der Suche nach seinem Platz in der Welt und möchte verstehen, was Heimat für ihn bedeutet. Er sehnt sich nach einer tiefen Verbindung, ist aber aufgrund vergangener Erfahrungen mit Liebe und Verlust vorsichtig, sich zu öffnen.

Willeke war über mein Gesicht gebeugt. Ihre Augen waren verheult, sie hielt meinen Kopf ganz sanft. „Meine Fresse. Gott sei Dank. Ich war endlich aus diesem Albtraum aufgewacht".

„Wie lange habe ich geschlafen? Und warum ist es so verdammt hell hier?" Ich sah sie fragend an. „Warum antwortest du mir nicht?"

Mein Blick wanderte über ihre Schulter. Dort stand Cornelis, ihr Vater. „Was machst du hier?" Aber auch von ihm kam keine Reaktion. „Verdammt, seid ihr taub?"

Sein Blick war starr, wie versteinert sah er mich an. „Was machst du überhaupt hier?" Nichts, aber auch gar nichts regte sich in seinem Gesicht.

Nach dem Unfall, bei dem Gustavs große Liebe Willeke ums Leben gekommen ist, steht für unseren Protagonisten eine lange Rekonvaleszenzzeit bevor.

Ausgerechnet Wilma, Willekes beste Freundin, steht ihm in dieser Zeit zur Seite und verliebt sich in ihn.

Die Handlung von „Liebe ist ein fremdes Land" untersucht das komplexe Wechselspiel zwischen Liebe und Identität. Anhand der Beziehung zwischen Wilma und Gustav thematisiert die Geschichte die Bedeutung von Verständnis und Akzeptanz und zeigt letztendlich, dass Liebe tatsächlich Grenzen überwinden und ein Gefühl der Zugehörigkeit schaffen kann, das sich wie ein Zuhause anfühlt.

Gustav Knudsen

Liebe ist ein fremdes Land

Bibliografische Information der Deutschen Nationalbibliothek: Die Deutsche Nationalbibliothek verzeichnet diese Publikation in der Deutschen Nationalbibliografie; detaillierte bibliografische Daten sind im Internet über dnb.dnb.de abrufbar.

Überarbeitete Neuauflage
© 2025 - Gustav Knudsen
Verlag: BoD · Books on Demand GmbH, Überseering 33,
22297 Hamburg, bod@bod.de
Druck: Libri Plureos GmbH, Friedensallee 273, 22763 Hamburg

ISBN: 978-3-7568-6897-1

Die automatisierte Analyse des Werkes, um daraus Informationen insbesondere über Muster, Trends und Korrelationen gemäß §44b UrhG („Text und Data Mining") zu gewinnen, ist untersagt.

„Prolog"

Willeke war über mein Gesicht gebeugt. Ihre Augen waren verheult, sie hielt meinen Kopf ganz sanft. „Meine Fresse. Gott sei Dank". Ich war endlich aus diesem Albtraum aufgewacht. „Wie lange habe ich geschlafen? Und warum ist es so verdammt hell hier?" Ich sah sie fragend an. „Warum antwortest du mir nicht?" Mein Blick wanderte über ihre Schulter. Dort stand Cornelis, ihr Vater. „Was machst du hier?" Aber auch von ihm kam keine Reaktion. „Verdammt, seid ihr taub?" Sein Blick war starr, wie versteinert sah er mich an. „Was machst du überhaupt hier?" Nichts, aber auch gar nichts regte sich in seinem Gesicht. „Und warum weinst du? Willeke, mein Schatz, was ist mit dir?" Willeke entfernte sich von mir, statt ihrer sah ich jetzt ein anderes Gesicht. Das Gesicht einer Frau. Sie redete. Zu mir?

„Sie müssen ihm jetzt Zeit geben, er wacht jetzt langsam auf. Wir haben ihn in ein künstliches Koma gelegt". Mein Versuch mich aufzurichten scheiterte kläglich. Nicht nur das. Alles, aber auch alles an meinem Körper schmerzte. Der grösste Schmerz kam aber aus mir, aus meinem Inneren. Was war das nur? Dann hörte ich wieder diese Frauenstimme.

„Durch den Unfall hat er ein Schädel-Hirn-Traumata, wir haben ihn ruhiggestellt". „Was? Was haben Sie?" schrie ich die Frau an. Aber auch sie zeigte keine Reaktion, keine Antwort. Nichts. Einfach gar nichts. Ich hörte wie sich Willeke einen Stuhl heranrückte. „Willeke, mein Schatz". Und wieso hörte ich das nur in meinem Kopf – und nicht mit meinen Ohren? Ihr Gesicht kam wieder näher, sah jetzt ganz anders aus. Es war Amalia. Sie sprach mit ruhiger Stimme zu mir. „Sobald der Arzt sein OK gibt, kommst du mit uns. Nach Hause".

„Was quatschst du da? Wieso nach Hause?" Aber auch diese Frage blieb für meine Ohren ungehört. Ich vernahm wie die fremde Frau zu Amalia sagte „Sie müssen jetzt auch gehen, er braucht Ruhe". Amalias Gesicht sah mich an. „Wir kommen morgen wieder".

Eine junge Frau und ein kräftiger Mann standen vor meinem Bett. „Sie dürfen heute nach Hause" sprach die Frau. „Ich werde Sie jetzt waschen". Schon hatte sie mich mit Hilfe des Mannes aus dem Bett gedreht und in einen Rollstuhl verfrachtet, den sie in das Badezimmer schob. Sie griff mir um den Hals und zog mir irgendeinen Lappen aus. Ich war nackt. „Was soll das?" Aber auch sie reagierte nicht, zog mich an einem Arm ein Stück nach vorne und begann meinen Hintern und meinen Pimmel zu waschen. Dann liess sie mich wieder auf den Sitz des Rollstuhls zurück.

Ich blickte an mir herunter. Mein Körper war bunt. Von grün, über violett bis blau waren alle Farben vorhanden. Über meinen Brustkorb führte ein dicker Abdruck. Arme und Beine waren angeschwollen. „Soll ich Sie auch rasieren?" hörte ich die junge Frau fragen. Dann sah sie mir ins Gesicht. „Sie müssen nicht weinen. Und es muss Ihnen auch nicht unangenehm sein. Ich bin Ihre Krankenschwester".

Mit mir stimmte etwas nicht. Aber ganz gewaltig. Wie sonst sollte ich mir das erklären, dass ich nackt in irgendeinem Bad sitze – in einem Rollstuhl – und eine wildfremde Frau mir den Hintern und den Pimmel wäscht. Das war, wenn überhaupt, Willekes Abteilung. Mit flehenden Augen sah ich sie an. „Bitte …" Sie kam mit ihrem Kopf dichter an meine Lippen. „Sagen Sie mir endlich was hier los ist".

Kurioserweise stimmte sie das anscheinend fröhlich was ich sagte. „Na sehen Sie, wird doch". Sie wusch mich weiter, schäumte mein Haar ein und spülte alles mit einer Brause wieder ab. „Der Arzt wird Ihnen gleich alles erklären, das ist seine Aufgabe. Ich wasche Sie lediglich". Dann trocknete sie mich vorsichtig ab. Erneut zog sie mich am Arm ein wenig aus dem Sitz, trocknete meinen Hintern ab und dann zwischen den Beinen. „So, dann kann die Reise losgehen".

Mit Hilfe des Typen hatte sie mich vorsichtig auf das Bett gesetzt, mir einen frischen grünen Lappen umgebunden. Mein Blick ging durch das Zimmer. Ich war also wirklich in einem Krankenhaus. Diesen Eindruck hatte ich vor einiger Zeit schon einmal. Nur da hatte irgendein Mann gefaselt „Ihre Freundin ist tot". Gut, dass dieser Albtraum vorbei war.

Dieser Mann betrat jetzt das Zimmer, in seiner Begleitung Amalia und Cornelis. „Das sind doch gute Nachrichten. Die Krankenschwester hat mir gerade gesagt, dass Sie etwas gesprochen haben". Das musste der Arzt sein. Amalia lächelte kurz, aber nur kurz. Cornelis war versteinert. Der Arzt begann zu mir zu reden. „Also, wie ich Ihnen ja schon gesagt hatte. Sie hatten einen schweren Verkehrsunfall. Ein Blutgerinnsel im Kopf. Wir haben Sie ruhiggestellt. Ein künstliches Koma nennen wir das. Sie sind jetzt seit fast vier Tagen hier".

„Was? Was erzählen Sie da". Meine Ohren hörten das gar nicht so laut wie es in meinem Kopf klang. Ich wollte aufstehen. Kam aber kaum hoch. Alles schmerzte, ich musste mich direkt wieder ins Bett, auf die Bettkante sacken lassen. „Wie die Krankenschwester ja schon gesagt hatte. Sie können heute nach Hause". Er drehte sich um und verschwand.

Amalia kam jetzt zu mir. Sie hatte eine Tasche in ihrer Hand. „Ich zieh' dich jetzt an, oder willst du so mit?" Sie griff mir um den Hals und zog den Lappen fort. „Amalia" hörte ich nur ganz leise meine Stimme, während ich an meinem Körper herabschaute. „Cornelis, hilf mir bitte" hörte ich sie sagen. Dann zu mir „Du bist nicht der erste Mann den ich nackt sehe". Aus der Tasche zog sie Wäsche und zog mich vorsichtig an. Jede Berührung schmerzte ohne Ende. Cornelis hatte sich neben mich auf das Bett gesetzt, nahm meine Hand. Ich spürte wie er etwas Scharfkantiges in meine Handinnenfläche legte. Dann nahm er vorsichtig meinen Kopf, drückte ihn an seine Schulter. „Das ist von Willeke".

„Wo ist sie? Ist sie okay? Wie geht es ihr?" Tränen liefen seine Wangen herunter. Er drückte meine Hand, in die er gerade etwas gelegt hatte. Meine Augen gingen zu meiner Hand. Das waren ihre - Willekes Halskette und ihr Ring. „Was soll das? Was ist mit Willeke?" Amalia umarmte uns beide, ganz vorsichtig. „Willeke ist tot". Ich glitt vom Bett, knallte auf den Boden. „Das hat sie jetzt nicht gesagt. Das hat sie jetzt nicht gesagt". Mit starrem Blick zog mich Cornelis wieder hoch. „Du lügst, du lügst" versuchte ich zu schreien. Aber es war nur ganz leise zu hören. Amalias Augen sagten das genaue Gegenteil. Immer wieder musste ich in meine Hand schauen. „Nein, das stimmt nicht. Warum sagt ihr so etwas?"

Gemeinsam hatten Cornelis und Amalia mich in den Rollstuhl gehievt. Amalia weinte bitterlich. Cornelis schob mich den hellen Gang durch das Krankenhaus. Ich hielt Willekes Schmuck fest in meiner Hand. Die scharfen Diamanten zerschnitten meine Handinnenfläche. Das spürte ich nicht, jedoch wie jemand mit einem Löffel mein Herz rauskratzte. „Bitte, sag', dass es nicht wahr ist. Cornelis, bitte".

Vor dem Krankenhaus wartete Ad mit seinem Pickup. Mit ihm zusammen stieg auch Jack aus. Die beiden Kerle hievten mich in den Wagen. Amalia stieg auch ein. Amalia hatte Wilma informiert, diese wiederum hatte unsere Freunde mobilisiert. Seit dem Unfall waren jetzt fünf Tage vergangen. Es wurde nicht geredet. Erst nach einer ganzen Weile fragte Amalia ob ich mich an irgendetwas erinnern könne. Das konnte ich nicht. Es war nur dieser eine Satz, der immer und immer wieder in meinem Kopf widerhallte. „Willeke ist tot". Die Landschaft flog an mir vorbei, vermischte sich mit Bildern von Willeke. Ich musste kotzen.

Wir waren in Rockanje angekommen. Jack und Ad halfen mir auszusteigen, brachten mich ins Haus. Hilflos und ungläubig suchten meine Augen nach Willeke. „Willeke,

Willeke". Ich brach unter Tränen zusammen. Meine beiden Freunde setzten mich auf die Couch.

Cornelis war auch eingetroffen, holte ein Glas, goss mir einen grossen Schluck Rum ein, den ich sofort runterstürzte. Aus der Küche vernahm ich ein Geräusch. „Willeke?" Es war Wilma. Amalia erklärte mir. „Wilma hat alles vorbereitet für dich. In zwei Tagen ist die Beerdigung von Willeke. Hier in Rockanje, auf dem Friedhof in den Dünen. Sie hat das doch so geliebt".

„Cornelis, noch einen Rum" war das Einzige was ich sagen konnte. Mein Blick wanderte durch unser Wohnzimmer. Das war alles Willeke, jeder Quadratmillimeter, einfach alles.

Ich hatte mir noch weitere Gläser Rum einschütten lassen, die ich genau so zügig weggekippt hatte. Cornelis zog mich aus der Couch hoch. „Setz' dich einen Moment hier her, auf den Sessel. Wilma macht dir hier ein Bett, du solltest dich ausruhen, statt dich weiter volllaufen zu lassen". Ich liess mich vorsichtig in den Sessel sacken. Vielleicht hatte Cornelis Recht. Vielleicht.

Wilma hatte mir die Couch zu einem Bett umfunktioniert. Decken und Kopfkissen geholt, den Kamin entzündet. Jack und Ad verabschiedeten sich, Cornelis und Amalia ebenso. „Wir kommen morgen wieder, schlaf' dich aus". Sie hatten mir zuvor noch zurück auf die Couch geholfen. Ich wollte kiffen, mich einfach nur zudröhnen. Das war gar nicht so einfach mit meinen schmerzenden Armen. Der Joint war mehr gefaltet als gedreht. Aus der Küche hörte ich wieder Geräusche. „Willeke?"

Wilma kam herbei. „Was machst du hier? Wieso bist du noch hier?" Sie kam zu mir an die Couch. „Ich bleibe hier. Solange du mich brauchst". Sie nahm mich in den Arm, ganz vorsichtig. Tränen liefen über mein Gesicht, ich schluchzte in sie hinein. „Wilma, Willeke ist tot". Sie begann auch zu weinen. „Ja, ich weiss. Was für eine unsagbare Scheisse". Mit einer Hand schlug sie die Decke zurück. „Leg' dich hin, du solltest versuchen zu schlafen". Wie selbstverständlich begann sie mich auszuziehen, drehte meine Beine auf die Couch. „Ich bin hier". Sie erschrak als sie meinen bunten, angeschwollenen Körper sah. „Was für eine unsagbare Scheisse" wiederholte sie.

Ich war aufgewacht, musste dringend pinkeln. Nur sehr mühsam kam ich in die Senkrechte, jeder Schritt auf dem Weg zum Bad schmerzte. Ich öffnete mit einer Hand den Toilettendeckel, verlor das Gleichgewicht und stürzte der Länge nach hin. „Willeke, Willeke". Meine Rufe hatten sie herbeigerufen, aber es war Wilma. „Verdammt, was machst du?" Vom Boden aus sah ich zu ihr herauf. „Ich muss pinkeln". „Verdammt, ich hab' doch gesagt ich bin hier".

Wilma half mir auf, klappte den Toilettendeckel herunter. „Setz' dich da hin. Du hast dich total vollgepisst". Sie verschwand kurz, kam mit einem Holzhocker, den sie aus dem Garten geholt hatte, zurück. Dann legte sie meinen rechten Arm über ihre Schulter, zog mich hoch und setzte mich auf den Hocker. Mit einer Hand drehte sie die Dusche auf. „Runter mit der Hose". Mein Blick muss sehr entgeistert gewesen sein. „Na, mach'. Ach quatsch, warte". Wilma zog mir die Boxershort aus. „Wilma". Sie sah mich an. „Das ist nicht der erste Pimmel, den ich sehe. Den hatte ich sogar schon in mir. Ich muss dich waschen". Das war das erste Mal seit Tagen, dass so etwas wie ein leichtes Grinsen in meinem Gesicht stand. „Wilma ...". „Ja?" „Danke. Danke dass du das tust". „So ein Blödsinn. Du würdest dasselbe für mich tun". „Sicher?" „Ja verdammt. Ganz sicher".

Sie hatte mich von Kopf bis Fuss gewaschen. „Du rufst einfach nach mir, keine Alleingänge mehr, verstanden". Wieder hatte sie meinen Arm über ihre Schultern gelegt, mich zurück ins Wohnzimmer, zurück zur Couch gebracht. „Bleib' bitte" bat ich sie. „Ja, ich bin doch hier". „Nein, ich meine bleib' hier. Ich muss irgendwie reden". Wilma fragte nicht weiter nach, setzte sich einfach zu mir. „Glaubst du ich habe Willeke getötet?" „Kerl, spinnst du total. Ihr hattet einen Verkehrsunfall".

Wilma drehte uns einen Joint, ich erzählte ihr weiter. Von den weit aufgerissenen Augen der Fahrerin die uns entgegenkam, von dem heftigen Splittergeräuschen. Mehr wusste ich nicht mehr. „Gib dir bloss nicht die Schuld, du bist nicht schuld". „Wie kannst du dir da sicher sein?" Wilma reichte mir den Joint herüber. „Es war ein Scheiss Verkehrsunfall, red' dir nicht so eine Scheisse ein". Nach zwei Zügen am Joint war ich platt, aber mein Körper entspannte sich. Ich legte mich ab.

Irgendwann in der Nacht war ich erneut aufgewacht. Wilma hatte sich eine Decke geholt, sass im Sessel und schlief. Sie war nicht von meiner Seite gewichen. Ich legte mich ganz langsam wieder auf die Couch. Als ich das nächste Mal aufwachte war es hell. Der Sessel war leer. Auf dem Couchtisch lag Willekes Halskette und ihr Ring. Sofort griff ich danach, nahm beides in die Hand und drückte sie fest gegen meinen Brustkorb, an mein Herz.

Wilma hatte wohl irgendetwas gehört und war sofort ins Wohnzimmer gekommen. Als ich sie sah musste ich sofort weinen. „Ich will nicht mehr leben, ohne Willeke". Sie nahm mich in den Arm. „Du willst sicher erstmal einen Kaffee, oder?" Geschickt versuchte sie das Thema zu umgehen. „Ach Wilma, ich bin schuld an Willekes Tod". Energisch schlug sie die Decke auf der Couch zurück. „Verdammt, jetzt hör' mal auf. Glaubst du das? Glaubst du das wirklich?" Sie begann ebenfalls zu weinen. „Es war ein verdammter Verkehrsunfall, verstehst du das?" Sie zog leicht an meinem Arm. „Setz' dich mal, ich muss dich eincremen". Vom Tisch nahm Wilma eine Tube Salbe und rieb mich ein. „Du musst aufhören dir so eine Scheisse einzureden. Raffst du das?" Danach brachte sie mir einen Becher Kaffee an den Tisch und redete mit mir. „Lass' nicht zu, dass du dich quälst. Willeke würde das nicht wollen, kapierst du das?"

Es war noch nicht ganz Mittag als es an der Haustüre klopfte. Das würden Amalia und Cornelis sein, sie hatten ja gestern gesagt, dass sie erneut kommen würden. Wilma öffnete. „Da sind zwei Herren für dich".

Es war Kees, hinter ihm ein Herr, sehr fein gekleidet. „Mein aufrichtiges Beileid". Der Mann in Kees' Begleitung zog seinen Hut. „Auch von mir, von der Firmenleitung der SHELL unsere aufrichtige Anteilnahme".

„Bitte setzen Sie sich doch" forderte Wilma die Männer auf einzutreten. Kees liess dem Herrn den Vortritt. „Das muss nicht sein, das mit dem Sie". Kees stellte seine Begleitung vor. Das ist der Plant-Manager. Direkt ergriff er das Wort. „Sie sehen ja echt übel aus". „Übel? Meine Freundin ist tot". Wenn ich gekonnt hätte, hätte ich ihm eine reinhauen müssen. Er sah mir das wohl an. „Sorry, das war anders gemeint". „Ach ja, wie denn?" Wilma kam hinzu, setzte sich neben mich und nahm meine Hand. Sie wusste wie es in mir aussah, ergriff das Wort. „Was führt Sie zu uns?"

„Vom Management möchten wir Ihnen mitteilen, dass Sie erst dann wiederkommen müssen, wenn Sie vollständig fit sind". Ich war immer noch sehr aufgebracht. „Ja, was denn sonst, schau' doch selbst wie ich aussehe. Hast du doch gerade selber erst gesagt. Übel siehst du aus".

Auch Kees bemerkte meine Angespanntheit. Wir kannten uns ja schon geraume Zeit. „Wenn Sie gestatten?" Er schaute den Mann an. „Was er wollte … eigentlich sagen wollte ist … Komm' wann immer du es für angebracht hältst. Ach ja, und mach' dir wegen Geld keine Sorgen. Die SHELL bezahlt dein Gehalt weiter. Du hast sicher ganz andere Dinge um die Ohren". Mit einem Nicken schaute ich erst zu Kees, dann zu dem Herrn mit Hut. „Danke". Dann wieder zu Kees. „Kees, meine Freundin ist tot, das ist das einzige Ding das ich um die Ohren hab', verstehst du?" Er sah mich an. „Ja, das verstehe ich, Hundertprozent".

Wilma brachte die beiden an die Tür. „Wilma, bitte setz' dich einen Moment zu mir, ja?" Sie kam auf die Couch. „Ich danke dir, dass du mir so beistehst". Sie drückte meine Hand. „Dafür sind Freunde da". Tränen schossen mir in die Augen. „Weine nicht schon wieder". Sie legte ihre Hand leicht auf meinen Unterarm. „Nein, es ist weil …. Ich war so schlecht und gemein zu dir … und du bist so gut und so lieb. Es tut mir unsäglich leid. Bitte entschuldige". Wilma wischte mir über die Wange, wischte mir die Tränen weg. „Mann, wir waren immer schon Freunde, nichts anderes zählt".

Ich hatte mich erneut hingelegt. Das beschäftigte mich jetzt doch, was Wilma da für eine Seite offenbarte. Noch vor einigen Monaten hatte sie mich dermaßen geohrfeigt und mir – zu Recht – vorgeworfen, dass ich sie vergewaltigt habe. Und jetzt das. Zu Willekes Geburtstag hatte sie mir gesagt, dass sie mir das verziehen hatte, aber was sie jetzt für mich tat war mehr als jede „Verzeihung". Das war solch eine menschliche Grösse.

Am Nachmittag, ich hatte einige Stunden schlafen können, waren Amalia und Cornelis gekommen. Sie sassen mit Wilma am Küchentisch, unterhielten sich leise.

Amalia kam zu mir an die Couch. „Wie geht es dir?" „Amalia, ganz beschissen. Ich mache mir grosse Vorwürfe, dass ich Schuld habe an Willekes Tod".

14 – Gustav Knudsen
Die 1980er Jahre - prägend und einprägend

„Das leere Haus"

„Ach mein Junge, sag' so was nicht. Und glaub' so was vor Allem nicht". Sie animierte mich aufzustehen. „Versuch' es mal, komm' zu uns an den Tisch". Sie stützte mich unter der Achsel. „Cornelis, hilf mal". Dann erzählte sie irgendwas, Belangloses. Für mich war aber sowieso alles belanglos, egal was es war. Willeke war tot. Was sollte da wichtig, oder wichtiger sein?

Es klopfte wieder an der Haustüre. „Ich geh' schon" sagte Cornelis und stand auf. Stimmen waren zu hören, dann stand er in Begleitung von zwei Beamten der „Rijkspolitie" und einem weiteren Herrn im Wohnzimmer. Den Herrn erkannte ich, es war Wouter, mein Versicherungsagent. Alle drei bekundeten zuerst auch ihr Beileid. „Alles Gelaber" dachte ich mir dabei. Sie haben ein paar Fragen, so die Beamten. Ob es gerade passend sei? Ob jetzt oder später, es war sowieso unpassend, weil eben Belanglos für mich. Einer der beiden schlug eine Mappe auf. „Nur ein paar Fragen, es dauert auch nicht lange".

Ob und wenn, was ich denn zum Unfallhergang sagen könne. „Wie schnell sind Sie gefahren? Schildern Sie doch noch mal den Ablauf". Er zog ein paar Fotos aus der Mappe. Mit einem Finger tippte er auf ein Bild. „Ihr Auto …". Was meinte er mit *Ihr Auto?* Ich sah da nur mehrere hundert Kilo Schrott. „Ihr Auto hinterließ keinerlei Bremsspuren, wie schnell fuhren Sie etwa?" Ich konnte mich an rein gar nichts erinnern. So musste ich es auch schildern. „Wir fuhren hinter einem Traktor, ich setzte zum Überholen an, dann hat es gescheppert". Der Beamte notierte sich etwas. „Und dann?" Ich musste tief durchatmen. „Und dann hat mir der Arzt gesagt, dass meine Freundin tot ist. Ich weiss es nicht".

Cornelis war dazu gekommen. „Hören Sie, morgen wird unsere Tochter beerdigt. Kann das nicht warten?" Der Beamte zog ein anderes Foto aus der Mappe. Darauf war ebenfalls ein

Klumpen Metall zu sehen. „Das ist das Auto der Unfallbeteiligten". Es stand quer auf der Fahrbahn. Er las das Protokoll vor. „Das hier hat der Traktorfahrer angegeben. Das Fahrzeug fuhr aus einem Seitenweg rechts von mir auf die Fahrbahn. Unmittelbar im selben Moment überholte der BMW". Cornelis wurde ungehaltener. „Und, was soll das jetzt heissen?" „Sowohl der Traktorfahrer als auch der Fahrer des BMW befanden sich auf der Vorfahrtsstrasse." Er schaute zu mir. „Das waren Sie?" „Ja, ich habe den BMW gefahren". Mit Mühe drückte ich mich vom Stuhl hoch. „Verdammte Scheisse. Willeke ist tot". Meine Beine sackten ein. Ich stützte mich auf die Tischplatte. „Versteht ihr, meine Freundin, eure Tochter ist tot". Amalia und Wilma kamen zu mir. „Setz' dich".

„Der Sachverhalt ist damit bestätigt. Die Fahrerin hätte nicht auf die Strasse einbiegen dürfen. Und ihre Blutprobe war ja auch negativ, das hat das Krankenhaus bestätigt". Das war so was wie eine Mischung aus einem Lachanfall und einem Wutausbruch, was ich bekam. „Soll ich das morgen in das Grab von Willeke sprechen?" Den Rest bekam ich nicht mehr, oder nicht mehr richtig mit. Die beiden Beamten verabschiedeten sich.

Wouter war während der gesamten Unterhaltung unbeteiligt gewesen, hatte nur zugehört. „Ich möchte auch nicht weiter belästigen. Ich habe hier die Dokumente der Nationale Nederlanden". Wouter schob einen DIN A4 Zettel auf den Küchentisch. „Du warst ja Vollkasko versichert. Der Schaden wird komplett ersetzt". Ich nahm den Zettel in die Hand ohne drauf zu schauen. „Wouter. Der Schaden? Hast du die Fotos gesehen? Was soll das heissen? Der Schaden?" Die unangenehme Situation war ihm deutlich anzumerken. „Das heisst der Neupreis, die volle Summe". Cornelis dachte und spürte das Gleiche wie ich, anscheinend. „Wouter. Wir rufen dann an, okay?"

Einen ersten Moment war betretenes Schweigen. Dann platzte es aus mir heraus. „Was interessiert mich die Scheiss

Kohle? Was interessiert mich das Scheiss Auto? Was interessiert mich euer Scheiss Gelaber? Warum haut ihr nicht einfach alle ab?" Cornelis nickte Amalia zu. „[1]*Kom op*". Sie verabschiedeten sich. Amalia gab mir einen Kuss. „Bleib' ruhig Junge". Dann drehte sie sich zu Wilma. „Bleibst du bitte? Lass' ihn nicht aus den Augen, hörst du?"

„Wilma, holst du mir einen Schnaps, bitte?" Mit Tränen in den Augen bat ich sie darum. „Einen, okay? Sauf' dich nicht voll, bitte". Das Glas schütte ich in einem Zug weg, bekam so was wie einen hysterischen Heulkrampf. „Warum bin ich nicht tot? Warum Willeke? Warum? Warum nur?"

Wilma hatte sich ein Glas aus dem Küchenschrank genommen, für uns beide die Gläser erneut mit Rum vollgemacht. „Auf Willeke". Sie brachte mich zur Couch, liess mich dann allein. Mit meiner Trauer, meinen Gedanken, meiner Verbittertheit. „Du rufst, wenn du Hilfe brauchst". Sie ging die Treppe hoch. Sie war noch nicht ganz oben angekommen, da rief ich sie bereits. „Lass' mich nicht allein, bitte".

Wilma setzte sich zu mir. „Komm, ich schmier' dich noch mal mit Salbe ein". Sie zog mir mein T-Shirt über den Kopf, drückte mich sanft auf den Rücken und massierte die Creme ein. Über meinen Oberkörper verlief diagonal ein riesiger Bluterguss. „Das ist vom Sicherheitsgurt". Ich fasste sie an den Armen. „Darf ich dich anfassen? Darf ich dich streicheln?" Wilma sah mir in die Augen. „Das kommt darauf an. Was du meinst mit anfassen? Streicheln? Wo? So wie jetzt gerade ist okay. Wenn du das meinst? Mehr nicht".

Während sie mich eincremte erzählte sie mir von sich und Willeke. Sie kannten sich ja seit der Oberstufen-Zeit. Also Jahre. Ich hörte ihr zu, irgendwann muss ich eingeschlafen sein.

---

[1] Lass' uns aufbrechen

Kurz nach der Frühstückzeit kamen Amalia und Cornelis. Sie waren komplett im Schwarz gekleidet. In zwei Stunden war die Beerdigung. Cornelis war nach oben gegangen, hatte dunkle Kleidung für mich aus dem Schrank geholt.

Komm', wir müssen uns fertig machen. Ich helfe' dir beim Anziehen". Wilma kramte in der Küche herum. „Was ist mit dir?" fragte Amalia sie. „Ich … Ich hab' irgendwie nichts Passendes, nicht Dunkles".

„Komm' Kindchen, komm' mit". Die beiden stiegen die Treppe nach oben hinaus. Amalia hatte ihr einen schwarzen Rock und ein dunkles Oberteil von Willeke herausgesucht. Ich sah Wilma an. „Das wird Willeke sehr freuen".

Die Einfahrt verdunkelte sich leicht. Ad war mit seinem Truck vorgefahren. Gemeinsam mit Jack trat er ein. „Du fährst mit uns". „Und …". „Die Frauen gehen ab hier zu Fuss".

Die kleine Kapelle auf dem „[2]*Begraafplaats*" war gerammelt voll. Alle waren gekommen um Willeke „die letzte Ehre" zu erweisen. Willekes Eltern – Cornelis und Amalia, unsere Freunde - Koos und Dees, Ad und Marja, Alberto, Adri, Nico, Zwarte Piet, Jack und Ursula, Wilma sowieso, Willekes Arbeitskollegen aus der Gärtnerei, für mich „Wildfremde" aus dem Dorf, unsere Vermieter – Hans und Marion, einige ihrer Mitschüler, Linda war aus Roosendaal angereist. Meine Augen suchten Wilma. „Du kommst mit zu mir, in die erste Reihe. Du warst – du bist ihre beste Freundin". Willeke war nicht aufgebahrt. Ich konnte sie nicht einmal mehr sehen. Der Bestatter hatte „dringend davon abgeraten".

---

[2] Friedhof

Eine lange Reihe wollte Abschied nehmen, sprach Worte oder Gedanken in das offene Grab, kondolierte dann an Willekes Eltern und mir vorbei. Durch meine Tränen hindurch sah ich alles leicht verschwommen. Wieder suchte ich Wilma. „Kannst du mich festhalten? Kannst du meine Hand nehmen?"

Als ich vor dem Grab stand spürte ich, wie mich der Sarg immer weiter in die Tiefe zog. Es fehlte nicht viel, ich war kurz davor den Punkt zum Reinfallen zu überschreiten. Ein fester Griff zog mich am Kragen. „Du bleibst hier, Freundchen". Ad hatte mich im letzten Moment vor dem Hineinfallen gepackt.

Jetzt war es also wahr, der Sarg war mit Erde bedeckt, mein Herz lag rausgerissen irgendwo im Universum. Einzig Willekes Halskette und ihr Ring waren an materiellem Wert übrig. Willeke war nicht nur tot, sondern auch vergraben, verschüttet.

Wir standen um die Kapelle im Freundeskreis. „Willeke würde wollen, dass wir feiern". Dees hatte die Stille mit ihren Worten durchschnitten. „Ja ..." fügte Wilma hinzu. „Kommt zu uns, wir wollen Willeke verabschieden, auf unsere Art".

Hatte Wilma gerade gesagt „Kommt zu uns"? Sie war während der ganzen Zeit nicht von meiner Seite gewichen, hatte mir Halt gegeben. „Weißt du was Willeke immer gesagt hat?"

„Lasst uns Leben, Lachen, Feiern". So war es. Das war es, was für sie zählte im Leben. Das war Willeke.

„Bitte bleib'"

Wilma war mehr und mehr zu meiner größten Stütze geworden. Sie machte alles für mich. Kümmerte sich um das Essen, den Einkauf, cremte mich ein, kleidete mich an, wusch mich, einfach alles. Früh am Morgen brachte sie mich in Willekes Mercedes die wenigen Meter bis zum Friedhof. Dort blieb ich, lange. Stundenlang. Während ich meine Erinnerungen in den Dreckhügel sprach fuhr Wilma dann zur „Boerderij". Sie hatte schliesslich nicht nur dort ein Zimmer. Das war ihr zuhause. Wie sie mir erzählte, konnte sie sich dort auch immer für einige Stunden „ablegen". Ausruhen von dem was ich ihr aufbürdete. Wenn sie mich vom *„Begraafplaats"* abholte setzte sie sich immer noch eine Weile zu mir, wir sprachen über Willeke. Dann erst brachte sie mich stützend und behutsam zum Auto.

Mehr als eine Woche war vergangen, es ging mir zusehends besser. Das Farbenspiel auf meinem Körper verblasste – das war in erster Linie Wilma zu verdanken, die mich immer wieder mit Salbe eincremte. Die Narben in mir blieben. „Du solltest versuchen wieder Auto zu fahren, das wird dir helfen" forderte sie mich an einem Morgen auf. Aber da war diese Angst vor dem Auto in mir. Nicht vor dem Mercedes, vor jedem Auto. Meine Betrachtung dazu hatte sich geändert. Ein Auto war eine Waffe für mich geworden. Es tötet. Dennoch, und wegen Wilmas Beharrlichkeit, versuchte ich es. Die ersten Meter waren der blanke Horror. Meine Hände und Beine zitterten. Nur ganz langsam rollte ich über die Strasse. Ich musste etwas trinken. Hielt am Marktplatz, kaufte bei Albert Heijn einige Flaschen Bier, dann erst fuhr ich weiter. Zum Friedhof.

Wilma hatte das sehr schnell durch, dass ich in meiner Trauer auf dem Friedhof trank. „Hör' doch mit der Sauferei auf". Zwar versprach ich ihr „Ja, du hast Recht". Aber genau das Gegenteil war der Fall. Ich kaufte mir kein Bier mehr, stattdessen eine Flasche Wodka. Sass dann einfach nur auf einer Bank, trank und rauchte, hielt Willekes Halskette und Ring fest umschlossen in meiner Hand. Weinte, trank. So ging das einige Tage.

Auf dem Rückweg zum nahe gelegenen Parkplatz war ich in einen Strauch gestürzt. Einfach zu blau. Ziemlich lange hatte es gedauert bis ich mich wieder aufrappeln konnte. Versuchte mir den Dreck von den Knien und Hosenbeinen abzuwischen, dann stieg ich ins Auto und fuhr heim, wo mich Wilma bereits erwartet. Sie sagte nichts, obwohl sie garantiert bemerkt hatte wie blau ich war. „Komm' ins Bad". Wilma zog mich aus, wusch mich, cremte mich mit Salbe ein. „Die Klamotten kannst du gleich hier liegen lassen, die müssen gewaschen werden". Das war alles was sie dazu sagte.

Am frühen Morgen kam Hans mit seiner Frau Marion zu Besuch. Wie es mir gehe? Ob denn ein wenig Normalität eingekehrt sei? „Es geht mir gut. Ja, alles okay" war meine Antwort. Aber alles andere als das war der Fall. Es ging mir Scheisse. Und was ist schon Normal? Was sollte das überhaupt bedeuten – Normal? Ja, normal Scheisse ging es.

Wilma hatte das alles beobachtet. „Komm' doch mal kurz" bat Marion sie nach nebenan. „Sag' mal, am Ende des Monats läuft das Jahr aus, dass du im Voraus für das Haus bezahlt hast" begann Hans. „Hans, muss das sein?" hörte ich Marion aus der Küche sehr energisch fragen. „Sorry, wenn ich das Thema anschneide. Aber wie sieht es denn aus? Willst du hier wohnen bleiben?" Mein Blick ging zu Hans, dann durch die Wohnung. Jede Ecke, jeder Farbklecks, einfach alles erinnerte mich an Willeke. Ich rief Wilma hinzu. „Magst du mal in mein Zimmer gehen?" Ich erklärte ihr, wo ich mein Bargeld „versteckt" hatte. „Hol' doch mal etwas Geld von dort". Dann wandte ich mich wieder zu Hans. „Ja, das will ich. Wir machen das wie beim letzten Mal. Ich zahl' das im Voraus".

„Kommst du mal in die Küche, bitte". Wilma hatte mir ein Handzeichen gegeben. Unter einiger Anstrengung rappelte ich mich auf. Bei weitem nicht mehr so mühsam und beschwerlich wie noch vor Tagen. Aber immer noch mit Schmerzen in meinen Gliedern. „Weißt du wie viel Geld da oben liegt?" Wilmas Augen waren geweitet. „Ja, das weiss ich". „Wie … Woher kommt das?" Das hatte sie natürlich nicht zu interessieren. 5.400 Gulden zählte ich von dem Geldbündel herunter. „Magst du den Rest wieder oben hinlegen?" „Den Rest? Das sind mehrere Tausend Gulden. Weißt du überhaupt wie viel Geld das ist?" fragte Wilma erneut. Willekes „Anteil" aus unserem Geschäft in Montpellier hatte ich dazu gepackt. Es mussten also locker über 30.000 Gulden sein. „Ja Wilma, das weiss ich". Ich drückte Hans das Geld in die Hand. Wollte aber auch gleich los, zum Friedhof. Beide, Hans und Marion, begleiteten mich noch bis zum Auto. Wilma blieb allein zurück.

Mein Einkaufsstopp bei Albert Heijn war mittlerweile mehr als eine Angewohnheit, es war eine Routine. Meine Hände waren zittrig, bis … bis zum ersten Schluck Wodka.

Auf dem Friedhof hatte ich Bekanntschaft mit zwei älteren Damen gemacht, die auch jeden Tag kamen. Wir unterhielten uns regelmässig und lange. Was weiss ich worüber. Es war einfach eine willkommene Abwechslung, die mich ein wenig aus meiner Lethargie riss.

Es war bereits dunkel, ich sass immer noch allein auf der Parkbank. Völlig betrunken und destruktiv. „Mensch, bist du noch ganz gescheit? Ich hab' mir Sorgen gemacht". Wilma stand neben mir. „Los, komm' jetzt nach Hause". „Was soll ich da?" Wilma setzte sich zu mir. „Du kannst hier nicht jeden Tag nur sitzen und dich volllaufen lassen". Provozierend setzte ich die Flasche an. Sie war aber schon lange leer. Wilma sprang auf, riess mir die Flasche aus der Hand. „Verdammt. Hör' mit der Sauferei auf. Willst du dich vielleicht auch noch im besoffenen Kopf totfahren?" Mein Blick ging zu Wilma. „Aha, auch noch? Du glaubst also doch, dass ich Willeke totgefahren habe?" „Nein, Nein, Nein. Das habe ich nicht gesagt, das glaube ich auch nicht". Wilma wurde lauter. „Was bist du für ein Arschloch. Ich kümmer' mich jeden Scheiss Tag um dich – und du hast nichts anderes zu tun als dich zu betrinken. Davon wird Willeke auch nicht wieder lebendig". Wilma feuerte die leere Flasche ins Gebüsch, drehte sich und gab mir eine Ohrfeige. Sie weinte. „Willst du so lange weiter saufen bis wir dich auch beerdigen müssen? Willst du neben Willeke liegen? Ist es das? [3]*Verdomme, Klootzak*. Ist es das?"

Ich vermute jetzt erst hatte sie realisiert, dass sie mich geohrfeigt hatte. „Es tut mir leid ... Du musst weiterleben. Was meinst du warum ich das jeden Tag mache, von morgens bis abends für dich da sein? Ich habe kein eigenes Leben mehr. Und du ... Du lässt dich einfach nur gehen. Was bist du nur für ein Jammerlappen".

Die Ansprache hatte ganz anders gewirkt als die Ohrfeige. „Dann sag' es doch einfach. Warum machst du das?" Wilma sah mich an. „Weil ...". Sie zog mich am Arm von der Parkbank auf. „Es hat doch gar keinen Sinn, du bist doch voll. Und das ist auch das Einzige was dich interessiert. Aber glaub' mir, das würde Willeke nicht wollen. Dass du dich so gehen lässt". Energisch und bestimmt zog sie mich an der Hand zum Parkplatz. „Solange du weiter säufst fährst du keinen Meter mehr mit dem Auto. Mit keinem Auto. Raffst du das?"

Auf „allen Vieren" war ich die Treppe hochgerobbt, klopfte bei Wilma an. Sie hatte sich das ursprüngliche Gästezimmer, das Willeke dann schon ein wenig zum Kinderzimmer umgestaltet hatte, hergerichtet. „Bist du bescheuert? Was machst du hier oben?" „Ich möchte ... Ich muss mich bei dir entschuldigen". „Ach schon okay". Nichts war okay. Ich war auf dem besten Wege sie wie eine Putzfrau, eine Bedienstete zu behandeln. „Nein, es ist nicht okay. Bitte bleib' hier". Wilma sah mich an. „Aber ich bin doch hier".

---

[3] Verdammt, Arschloch

Wie ein kleines Robbenbaby lag ich zwischen Treppenhaus und Gästezimmer, ihrem Zimmer, auf der Türschwelle. „Nein Wilma, ich meine *Bleib' ganz hier*". „Ich bring' dich mal wieder runter, du solltest schlafen".

Wilma hatte mich sicher wieder zurück auf die Couch verfrachtet. „Ich denk' drüber nach. Aber - es gibt eine Bedingung". Mein fragender Blick sagte wohl genug. „Du hörst mit der Sauferei auf. Sofort. Keinen Tropfen mehr. Kein Wodka, kein Bier. Gar nichts. Ab jetzt". Wilma deckte mich zu. „Und jetzt versuch' zu schlafen".

Der Frühstückstisch war gedeckt, Wilma anscheinend schon länger wach. Sie schaute zu mir, als ich mit einigen Geräuschen von der Couch aufstand. Kam dann direkt herüber. „Warte, ich helfe dir schnell". So zog mich an der Hand von der Couch auf. Das war aber schon bestimmt seit zwei Tagen nicht mehr nötig, ich konnte alleine aufstehen. „Du solltest mal pinkeln gehen". Wilma legte meinen Arm über ihre Schulter und brachte mich ins Bad, half mir beim Strullern. Erst jetzt, als ich merkte wie sie meinen Penis nach unten drückte, wurde ich mir meiner Pisslatte bewusst. „Das hättest du mir ruhig sagen können". Mit entspannten Geräuschen liess ich den Strahl ins Porzellan fliessen. Wilma „schüttelte" ab, sie zog meine Vorhaut ein paar Mal vor und zurück. Mein Penis blieb steif. „Ich glaube du bist auf besten Weg der Besserung". Sie lachte. Ich lachte. „Ich glaub' auch".

Wir tranken Kaffee. „Hast du dir das überlegt?" „Was meinst du?" „Na, was wohl? Du hörst auf zu saufen?" „Ja". Es war sicherlich ein sehr vernünftiger Vorschlag von ihr. Quatsch, das war kein Vorschlag, das war ein Ratschlag, den ich annehmen sollte. Den ich annehmen MUSSTE. Man konnte es schon in meinem Gesicht sehen. Lauter kleine Äderchen waren hervorgetreten. Ich war auf dem Weg zum Trinker. Zum Alkoholiker. „Und da ist noch was. Du weißt, dass ich nur wenig Arbeitslosengeld bekomme, mir gerade so das Zimmer auf der Boerderij leisten kann".

Das Thema Geld war mir so was von egal. „Wilma, das ist buntes Papier, mehr nicht". Sie lachte. „Ja, aber selbst das fehlt mir". Wo genau das Problem liege wollte ich wissen. Wilma erklärte, dass sie weder etwas bezahlen könne, wenn sie bleiben würde. Noch, dass sie unmöglich für zwei Wohnungen Geld aufbringen könne. „Du musst hier nichts bezahlen. Du hast doch mitbekommen, dass ich bei Hans alles bezahlt habe, oder?" Ja, das habe sie – und woher das ganze Geld denn komme? „Das muss dich nicht interessieren, es ist einfach da, okay? Du nimmst dir einfach noch etwas davon und gibst es auf der Boerderij ab, dann haben deine Mitbewohner Zeit um jemand anders zu finden". „Einfach so?" „Ja, einfach so. Das Geld ist mir egal. Echt egal".

„Ja – und dann? Wie stellst du dir das vor?" „Du kannst mein Zimmer nehmen. Vorerst. Ich lungere eh auf der Couch rum. Später sehen wir weiter, okay?" Willekes Zimmer war tabu. Für jeden. Das war ihr Zimmer. Ich selbst hatte es seit ihrem Tod nicht betreten. „Überleg' es dir gerne. Ich fahr' zum Friedhof, zu Willeke". Wilma war noch mit bis zum Mercedes gegangen. „Ne, mein Lieber. Autofahren ist nicht. Du gehst zu Fuss. Und du säufst nicht, versprochen?"

Die darauffolgenden Tage waren schwer. Für mich. Es war gar nicht so einfach nicht zu trinken. Mit einigen leichten Bewegungen und Dehnübungen versuchte ich mich nicht nur abzulenken. Ich musste wieder Fit – Fitter – werden. Wieder ein paar Tage später wurde aus den „Bewegungen" leichtes Laufen.

Wilma hatte ihre Sachen von der Boerderij herübergeholt, war auf mein Angebot eingegangen. Es war schön eine Mitbewohnerin zu haben. Sie kümmerte sich weiterhin um alles.

Frisch geduscht kam ich aus dem Bad. Auch das ging jetzt wieder alles „Selbstständig" und ohne Hilfe. „Bald bist du wieder auf dem Damm" sagte mir meine Stimme im Kopf. „Wilma. Magst du mich eincremen?" Sie kam mit der Salbentube. „Das kriegst du jetzt aber auch locker alleine wieder hin, oder?" Das stimmte. Aber es war auch angenehm ihre Hände auf meiner Haut zu spüren. „Der dicke Bluterguss vom Sicherheitsgurt ist fast komplett abgeklungen" stellte sie fest, während sie meinen Brustkorb eincremte. „Das habe ich dir zu verdanken". Meinen Arm hatte ich dabei um ihren Hals gelegt. „Danke".

„Du musst etwas tun. Etwas mehr als nur täglich zum Friedhof zu gehen". Das wurde mir mehr und mehr bewusst. Abends sprach ich mit Wilma darüber. „Kannst du mit mir morgen zur SHELL fahren? Mich fahren?" Ob ich mir ganz sicher sei wollte Wilma wissen. „Ja, es sind jetzt fast zehn Wochen vergangen. Ich muss zurück. Zurück zu mir". Wilma freute es sehr, dass ich mich endlich „berappelt" zu haben schien.

„Komm' gerne mit auf das Gelände, ich melde uns an". An der Pforte zeigte ich meinen Werksausweis vor. Man solle mich bei Kees anmelden. Plus Begleitung. Wenig später fuhr Kees mit einem Pickup vor. „Das freut mich. Das ist schön, dass du wieder loslegen möchtest". Wilma hatte es die Sprache verschlagen ob der gigantischen Ausmaße der Raffinerie.

Kees bat uns in sein Büro. „Und du bist ganz sicher, dass du wieder fit bist?" Woher sollte ich das wissen? Ich fühlte mich fit, ich wollte zurück an die Arbeit. „Also gut. Ich schlage vor, dass du dann ab nächster Woche zuerst ein paar Tage wieder in die Werkstatt gehst, zum Üben und Einarbeiten. Ist das okay für dich?" Ja, das war gut. Ich stimmte zu. Kees brachte uns zurück zum Eingangstor. „Alles andere kennst du ja noch". Er reichte mir die Hand. „Und – schön, dass du wieder da bist".

„Lass' und über Vierpolders zurückfahren, ja?" Ich wollte bei Hans, in der Werkstatt vorbeischauen. Der Mercedes sollte das bleiben was er war. Ein Reisemobil. Und vor allem Willekes Mercedes. Hans hätte bestimmt ein Auto für mich. Wir fuhren auf den Hof der Werkstatt ein. Marion kam aus dem Büro. „Hoi, das ist eine Überraschung. Schön dich zu sehen". Küsschen links, Küsschen rechts. Auch das war mir wieder möglich. Das man mir nahe kam.

Hans kam hinzu. „Ich suche ein Auto. Mit dem ich täglich zur Arbeit komme. Aber ohne Probleme". Hans nahm mich beiseite. „Hattest du Probleme mit irgendeinem der Autos von mir?" Er ging weiter. „Komm', ich hab' da was stehen, das willst du haben, Das weiss ich". Rechts neben der Werkstatt war noch ein kleinerer Parkplatz. „Wie wäre es damit?" Mit leuchtenden Augen sah ich auf den Wagen. Mein Ford Escort. „Den hast du noch?" Wie du siehst". „Sofort, den nehm' ich sofort". Ganz aufgeregt rief ich Wilma hinzu. „Ist das nicht deiner? Dein Alter?" „Ja Wilma, und jetzt kauf' ich ihn wieder". Schnell wurde ich mit Hans einig. „Du zahlst mir einfach was du von mir bekommen hast. Das waren Fünfhundert".

Ein paar Fahrzeuge daneben stand ein Renault R5. „Und was ist damit?" „Der kostet 600 Gulden, hat aber bei weitem nicht das was der Escort leistet". Mein Blick ging zu Wilma. „Wäre das was für dich?" „Willst du beide kaufen?" Ja, das wollte ich. Erklärte Wilma, dass der Mercedes schon etwas ganz Besonderes sei, für mich ganz Besonders. Weil es eben Willekes Wagen sei. Und dass ich mit dem Escort wieder fahren wolle. Und dass sie dann kein Auto in Rockanje habe.

Hans unterbrach mich. „Das verstehe ich sehr gut – das mit dem Mercedes. Wie sieht es aus? Für dich – beide zusammen Tausend Gulden". Handschlag. Gekauft. „Geld bring' ich dir, okay?" „Mach' den Rest mit Marion. Im Büro". Marion kramte die Papiere hervor. „Das Geld bringst du dann. So wie es passt. Wir kennen uns jetzt gut genug".

Auf dem Weg zum Mercedes fragte Wilma. „Warum machst du das? Willst du was von mir?" „Oh ja. Und ob ich was will. Nein, ich möchte mich bei dir bedanken. Für alles was du für mich getan hast. Und jetzt lass' uns schnell nach Brielle fahren, die Autos versichern, dann direkt morgen früh ins Rathaus in Rockanje und die Autos anmelden". Überglücklich setzte ich mich in den Mercedes. „Ich hab' meinen Escort wieder. Wie geil ist das denn bitte schön".

Wouter begrüsste uns. „Schön, dass du persönlich kommst". Er ging davon aus, dass ich eigentlich den Schaden am BMW reguliert wissen wollte. Das hatte ich fast völlig vergessen. Mehr ausgeblendet als vergessen. „Willst du einen Scheck oder …?" „Wouter, zahl' das auf mein Konto. Auf den Versicherungsdokumenten war eine beachtliche Summe ausgewiesen. Der BMW hatte anständig Geld gekostet. Und ein Menschenleben. Eine beklemmende Erkenntnis. „Und hier …". Ich schob die beiden Fahrzeugscheine zu ihm herüber. „Das muss versichert werden". Wouter warf einen Blick auf die Dokumente. „Das war doch schon mal deiner". Er tippte auf den Schein des Ford Escort. „Ja, ich hab' ihn zurückgekauft". Als wir aufbrachen sagte er, während er mir die Hand schüttelte, „Fahr' vorsichtig, ja?" Jetzt also nur noch schnell die Anmeldung beim Rathaus erledigen. „Wilma, dann haben wir es". Sie sah mich an. „Du bist echt wieder da, wie schön das zu sehen".

Nachdem wir im Rathaus alles erledigt hatten ging es direkt nach Vierpolders. Geld für Hans hatte ich eingesteckt. Während Hans uns die Kennzeichen montierte, fragte ich ihn ob er vielleicht einen Stellplatz, eine Garage hätte. „Für den Daimler?" Das nicht, aber er könne ihn gut eingepackt in die Werkstatt stellen. Vorerst.

Mit dem Escort fuhr ich Voraus. Immer noch vorsichtig und zaghaft. Ich fühlte mich noch sehr unsicher. Wilma folgte in ihrem Renault. Am Friedhof in Rockanje hielt ich an. „Ich möchte Willeke von den Neuigkeiten erzählen. Wir sehen uns dann nachher".

Wilma hatte ein Essen vorbereitet. Der Tisch war toll gedeckt, sie hatte Blumen in eine Vase gestellt. „Lass‘ uns feiern. Dass du wieder aufgewacht bist“. In einem Kübel stand eine Weinflasche. „Möchtest du …?“

„Nein, ich trinke nichts. Zumindest keinen Alkohol. Noch nicht. Das dauert bestimmt noch“. Stattdessen holte ich mir eine Seven-Up aus dem Kühlschrank.

„Willeke hat mir immer erzählt wie grosszügig du bist. Jetzt habe ich das selbst erlebt. Danke für das Auto. Danke für das Geschenk. Danke für deine Grosszügigkeit. Du bist ein guter Typ“. Das wollte, das konnte ich so nicht stehen lassen. „Wilma. Das kam aus meinem Portemonnaie, das hat das Geld bewirkt. Das soll nur ein Zeichen meiner Dankbarkeit dir gegenüber sein. Das was du gemacht hast, für mich getan hast, das kam aus deinem Herzen. Du bist ein guter Mensch“. Ich hob meine Seven-Up. „Gezondheid Wilma. Auf dich“.

„Die Aufbauwoche"

Die Aufregung hatte ich zuletzt vor Monaten gespürt. Mein Arbeitsleben auf der SHELL begann wieder. Schon morgen. Wilma hatte das mitbekommen. „Bist du nervös?" Ja, das war ich. „Heute muss ich echt früh ins Bett. Ich will mich ganz und gar auf meinen Job konzentrieren". Sie ging nach oben. In „ihr", in mein Zimmer. Zuvor hatte sie sich noch kurz zu mir gesetzt. „Ich bin sehr froh, dass du wieder zu dir gefunden hast. Du bist ein anderer geworden. Nein, du bist wieder der geworden, der du warst. Ich freue mich für dich". Das waren mehr als nette Worte. Das war extrem aufbauend.

Es war ein grosses „Hallo". Lange hatte ich meine Arbeitskollegen nicht gesehen. Auch mit den Beileidsbekundungen konnte ich mittlerweile anders umgehen. Warfen mich nicht mehr so aus der Spur. Es war tatsächlich eine gewisse „Normalität" in mein Leben zurückgekehrt.

Bevor ich die Umkleide verliess betrachtete ich mich lange im Spiegel. Meine Haut, insbesondere im Gesicht, war nicht mehr vom Alkoholkonsum gezeichnet. Einer meiner Kollegen machte einen Spass. „Blass bist du geworden Mann. Das wird sich jetzt schnell ändern". Trotz der langen Abwesenheit gefiel mir, was ich da im Spiegel sah. Die weisse Lederjacke mit dem SHELL Logo und meinem Namen. Mir fiel ein wie sehr ich dafür „gekämpft", gelesen und geübt hatte. Wie stolz Willeke war, wenn sie sagte „Du arbeitest für Beatrix, unsere Königin". Auch wenn das so nicht stimmte. Selbst meinen alten Arbeitsplatz hatte Kees für mich wieder einrichten lassen. „Die Schweiss-Maschine solltest du kennen". Und so war es auch. Den Drehregler für die Stromstärke, der über ein langes Kabel mit dem schweren Dieselaggregat vor der Halle verbunden war, stellte ich zu meiner linken. „Anständig Strom", dann zünden und langsam die Stromstärke herunterfahren. Und da war es wieder, das Gespür für **„Blaues Licht"**. Das mich so in seinen Bann zog. Das mich alles Drumherum vergessen liess.

Die Stunden vergingen wie im Flug. Ein Blech nach dem anderen wurde „verbraten". Sehr schnell hatte ich mich wieder zurechtgefunden. In allem. In mir selbst.

Nach Feierabend fuhr ich auf direktem Wege zum Friedhof. Das war ein fester Bestandteil meines Tagesablaufs. Mit Willeke reden, ihr erzählen. Dinge, die ich sonst niemanden sagte. Warum auch. Sie hörte mir zu. Das war immer schon so. Hier, auf dem Friedhof, kam ich zur Ruhe. Der Ort hatte mich auch schon lange zuvor magisch angezogen. Ich war gerne hier. Es schien mir fast als hätte das Universum mir diesen Platz reserviert. Um mich zu zentrieren, mich zu finden. Mir fielen die Worte ein, die Willeke mir in Frankreich erzählt hatte. Das mit „Bestimmung und Zufall" – und dass dies alles das Universum für uns regelt.

Eine ganze Woche lief das so. Tagsüber auf der SHELL, abends Friedhof. Danach einen kleinen Snack, dann schlafen. Mit Wilma hatte ich wenig geredet. Sie hatte das aber akzeptiert, verstanden und als „gegeben" aufgenommen. Es war auch nicht böswillig von meiner Seite. Das war meine Art mich auf Dinge zu fokussieren. An die „Autofahrerei" hatte ich mich nicht nur wieder gewöhnt, auch der Spass, mit dem Ford Escort über die Polder „zu heizen", war wieder da.

Die Woche wurde geteilt. Auch das wollte ich wieder aufnehmen. Mein, unser Ritual des „Woensdag – Gehaktdag". Bevor ich also zum Friedhof fuhr hielt ich beim Metzger an, kaufte Hackfleisch ein. Als ich das Haus betrat sagte ich ganz automatisch „Willeke, heute ist Frika-Day". Wilma sah mich an. Immer wieder mal passierte es mir, dass ich sie, Wilma, mit Willeke ansprach.

Heute wollte ich mir auch Zeit nehmen, ihr, Wilma, Zeit geben um sich zu unterhalten. Sie erzählte mir, was sie die letzten Tage alles unternommen hatte. Das freute mich sehr. Sie hatte ebenso zu ihrem Leben zurückfinden können. War jetzt nicht mehr als „Krankenschwester" im Dauereinsatz. „Vieles konnte ich nur machen, weil du mir das Auto geschenkt hast. Danke nochmals". „Ach Wilma, das ist alles nur ein Fliegenschiss im Vergleich zu den Stunden um Stunden – zu den Wochen die du für mich da warst". Sie hatte mich wahrlich wieder „auf Vordermann" gebracht. „Back to Reality". „Hör' mal, am Freitag komme ich bestimmt erst sehr spät". Ich wollte Amalia und Cornelis besuchen, Willekes Eltern.

Amalia bat mich freudig herein. „Hoi, schön, dass du uns besuchen kommst". Ich umarmte sie innig, ebenso Cornelis. Dass sie mich so herzlich empfingen und aufnahmen war nicht selbstverständlich. Jedenfalls für mich nicht. Ich hatte mich lange damit gequält, dass ich ihnen ihre Tochter genommen hatte. Auch wenn sie immer wieder beteuerten, dass mich keine Schuld träfe, es doch ein Verkehrsunfall gewesen sei. Ich war mir da gar nicht so sicher.

Wir setzten uns, Amalia hatte Kaffee gemacht. „Kopje Koffie", das geht in Holland immer. „Oh, du … du trägst Willekes Halskette?" Ja, das tat ich schon seit einigen Wochen. So war sie immer bei mir. „Das ist schön zu sehen, dass du an sie denkst". Amalia schlang ihre Arme um meinen Hals. „Amalia, immer. Ich denke immer an sie. Sie ist immer bei mir". Dann berichtete ich ausführlich von meinem Neuanfang bei SHELL. In groben Zügen wussten sie das ja bereits, wir telefonierten regelmässig miteinander.

Es war ein langer Abend bei den beiden. Ich wollte los, auch unbedingt noch zum Friedhof. „Komm' bald wieder, versprochen?" Mit einem Kuss auf die Stirn verabschiedete ich mich von Amalia. „Ja Mama, versprochen".

Das Wochenende verbrachte ich mit zwei kleinen Ausflügen, mit dem Fahrrad. Einfach durch die Gegend radeln, sonst nichts. Am ersten Abend sass ich mit Wilma zusammen, wir unterhielten uns lange. Sie schaute mich mit grossen Augen an als ich sie fragte „Was ist eigentlich mit dir? Keinen

Typen? Der mit dir ausgeht? Oder gar …?" „Nein, da ist nichts".
„[4]*Niet te geloven*" entfuhr es mir. „Und du, was ist mit dir? Du gehst gar nicht mehr aus". Wilma hatte Recht. Ich blieb nur zuhause, sonst nichts. Spontan stand ich vom Stuhl auf. „Mach' dich schick. Wir gehen aus. Wir gehen tanzen. Nach Hellevoetsluis". Ein wenig ungläubig sah Wilma mich an. „Du willst mit mir ausgehen?" „Jepp, brezel dich auf. Los geht's".

„Ich fahre". Das war schnell entschieden. Ich trank immer noch nichts. Keinen Tropfen.

In „Fort Haerlem" trafen wir Nico. Er spielte wieder mit seiner Band. Ewig hatten wir uns nicht gesehen, entsprechend war die Begrüssung. Ewig war ich nicht mehr unter Menschen, hatte beinahe vergessen wie gut das tat. Wilma brachte mir ein Bier. „Nein, danke. Ich möchte nichts trinken. Kein Bier". Sie hielt mir die Flasche Grolsch hin. „Nicht mal eins?" Nein, danke". Stattdessen nahm ich ihre Hand. „Lass' uns tanzen, ja?"

Es war spät geworden. Wilma war leicht betrunken. Ich war sehr glücklich. Das hatte mir extrem gutgetan. Mit Leuten zu reden. Belangloses Zeug. Ein paar Joints zu rauchen. Bevor wir zum Auto gingen spazierten wir, Wilma und ich, eine Weile durch den Park der alten Festungsanlage. Dann ging es zurück.

Direkt nach unserem Frühstück nahm ich wieder das Fahrrad, wollte los. „Darf ich mitkommen?" Wilma stand in der Tür zum Schuppen. „Klar, nimm Willekes Fahrrad. Ich hab' aber kein festes Ziel. Einfach so, durch die Gegend". „Wollen wir mal rüber, nach Stellendam?" Wilma hatte das Fahrrad bereits in den Garten geschoben. „Da in den Hafen?" Der Vorschlag gefiel mir. Es war ja auch kein richtiger Hafen, mehr eine kleine „Marina". Mit Segelbooten und kleineren Yachten.

---

[4] Unglaublich.

Direkt hinter dem Haringvlietdam, also auch nicht so wahnsinnig weit entfernt, höchstens zehn Kilometer.

Den ganzen Nachmittag verbrachten wir dort, spazierten an den Bootsstegen vorbei, bis ganz am Ende zum „Vogelobservatorium Haringvliet", das auf einer kleinen Landzunge hinter der Marina lag. Bevor wir uns auf den Rückweg machten lud ich Wilma zum Essen ein. Nichts Grossartiges. In ein „Eetcafe". Was typisch Holländisches eben. „Das war sehr schön Wilma. Schön mit dir unterwegs zu sein. Schön die Begleitung eines lieben Menschen zu geniessen". Wilma lächelte mich an. „Ja, das war es. Es war – es ist schön mit dir unterwegs zu sein".

Vom Haringsvlietdam bogen wir zum Quackjeswater ein, waren ruckzuck zurück. „Ich fahr' direkt durch, zum Friedhof" sagte ich auf den letzten Metern. Wilma hatte ihre Fahrradklingel mehrfach betätigt. „Ich komm' mit, das ist okay, oder?"

Wir schoben die Räder die letzten Meter über den Friedhofsweg, bevor wir sie an einen Baum anlehnten. „Das machst du also so wenn du hier bist?" fragte Wilma als sie mitbekam, dass ich laut redete. „Ja, ich rede mit Willeke. Ich rede zu Willeke".

Es war Zeit. Zeit für mich. Zeit zu Bett zu gehen. Morgen erwartete mich mein Job bei SHELL.

Deutlich einfacher fiel mir alles. Die Schweissnähte sahen so aus wie zuvor, die Bruchtests hatte ich bestanden. Es war gegen Mitte der Woche als Kees zu mir kam. „Du kannst ab nächste Woche wieder auf den Plant. Ohne Probleme. Du hast nichts verlernt". Trotz dieses aufmunternden Lobes übte ich weiter. Irgendwie auch ein wenig „verbissen". Ich wollte es wissen. Für mich selbst.

Bevor ich Freitag die Umkleide verliess sah ich auf einem Aushang „Schweisser für unser Tanklager im Atlantik gesucht. Bewerben Sie sich jetzt". Was war das, das machte mich neugierig. Was sollte das sein? Ein Tanklager im Atlantik? Dazu würde ich direkt am Montag Kees befragen wollen. Jetzt war erst einmal Wochenende.

Nach meinem üblichen Besuch auf dem Friedhof hatte ich mich mit Wilma zusammengesetzt. Wir redeten über die Woche, rauchten etwas Dope. Aus dem Kühlschrank hatte ich mir ein Bier genommen. „Ah, wie das zischte". Sehr schnell wurde aus einem zwei, aus zwei drei. Das merkte ich schnell, ich war schon leicht blau. Meine Zunge war auch schon lockerer. „Echt drei Bierchen und ich bin schon dicht". Wilma lachte. „Hättest du nicht gedacht, was?"

Nachdem ich pinkeln war, ging ich nach oben, betrat Willekes Zimmer, schaute lange und verträumt hinein. Ich hatte nicht bekommen, wie Wilma hochgekommen war. Sie stand neben mir am Türeingang, fing ein wenig mein bereits leichtes Taumeln auf. „Uff, das Bier haut rein, wenn man es nicht gewohnt ist" versuchte ich das zu entschuldigen, zu überspielen. „Willst du dich hinlegen? In dein Bett?" Wilma hatte einen Arm um meine Hüfte gelegt. „Und du? Wo willst du schlafen? Im Gästezimmer? Auf der Couch?" Wilma zog mich in mein Zimmer. Auch das hatte ich lange nicht betreten, es war jetzt Wilmas Zimmer. „Bei dir. In deinem Bett". Sie begann sich auszuziehen. „Was wird das? Es ist keine Schlafenszeit. Hast du mal auf die Uhr geschaut?" Sie war fast nackt, ihre Brüste standen prall vor mir. „Wenn du magst kannst du sie anfassen".

Monatelang hatte ich weder mit einer Frau geschlafen denn eine nackt vor mir gesehen. In Reichweite. Wilma begann mich auszuziehen, ich liess sie gewähren und streichelte dabei ihre Brüste.

Allein ihr Anblick, das Betasten ihrer Brüste hatte mir einen Ständer „gezaubert". Wilma zog mich ins Bett. Ich wollte in sie eindringen, ich drang in sie ein. Dann hielt ich inne, legte mein Gesicht auf ihre Brüste. Tränen liefen mein Gesicht herunter. Wilma spürte die Tropfen auf ihren Brüsten. „Weinst du?" „Wilma, ich kann nicht …" Sie hob meinen Kopf an. „Aber du hattest doch voll den Steifen. Wieso kann nicht?" „Ich kann nicht mit dir schlafen". Mein Gesicht war verheult. Ich hatte das Gefühl, dass Willeke neben mir am Bett steht und sagte „Das musste passieren. Irgendwann musste das passieren". Wilma nahm mich in den Arm. „Bleib' aber, geh' jetzt nicht".

Es war ein schönes Gefühl an ihren Brüsten zu liegen. Aber wäre es das nicht bei jeder Frau jetzt so? Egal ob Wilma oder wer auch immer? „Hör' auf zu weinen, erzähl' mir was los ist".

Wir lagen jetzt nebeneinander, sahen uns in die Augen. Wilmas Körper schmiegte sich an meinen. Wir redeten. Über die Worte die Willeke zu mir gesagt hatte. Natürlich stand sie nicht neben dem Bett. Das war mein Unterbewusstsein. Aber dass es eben genau diese Worte waren, die Willeke damals gesagt hatte, bevor ich so brutal über Wilma „hergefallen" war. „Ihr wollt ficken, also solltet ihr ficken". Das ging in meinem Kopf umher. „Wilma, ich wollte das so nicht, glaub' mir". Jeder Satz von mir wurde von einem „reissenden Fluss" an Tränen begleitet. „Mann, das ist vergessen. Schon lange. Glaubst du sonst ich wäre hiergeblieben, wenn nicht?"

Während wir weiter redeten streichelten wir uns. Lange. Mit meinem Unterleib drückte ich mich ganz fest an Wilma heran. Sie erwiderte den Druck. „Steck' deinen Schwanz rein. Ganz tief und fest". Ihre Brüste waren fast in meinem Oberkörper, so sehr hatte auch sie sich angeschmiegt.

Als sie mich dann küsste und mit ihrer Zunge in meinem Mund „jonglierte" gab es kein Zurück mehr. Ich zog sie auf mich. Ihre Brüste schwangen vor meinem Gesicht wie der „dicke

Pitter" – die Petersglocke im Kölner Dom – hin und her. Nur machten sie keine so lauten Geräusche.

Es war ganz seltsam. Erleichternd und verwirrend zugleich. Unsere Begierde hatte uns genau da hingebracht wo wir jetzt waren. „Das darf nie wieder passieren. Wilma, nie wieder".

Wirklich, hin und hergerissen war ich. Ich hätte sofort mit ihr schlafen wollen, aber ich nahm meine Klamotten und ging nach unten.

Der Joint war gerade fertig gedreht als auch Wilma herunterkam, sich zu mir setzte. „Ist das schlimm jetzt?" Ich sah sie an. „Nein, das ist nicht schlimm, es war sogar sehr schön. Aber das darf nie wieder passieren. Es geht einfach nicht".

„Was ist es? Bin ich nicht attraktiv?" „Nein Wilma, das ist es alles nicht. Du hast …". Wie sollte ich es sagen ohne sie zu verletzten? Ohne etwas völlig Bescheuertes zu sagen? „Es geht nicht, es liegt an mir. Es geht einfach nicht. Bitte frag' nicht weiter".

Ich konnte, ich wollte ihr nicht sagen, dass ich nicht verliebt in sie bin. Nie war. Es war einfach nur Begierde, von Anfang an. Und wenn die Begierde befriedigt war, war es schon wieder vorbei. Ich wusste von Anfang an „Das wird nichts".

„Und jetzt? Wie geht es weiter mit uns?" Wilma sah mich fragend, eine Antwort fordernd, an. „Es bleibt alles wie es ist, wie es war. Nur keinen Sex, keinen Sex mehr, okay?" Wilma stand auf, holte zwei Bier aus dem Kühlschrank. „Dann auf uns, Brüderchen und Schwesterchen". Ihre Verletztheit war aus den Worten zu entnehmen.

Es war ein kurioses Wochenende. Einerseits versuchten wir uns ein wenig „aus dem Weg zu gehen", andererseits suchten wir die gegenseitige Nähe.

Bei meinem Friedhofsbesuch sprach ich mich aus. Mit Willeke. Auch dabei musste ich weinen. Ich konnte, ich wollte, ich durfte mich nicht mehr mit Wilma einlassen.

Natürlich wäre es schön und befriedigend mein Sperma in einen Frauenkörper zu entladen. Aber …. Es war als würde ich Willeke und mich selbst verraten.

„Brent Spar"

Um mich der Situation zu entziehen fuhr ich mit dem Ford Escort umher. Ohne Plan. Ohne Ziel. Einfach um des Fahrens Willen. Auch das wunderschöne Land, die kleinen Inselgruppen von Zuid-Holland und Zeeland hatten ihre Reize für mich verloren. Nur kurz waren meine Zwischenstopps, um eine Zigarette zu rauchen. Dann weiter. Einfach weiter. Egal wohin.

Zum ersten Male „traute" ich mich in Willekes Zimmer zu übernachten. Es war unendlich schwer und belastend alle ihre Dinge um mich zu haben. Egal wo ich hinsah, egal was ich in die Hände nahm – sie fehlte unendlich. Allerdings konnte ich mich so bis zur anstehenden Arbeitswoche „retten". Dann würde sich von selbst eine Distanz zu Wilma einstellen.

„Kees, was hat es mit dem Tanklager auf sich? Was bedeutet das genau?" Er erklärte mir, dass es ähnlich wie eine „schwimmende Raffinerie" sei. „Also eine Bohrinsel?" Genau das sei es eben nicht. „Nein, es ist keine Bohrinsel, es ist genauso wie es da beschrieben ist, es ist ein Tanklager der SHELL. Nur eben nicht an Land, sondern im Meer. Die Brent Spar ist ein schwimmender Öltank in der Nordsee". „Meinst du das wäre was für mich?" bohrte ich weiter. Kees sah mich fragend an. „Willst du weg, oder warum fragst du?" „Ich weiss nicht, ich weiss nicht einmal was das bedeutet". Und auch das war mir nicht klar. Tanklager? Oder willst du weg? Welche Frage konnte er genau meinen?

„In zwei Tagen ist ein Infoabend in der Kantine, wenn es dich interessiert geh' doch einfach hin. Dann weißt du mehr". Kees liess mich mit der pauschalen Antwort zurück.

Nur eine Handvoll Leute waren in der Kantine versammelt. Da wo sonst die Essensausgabe war stand jetzt so eine Art Rednerpult. Und den Typ, der uns begrüsste kannte ich, vom Sehen zumindest. Er war mit Kees bei mir.

„Guten Abend, schön dass Sie erschienen sind und Interesse zeigen. Ich möchte Ihnen zunächst ein wenig über die Brent Spar erzählen".

Brent Spar ist ein schwimmender Öltank in der Nordsee im Besitz des Shell-Konzerns und der ESSO. „Brent" ist dabei der Name des Erdölfeldes und der dort geförderten Ölsorte, spar bedeutet auf Englisch Spierentonne. Brent Spar befindet sich 190 Kilometer nordöstlich der Shetlandinseln, im Atlantik und dient als Zwischenlager für Rohöl, an dem Tankschiffe anlegen, um das Öl zu Raffinerien an Land zu transportieren.

Gut und schön. Aber was genau würde unsere Aufgabe dort sein? Wovon würde die sich von der hier auf der Raffinerie unterscheiden? Das wollte ich näher wissen und meldete mich mit meiner Frage, mit meinen Fragen. Der Typ erkannte mich anscheinend. „Zunächst einmal freue ich mich Sie wieder auf der SHELL begrüssen zu können. Zu ihrer Frage ..."

Die Arbeitsabläufe seien denen auf der Raffinerie gleich, auch die Anforderungen. Lediglich die Arbeitszeiten würden sich „deutlich" unterscheiden. „Sie arbeiten zwölf Stunden täglich, jeden Tag, also sieben Tage die Woche. Und das 6 Wochen am Stück". Dann würde das Team, das Bereitschaftsteam getauscht. „Das bedeutet, dass Sie dann sechs Wochen frei haben. Urlaub sozusagen".

„Was heisst das genau? Sechs Wochen frei?" wollte ein anderer wissen. „Sie gehen an Land, natürlich wird Ihr Gehalt während dieser Freischicht weitergezahlt". Was? Sechs Wochen frei und volle Bezahlung, das war ein Scherz, oder? „SHELL zahlt also drei Monatsgehälter für 6 Wochen Arbeit?" „Ja", erklärte der Typ. „Vergessen Sie allerdings nicht, dass Sie in den 6 Wochen weit über 500 Arbeitsstunden leisten müssen". Von daher relativierte sich das schon. Ach, und noch etwas. Sie werden in den 6 Wochen auch keine Menschenseele sehen, treffen können. Weder Freunde noch Familie. Vergessen Sie das bitte nicht. Brent Spar liegt im Wasser".

Dann gab er uns noch einige Informationen. *„Die Brent Spar hat eine Höhe von 147 Metern – der Großteil davon unter Wasser – und ein Gewicht von 14.500 Tonnen, davon 6.700 Tonnen Stahl und 1.000 Tonnen Ausrüstungsgegenstände. Kernstück ist ein Stahltank von 93 m Länge und 29 m Durchmesser für 50.000 Tonnen Öl".*

„Das muss alles in Schuss gehalten werden. Mehr noch, es muss immer in absolutem Top-Zustand sein. Das ist dann Ihre Aufgabe". Ein wildes Durcheinander an Stimmen war zu hören. Die Kollegen tauschten sich aus. In meinem Kopf waren dann doch noch ein paar Fragen. Wie kam man da hin? Wo war das genau? Und noch so einiges.

Der Typ bat noch einmal um Aufmerksamkeit. „Für alle, die mehr interessiert, am Freitag - gleiche Stelle, gleiche Uhrzeit – beantworten wir gerne Ihre Fragen".

Irgendwie reizte mich das. Mit wem spreche ich darüber? Sicher, mit Willeke, aber sie konnte mir schlecht antworten, irgendetwas dazu sagen. Lediglich zuhören. Eine Rückmeldung, eine eventuell andere Betrachtungsweise musste aber her. Ich entschied mich zu Amalia und Cornelis zu fahren.

Auf der kurzen Strecke bis nach Schiebroek gingen mir unzählige Gedanken durch den Kopf. Einer blieb aber sehr fest und nachhaltig. „Ich fühl' mich nicht mehr zuhause. Mein zuhause ist tot".

„Ist das so etwas wie eine Flucht? Wie davonlaufen?" wollte Amalia wissen. Ja, das war es in der Tat. Aber wovor davonlaufen? Wenn dann doch vor mir selbst. Ich hatte immer wieder mal die Überlegung und Zweifel, dass ich doch Schuld an Willekes Tod hatte. Wenn dem so war? Das galt es für mich heraus zu finden. Und vielleicht würde das funktionieren, wenn ich mein Umfeld verlasse. Dazu musste ich aber erst einmal eine Entscheidung treffen, ob ich mich überhaupt beruflich verändern wollte.

Die zweite Informationsveranstaltung war bei weitem nicht mehr so gut besucht wie die zuvor. Nur noch wenige Arbeitskollegen sassen in der Kantine und hörten gespannt den Ausführungen zu.

„Mal ein wenig zu den Arbeitszeiten und Bedingungen vorab" begann der Herr, der auch schon am Abend zuvor sprach. Es würden 7 Tage die Woche gearbeitet, jeweils 12 Stunden pro Schicht, sechs Wochen am Stück. „Da kommen sie locker auf 500 Stunden, wenn nicht mehr, je nach Situation". Daran anschliessend wäre dann aber auch 6 Wochen am Stück frei, bei voller Bezahlung. Hatte er das nicht schon beim letzten Male erzählt? Oder bildete ich mir das nur ein? Mein Sitznachbar sah mich an. „Das bedeutet 18.000 Gulden in 3 Monaten, ist dir das klar?" Das entsprach unserem aktuellen Gehalt, allerdings waren da eineinhalb Monate „frei" dabei. „Nicht übel, oder?" bemerkte ich zurück.

Auch die Fragen zur Tätigkeit selbst wurden schnell erörtert. „Im Wesentlich machen Sie das, was Sie hier auf der Raffinerie auch machen, nur eben komprimiert". Dann fügte er noch hinzu - „Nur sehen Sie auch wochenlang weder Familie noch Freunde, vergessen Sie das nicht". Das war wie ein „Deja vu". Entweder der Typ hatte einfach einen Text, den er immer wieder aufsagte oder ich hatte das alles bereits geträumt. Oder woher wusste ich das alles?

Das wäre doch genau was ich suche. Ruhe um zu mir selbst zu kommen. Während der Arbeitszeit hatte ich die Ruhe sowieso, die, für mich, wirklich schwierige Zeit war die „Freizeit". So blöd sich das auch anhören mochte. Meine „Freizeit" war ein Nervenkrieg. „Geben Sie uns bitte in der nächsten Woche Ihre Entscheidung bekannt", so verabschiedete man uns in Wochenende. „Ach, und noch eins. Für diejenigen die sich entscheiden, geht es dann zum

Monatsanfang los, also in drei Wochen. Wobei wir Ihnen eine freie Woche zuvor einräumen, Sie haben ja dann einiges zu regeln, immerhin sind Sie wochenlang nicht zuhause".

Lange Spaziergänge am Strand, in mich gekehrte Stunden auf dem Friedhof – nichts brachte wirklich eine Antwort auf all meine Fragen. Hin- und hergerissen zwischen Alltagsroutine und Orientierungslosigkeit vergingen Stunden, verging das Wochenende.

Es war der darauffolgende Mittwoch, als ich mich entschieden hatte und Kees meinen Entschluss mitteilte. „Ich will den Job haben". Lediglich um mich abzusichern wollte ich wissen was denn sei wenn es mir nicht zusagt. „Dann kommst du einfach zurück. Du bist ja weiterhin Mitarbeiter bei SHELL. Ganz einfach". Das war gut zu wissen. Denn trotz meiner Entscheidung wusste ich ja immer noch nicht was mich erwarten könnte.

Nach Feierabend legte ich den obligatorischen Stopp beim Metzger ein, Woensdag – Gehaktdag. Beim gemeinsamen Essen wollte ich Wilma von meiner Entscheidung berichten. Für sie würde das ja auch einige Veränderung bedeuten.

„Du gehst fort? Bedeutet es das?" Das was ich selber wusste erklärte ich Wilma, dass es zunächst für 6 Wochen sei, dann wäre ich wieder zurück. „Und was ist dann mit mir?" wollte sie wissen. „Wilma, es ändert sich nichts. Du bleibst natürlich hier". Ob sie denn auf das Haus „aufpasse", Pflanzen und Garten versorgen könne – und natürlich weiterhin zu Willekes Grab gehe und sich auch darum kümmern könne bat ich sie. „Wie so ein Hausmeister, meinst du?" Naja, so hatte ich das sicherlich nicht gemeint, aber in etwa traf es da schon.

„Ich lass' dir auf jeden Fall etwas Geld hier, damit du über die Runden kommst, du dir keine Sorgen machen brauchst" versuchte ich ihre Bedenken zu zerstreuen. „Du weißt ja, dass ich arbeitslos bin", das hatte sie lediglich gesagt. Sie fragte weiter „Kannst du dir das denn leisten, ich meine finanziell?"

„Komm' mal mit, ich zeig' dir mal was". Wir gingen nach oben, in mein Zimmer – in ihr Zimmer. Aus dem Regal griff ich einen Leitz-Ordner, in dem ich alle wichtigen Dokumente hatte. Mietvertrag, Versicherungspapiere, Arbeitsvertrag und eben auch meine Gehaltsabrechnungen, von denen ich einige herausnahm. Ausser mit Willeke hatte ich nie mit jemandem über mein Verdienst geredet. Wozu auch? „Was? Soviel Geld verdienst du?" Wilma war erstaunt als sie die Gehaltsabrechnungen sah. „Ja, und deshalb sollst du auch ausreichend bekommen, damit du alles erledigen und regeln kannst. Miete ist ja sowieso bezahlt".

Wilma hatte sich leicht versetzt neben mich gestellt. „Das finde ich mehr als sozial von dir, dass du mir das anbietest. Aber ich würde das auch ohne Geld machen. Willeke war, Willeke ist meine Freundin". Sie machte eine Pause, ich sah sie an.

Sie trug ein dermaßen knappes Oberteil, es reichte nur bis kurz unter ihre Brustwarzen und stand „freischwebend" ab da abwärts von ihren Brüsten ab. Mindestens das untere Drittel ihrer Brüste war unbedeckt. Mit den Titten drückte sie leicht gegen meinen Oberarm.

„Und auch für dich mache ich das gerne, weil ..." Wieder machte sie eine Pause. „... Weil ich ein bisschen in dich verliebt bin". Mit einer Hand nahm ich ihr Gesicht. „Was bedeutet das? Ein bisschen?" Sie streckte sich ein wenig nach oben, legte ihre Arme um meinen Hals. „Ja, ein bisschen halt, der andere Teil in mir ist traurig – weil du ja nicht in mich verliebt bist".

Ihr Oberteil hatte sich noch mehr nach oben verschoben. Ihre Brustwarzen waren jetzt entblösst. Ich MUSSTE ihre Titten anfassen. Von „Tag eins" an, als wir uns kennen lernten waren es diese Titten, die mich zu ihr hingezogen hatten. „Wilma, ich kann es nicht anders sagen. Ich bin nicht verliebt ich dich. Dein Körper, ach Quatsch, deine Brüste sind es, was mich anzieht".

Sie genoss dass ich ihre Brüste streichelte. Ich genoss es, dass sie mich gewähren liess. „Wollen wir nicht miteinander schlafen?" Sofort hielt ich inne, liess ihre Brüste los. „Wilma, nein". Sie schaute mir in die Augen. „Ich meine es genau so, miteinander schlafen. Du hast mit mir immer nur gefickt. Ich möchte dich einmal richtig spüren. Sei einmal zärtlich zu mir". „Wilma, nein". Bloss raus aus dem Zimmer, raus aus der Situation. Bevor es passiert. Diese Titten waren mein Verhängnis. Und das wusste Wilma auch.

Lediglich das Bargeld aus meinem Depot wollte ich noch mitnehmen, um es dann zur Bank zu bringen. Donnerstags waren die Banken bis 18 Uhr geöffnet, so bliebe mir nach Feierabend Zeit um das zu erledigen. „Wilma, kann ich kurz einen Moment allein sein" bat ich sie. Ich vertraute ihr, aber dennoch musste sie das mit dem Geld ja nicht unbedingt mitbekommen.

Einen Teil behielt ich. Für Wilma, meine Reisekosten und „Taschengeld". Alles andere zahlte ich ein. Der Blick auf meinen Kontoauszug zeigte auch, dass die „Nationale Nederlanden" bereits den Betrag für den schrottreifen BMW angewiesen hatten. Geldsorgen hatte ich keine, das war sicher. Dafür umso mehr andere „Sorgen", Probleme, Fragen. „Glücklich ist anders, da hilft auch die ganze Kohle nichts".

Die „letzte Woche" auf der SHELL verging wie im Flug. An einem Nachmittag war ich in eine Bibliothek in Rotterdam gefahren, in der Hoffnung dort etwas über die „Brent Spar" zu erfahren, über die Gegend wo sie lag. Aber es war wenig zu finden. Die „Brent Spar" lag irgendwo im Nirgendwo im Atlantik, etwa auf der Höhe von „Bergen" in Norwegen. Wie sollte man überhaupt da hinkommen?

Es war ein wunderschöner Frühsommermorgen. Wir frühstückten im Garten, mit Blick auf Willekes Garten, der wieder in seiner Blütenpracht erstrahlte. Meine Gedanken gingen zu unseren gemeinsamen Zeiten zurück. Wie sehr ich das vermisste. Wie sehr ich sie vermisste. Ihre Stimme, ihr fröhliches Lachen.

„Magst du mit mir essen gehen? Heute Abend? In Hellevoetsluis?" Zwischen zwei Schluck Kaffee hatte ich Wilma gefragt. „Ja, sehr gerne. Lass' uns die Zeit geniessen die uns noch bleibt". Wilma hatte Recht, es blieben nur noch ein paar Tage, dann hiess es für uns „Abschied nehmen". Zumindest für Wochen.

Wir brachen zeitig, am Nachmittag auf. „Heute Abend" hatte ich zwar vorgeschlagen, aber es war einfach zu schönes Wetter um auf die Dunkelheit zu warten. Mit den Fahrrädern fuhren wir am Deich entlang, sehr gemütlich, die Umgebung einsaugend. Wilma hatte ein Restaurant am „Dokweg" vorgeschlagen. Dort war ich schon einmal, das war aber lange her. Ein „modernes" Restaurant, das sich in dem einzigartigen historischen Gebäude, dem Pumpengebäude, in der Festung von Hellevoetsluis befindet. Mit Blick auf den Yachthafen, das Trockendock "Jan Blanken" und das Museumsschiff "De Buffel". An sonnigen Tagen, wie es heute einer war, konnte man auf einer Terrasse, die im Wasser gelegen war, sitzen und geniessen. Die Sonne, die Wärme, das Ambiente der Marina, Getränke, Gespräche und ein umfangreiches Abendessen. Wir sprachen über „Vergangenes", gemeinsam Erlebtes, unsere Feiern auf der Boerderij, einfach alles was unsere bisherige Zeit ausgemacht hat. Und auch über das was an Veränderungen ansteht, das Ungewisse. Das natürlich nicht so ausgiebig, es war ja eben Ungewiss und sehr spekulativ.

„Weißt du, ich wollte dir kein schlechtes Gewissen machen, als ich erzählt habe, dass ich in dich verliebt bin, zwar unglücklich, aber dennoch verliebt". Wilma war freundlich in ihrem Ton, es war auch nicht das mindeste an Vorwurf in ihrem Gesagten.

Sie sprach sich einfach die Seele frei. „Wilma, ich bin immer schon auf deine Titten abgefahren, immer schon. Du hast von allen Frauen, die ich kennen gelernt habe die besten Brüste, ehrlich". Was redete ich da?

„Oh, danke für das Kompliment. Das weiss ich. Also nicht mit den besten Titten von allen. Aber dass du darauf abfährst, das schon". Unsere Blicke trafen sich. „Schläfst du mit mir?"

„Junge, was redest du da? Bist du noch ganz bei Sinnen?" Mein innerer Schweinehund sprach zu mir.

„Bist du sicher, dass du das gerade gefragt hast? Möchtest du das wirklich? Nicht nur ficken?" Wilma brachte es sehr direkt auf den Punkt.

Fast 6 Monate lang vermisste ich jetzt schon körperliche Nähe, Geborgenheit. In den Armen einer Frau zu sein. In der Zeit hatte ich einmal so was wie Sex mit Wilma, aber eben nur so was. Nicht mal - einfach rein, raus, abspritzen, Ende. Und auch für die nächsten Wochen war die Aussicht auf Nähe eher bescheiden.

„Ich weiss nicht. Vielleicht möchte ich auch einfach nur mit einer Frau ins Bett. Vielleicht sind es ja doch nur deine Titten". Wilma nahm meine Hand. „Überleg' dir gut was du da gerade sagst, was du offenbarst. Du weißt, dass ich in dich verliebt bin, das weißt du, oder?" Fest drückte ich ihre Hand, die meine umschloss. „Ja, Wilma. Ich möchte mit dir schlafen. Dich spüren, dir nah sein".

Wilma lächelte sanft. „Aber nicht brutal. Nicht einfach nur mit mir ficken. Nicht auf mir rumrammeln". Sie zwinkerte mit einem Auge. „Und nicht in meinen Arsch". Nahm jetzt auch meine zweite Hand. „Wenn du mich spüren willst dann lass' mich das auch spüren. Lass' mich dich auch spüren".

„Orientierungslos"

Wir liessen das Thema. Bis wir am frühen Abend mit den Rädern zurück nach Rockanje radelten.

„Möchtest du das immer noch?" fragte Wilma als wir die Fahrräder in den Schuppen gebracht hatten. „Was? Was meinst du?" Wie blöd war ich, dass ich nicht sofort wusste worauf Wilma mich angesprochen hatte. „Dass du mit mir schlafen möchtest". Und du meinst nicht - einfach nur rumrammeln?" Meine Verlegenheit, meine Unsicherheit liess mich erröten. „Lass' uns reden. Ich muss dir viel erklären, bitte". Wir setzten uns im Wohnzimmer an den Couchtisch. Wilma drehte uns einen Joint. „Magst du uns zwei Bier holen?" Sie blickte kurz auf. „Dann lass' mal hören. Woher dein Sinneswandel?"

Sehr wohl war mir bewusst wie sehr sie sich für mich „aufgeopfert", mich gesund gepflegt hatte. Und dass wir uns in dieser Zeit nähergekommen waren. Ich sie näher an mich herangelassen hatte wie keinen anderen Menschen. „Du warst immer für mich da, du kannst dir gar nicht vorstellen wie dankbar ich dir bin". Wilma sah mich an. „Das habe ich gerne getan, mir liegt viel an dir. Du weißt ja, ich bin verliebt in dich". Und genau das war das Problem, mein Problem? „Ich bin nicht in dich verliebt, ich mag dich einfach unwahrscheinlich gern. Aber genau das kann und will ich auch nicht verleugnen. Ich möchte Nähe und Wärme. Suche die Geborgenheit bei einer Frau. Wilma, ich möchte, dass du das bist".

„Das ist schön was du sagst". Wilma reichte mir den Joint. „Und das ist dann bestimmt auch später noch so? Oder willst du mich einfach vollsülzen?" „Nein, Wilma. Ich möchte mit dir schlafen". Sie grinste. „Na, dann wollen wir mal sehen, wie lange sich das hält".

Wir redeten den ganzen restlichen Abend, tranken und kifften. Es war sehr spät mittlerweile. „Gute Nacht, ich geh' schlafen. Wir können ja morgen weiterreden". Wilma gab mir einen Kuss auf die Stirn und ging in ihr Zimmer. Sollte ich ihr folgen? Ich war mir nicht sicher. Also beliess ich es dabei. Vielleicht hatte sie Recht? Und es war gar nicht das Bedürfnis nach Nähe, sondern einfach nur Bock auf ficken?

Wir gingen zum Strand, schwimmen und sonnen. Ein schöner Sonntag. Es war anders zwischen uns beiden, zwischen Wilma und mir. Wir waren uns näher als je zuvor, offener, ehrlicher, ungezwungener. Sie zu betrachten löste eine ganz andere Sichtweise in mir aus, ich sah sie als Frau, nicht mehr als ein Stück, das zu vögeln war. Wieso hatte ich das vorher nie so gesehen? „Wilma, du bist eine schöne Frau" sagte ich zu ihr während wir im Dünengras lagen. „Ach ja, aber das sagst du jetzt nicht nur weil du unbedingt einen wegstecken möchtest?" Sie lachte.

Nein, ich sah sie wirklich mit anderen Augen. War ich blind vorher? Die Antwort war sehr schnell gefunden. Ich hatte sie nie wirklich als Frau respektiert, angesehen. Schon blöd mir das selber eingestehen zu müssen. „Nein, du hast das absolut richtig eingeschätzt, dass du mich immer als Drecksau betitelt hast. Ich bin eine Drecksau gewesen. Zu dir. Auf jeden Fall".

„Naja, besser späte Einsicht als gar keine Einsicht. Aber mutig von dir dass zu sagen". Wilma drehte sich auf den Bauch. Ihre Brüste wurden leicht auf dem sandigen Dünenuntergrund gedrückt.

Eine ungekannte Atmosphäre herrschte zwischen uns, eine ungekannte Situation. Nie hatte, nie hätte sie sich so neben mich gelegt, nackt und verletzlich, ihren Hintern in die Luft gereckt. War doch immer zu befürchten, dass ich sie „dumm anlaberte", wenn nicht sogar irgendetwas, sei es Finger - oder gar mehr - in ihren Hintern zu stecken.

Es war natürlich nicht wie „Brüderchen und Schwesterchen", wie sie es mal genannt hatte. Meine Schwester hätte sich garantiert nicht so neben mich gelegt. Ganz bestimmt nicht. Mal ganz abgesehen davon, dass ich das garantiert auch nicht wollte.

Erst am frühen Abend verliessen wir den Strand. Während Wilma die Handtücher zusammen räumte, ihre Brüste baumelten vor ihrem Oberkörper als sie sich bückte, bemerkte sie nur „Dass du mich nicht ein einziges Mal angefasst hast, oder es versucht hast. Ich wusste gar nicht, dass du dich so beherrschen kannst".

„Es tut mir leid, ich habe dich immer wie Dreck behandelt, dich nur benutzt". Wilma reichte mir die Strandtasche. „Hier, nimm mal". In dem Moment als ich zur Tasche griff legte sie ihre Arme um meinen Hals. „Aber nicht, dass du dich doch verliebst. In mich". Ihre Brüste pressten sich an meinen Oberkörper. „Nein, Wilma. Das ist es nicht. Es ist viel mehr". „So, was ist es dann?"

„Wollen wir noch am Friedhof vorbei gehen? Magst du mich begleiten?" „Wenn du das möchtest, gerne".

Wir sassen lange auf der Parkbank nebeneinander. „Willeke, ich möchte mit Wilma schlafen. Ist das okay?" Wilma sah mich an. „Erwartest du echt eine Antwort?" „Nein, natürlich nicht. Erde kann nicht sprechen". Ich sah sie an. „Hast du gehört Willeke, er hat nicht gesagt ficken, mit mir schlafen hat er gesagt". Wilma stand auf, nahm meine Hand. „Nimm die Tasche, komm'. Ich denke wir haben die Zustimmung. Das war doch der Grund warum du hergekommen bist? Und auch deshalb wolltest du, dass ich dich begleite, oder?"

Den gesamten Weg über suchte ich nach den richtigen Worten. Nach Worten wofür? Dass sie es verdient hatte mit Respekt behandelt zu werden? Wie gemein ich zu ihr gewesen bin?

In der Küche wollte ich uns noch etwas zu essen vorbereiten, während Wilma unter die Dusche ging. Das war zwar nichts Weltenbewegendes, also das Essen, wir futterten im Garten das was es gab. Broodjes und Käse. Das war einfach und lecker.

Wilma hatte sich nackt zu mir gesetzt. Wie eine kleine Prüfung kam mir das vor. So als wolle sie sichergehen, dass es nicht doch nur meine Geilheit war. Geil darauf endlich in sie eindringen zu können.

Mit meinem Mund nahm ich ihre linke Brust in den Mund, saugte daran. Wie ein kleiner Junge, wie ein kleines Kind. Und sie strich mir dabei über meinen Kopf, durch mein Haar. Wie eine Mutter ihrem kleinen Jungen beim Stillen über den Kopf streichelte. Es schien ihr zu gefallen. Ihre Nippel wurden härter und grösser. „Wollen wir reingehen? Nach oben? Ins Bett?“ Ihre Brust löste sich mit einem hörbaren Schmatzgeräusch aus meinem Mund. „Willst du?“

Der kleine Junge folgte ihr nach oben. In ihr, in mein Zimmer. War das überhaupt noch mein Zimmer? Dass mir jetzt diese Frage durch den Kopf ging. Während ich mich auszog blickte ich durch „mein“ Zimmer. „Wilma. Ich räume mein Zimmer komplett, es soll deins werden“.

„Das fällt dir jetzt ein?“ Sie lag bereits auf dem Bett. „Ja, es ist doch völliger Blödsinn, dass du nichts Eigenes hast. Du bist schon lange kein Gast mehr. Du wohnst hier“. Das war mehr als schlüssig. In knapp einer Woche würde ich abreisen. Wilma musste ihr „Reich“ bekommen. „Allzu viel ist es ja eh nicht, was ich hier habe. Das stelle ich in Willekes Zimmer“. Ein paar Bücher, Ordner. Aber das meiste war Kleidung. „Alles andere ist dann deins“. Sie sah mich an. „Oh, das ist lieb. Dann komm' jetzt in mein Bett“, zog sie mich an der Hand heran.

Wilma streichelte sanft über meinen Hintern. „Aber erst gehst du duschen. Das ist ja wie Schmirgelpapier". Der feine Sand aus den Dünen klebte noch an mir.

Unter der Dusche wusch ich alles ab, onanierte auch. „Damit du nicht direkt in sie abspritzt" war mein Gedanke dabei. „Junge, was ist los mit dir?"

Aus dem Kühlschrank nahm ich noch zwei Bier heraus, drehte einen Joint und ging wieder nach oben.

„Gezondheid". Wir prosteten an, rauchten den Joint. Dabei blieb ich auf der Bettkante sitzen, schaute auf Wilmas Körper.

Erst nachdem die Bierflasche geleert war kroch ich zu ihr aufs Bett. Sie war ein Stück zur Seite gerutscht um Platz zu schaffen. Mit meinem Kopf legte ich mich an ihre Brüste, streichelte sie. Wilma hatte ihre Arme um mich gelegt und strich mir sanft über den Rücken. Danach, genau danach hatte ich mich gesehnt. Die Wärme eines Frauenkörpers. Dieser weiche und gut riechende Leib.

Als ich ihre Brust in den Mund nahm, daran saugte und immer wieder, wie einen Schnuller, aus meinem Mund „flutschen" liess räkelte sie sich leicht, machte Geräusche, die davon zeugten, dass es ihr gefiel. Das vermutete ich. „Wilma, ich hab' mich so sehr nach körperlicher Wärme und Nähe gesehnt". Sie streichelte über meinen Hintern. „Zu mir? Oder grundsätzlich?"

Die Antwort blieb ich schuldig, nahm wieder ihre Brust in den Mund, mit der Hand streichelte ich die andere. Um dann aber auch den Rest ihres Körpers zu liebkosen. Ihre Hüften, ihr Becken, ihre Beine. Nur ihren Schambereich liess ich aus.

Sie verstand wie es mir ging, wie es in mir aussah. Meinen Wunsch nach Nähe hatte sie verstanden. Sehr einfühlsam erwiderte sie mein Streicheln. „Vermied" es ebenso meinen Penis zu „berühren".

Erst nach einer ganzen Weile wollte ich es sagen. „Echt, du hast du geilsten Titten. Von allen". Sie strich wieder durch mein Haar. „Ich dachte bisher du bist einfach nur ein geiler Rammler. Aber du kannst ein echter Liebhaber sein. Dann mach' einfach weiter. Es ist schön wie zärtlich du zu mir bist". Mit meiner Zunge spielte ich an ihren Brustwarzen, biss auch hin und wieder zu, bevor ich dann zwischen ihren Beinen mit meiner Zunge weiter machte. Wilma zog die Beine an, hielt sie mit ihren Händen in der Kniekehle hoch. „Steck' deinen Schwanz rein". Das tat ich nicht, leckte weiter. Bis zum Orgasmus.

Sie hatte meinen Kopf ganz fest gepackt und bis ganz nah an ihr Gesicht gezogen. „Willst du nicht …?" Ich drehte mich leicht zur Seite, massierte ihre Brüste. Wilma griff zu meinem Penis. „Du hast ja nicht mal einen Ständer. Was ist los?" Ohne loszulassen sagte ich ihr „Ich hab' mir gerade einen runtergeholt. Ich wollte nicht abspritzen". „Du hast was? Du hast masturbiert bevor du zu mir ins Bett gekommen bist?" Sie rutschte herunter. „Das werden wir ändern". Nahm meinen Penis in den Mund.

Soweit war es bei uns nie gekommen. Weder dass ich sie geleckt habe, noch sie mich. Von Orgasmus sowieso nie die Rede. Immer nur, die wenigen Male die wir Sex hatten, einfach hart und schnell gevögelt. „Warte". Ich nahm ihren Kopf zärtlich in meine Hände. „Warte". Mit einer Hand griff ich zur Nachttisch-Kommode, zog ein Schubfach auf, nahm ein Kondom heraus. Noch wusste ich ja wo alles zu finden war. Wilma schaute mich an. „Willst du verhüten?" Daran hatte ich bisher auch nie gedacht, wieso gerade jetzt? Sie nahm meine Hand, noch bevor ich das „Heftchen" aufreissen konnte. „Ich nehm' die Pille. Das brauchst du nicht". Mit ihrem Kopf war sie wieder zwischen meinen Beinen, blickte noch einmal kurz auf. „Ausserdem will ich Fleisch und kein Latex im Mund haben".

Sie drehte sich um die eigene Achse. „Magst du meine Brüste streicheln?" Das war auch neu für uns. Wir unterhielten uns. Auch das hatte ich vermisst. Während des Sex zu reden.

Ganz fest drückte ich ihre Brüste. Wilma liess meinen Penis aus dem Mund. „Du kommst gleich, oder?" Sie setzte sich auf mich. „Dann komm' in mir". Ich zog sie an meinen Brustkorb. „Lass' uns warten, bitte. Ich will nicht abspritzen. Noch nicht". Sie hob ihren Unterleib. „Du musst es ja wissen". Viel lieber hielt ich sie in den Armen. Ihre Wärme und ihr weicher Körper waren eine Wohltat. In dem Moment mir sogar wichtiger als nur „zu kommen".

Wir lagen lange aufeinander und streichelten uns. Wilma strich über meine Wange. „Das ist doch verrückt, dass wir uns so lange geirrt haben. Wäre das doch nur bereits früher passiert".

„Lass' uns was trinken, einen kiffen. Lass' uns runter gehen". Langsam richtete ich mich auf. Es war aber nicht das Bedürfnis nach Bier oder Dope. Nein, es war ein wenig Angst - meine Angst - dass wir uns doch „zu nahe" kommen. So wie es war, war es gut. Wie konnte ich ihr sagen, dass das nie früher hätte passieren können. Sollte ich das überhaupt sagen? Sie musste doch, genau wie ich, wissen dass ich – früher - mit Willeke zusammen war. Dass wir ein Paar waren. Und was für eins. Keine andere Frau könnte ihren Platz einnehmen. Never ever.

Wir tranken noch ein paar Bier, ein paar Joints dazu, hörten Musik. Wilma hatte eine LP herausgesucht. „Mirage" von Camel. Genau das richtige für die bedröhnte Birne. Irgendwann blickte ich zur Uhr. Es war fast drei Uhr. „Lass' uns hoch gehen. Ich wollte schlafen. Einfach nur schlafen. Sonst nichts. Wilma lag mit ihrem Rücken an meinem Oberkörper. Einen Arm hatte ich unter ihr, mit dem anderen hielt ich ihre Brust.

„Mach' weiter, bitte"

„Hey, schläfst du schon?" Sie hatte mich aufgeschreckt. Ja, ich war schon leicht eingenickt. Mein Penis hatte sich in ihrer Poritze angeschmiegt. Er war irgendwas zwischen schlaff und steif. So „semi-hart". Wilma griff an meine Hüfte. „Magst du das? Gefällt dir das? Wenn dein Schwanz an meinem Hintern ist?" Noch nicht ganz wach, im Halbschlaf blickte ich fragend über ihre Schulter. „Hä?" „Du kannst den auch reinstecken. Wenn du magst. Magst du? Jetzt wo wir zusammen sind ist das bestimmt anders".

Sofort war ich hellwach. Das waren zwei Dinge auf einmal, die mich brachial in die Realität holten. „Du kannst mich in den Arsch ficken" – wenn auch netter formuliert - und „zusammen sind". Das erste, also „Arschficken" wollte ich nicht, weil das genau das war, was ich bisher mit ihr gemacht hatte. Und „zusammen". Genau das waren wir eben auch nicht. Auf keinen Fall. Es war schön mit ihr zusammen zu sein, aber mit einem anderen Verständnis, zumindest von meiner Seite, wie sie es meinte. Es war schön mit ihr im Bett zu sein. Unsere Körper zu spüren. Unsere Nähe. That's it.

Mein Arm, der unter Wilmas Oberkörper lag war wie „abgestorben". Das Blut war abgeschnürt. Langsam und vorsichtig, so gut es ging, zog ich ihn heraus. Wir lagen immer noch aneinander geschmiegt im Bett. Es war hell, der neue Tag war angebrochen. Ihr Körper lag wie ein Cello vor mir. Vom Oberkörper führte er herunter an ihre Taille, schmaler werdend, um dann am Becken wieder breiter zu werden. Gut, ein Cello hatte nicht diese wahnsinnigen Titten. Und auch sonst war es einfach härter, weil aus Holz. Ihr Hintern drückte gegen meinen erigierten Penis. „Voll die Pisslatte". Sanft drehte ich sie auf den Rücken, glitt zwischen ihre Beine, drang in sie ein. Wilma war warm und feucht. Nur zwei oder dreimal konnte ich mich in ihr bewegen. Sie hatte die Augen geöffnet. „Das ist eine tolle Art geweckt zu werden". Sie legte ihre Arme um meinen Hals. Mein Körpergewicht fand aber keinen Halt, keine Stütze auf meinem, immer noch, betäubten Arm. Ich liess meinen Oberkörper auf ihre Brüste sacken, zog meinen Penis aus ihr. „Ich muss pinkeln". Stand aus dem Bett auf. Wilma griff an meinen Oberschenkel. „Schau' dass der so hart bleibt. Komm' direkt wieder". Dann lachte sie. „Und hol' dir bloss keinen runter".

Es waren verrückte Gedanken die mir durch den Kopf gingen während ich in die Keramik pinkelte. „Ist das wirklich okay, was wir tun? Du darfst Wilma nicht verletzen". Also nicht körperlich, sondern seelisch. Würde sie wirklich genau so locker mit unserer Nacht umgehen? Wie war es für sie? Immer mit dem Hintergrund, dass sie in mich verliebt war.

„Wilma". „Sag' mir das später. Schlaf' jetzt endlich mit mir". Sie hatte ihre Fußsohlen auf die Matratze gestellt, die Beine stark angewinkelt und weit geöffnet. „Wilma". „Später. Komm' ganz tief in mich rein". Sie drückte mit beiden Händen meinen Hintern fest an sich heran. Als wenn ich dadurch jetzt wirklich tiefer in sie eindringen würde.

Das Gefühl war als ob ich in einer warmen, feuchten Grotte war. Bei jeder Stossbewegung „schmatzte" der Saft in ihr. Nur langsam bewegte ich mich in ihr. „Wilma. Das MUSS ich dir sagen. Ich bin nicht verliebt in dich. Das ist dir klar?" Sie schaute mich an. „Muss das jetzt sein? Musst du jetzt darüber reden?" Meine Bewegungen wurden heftiger, das Schmatzgeräusch lauter. Heftig stöhnend kam ich in ihr. Stimulierte dann ihre Klitoris mit der Hand. Ihr Atmen wurde schwerer, ihr Oberkörper bog sich nach oben. Ihre Brüste sahen jetzt aus wie „aufgesetzt" auf ihren Brustkorb. Und als Topping ihre harten Brustwarzen, wie kleine Cocktail-Kirschen auf einem bunten Obstsalat. Von diesem Obstsalat wollte ich naschen, nahm eine Brust in den Mund und saugte wie ein Irrer daran. Ihre Stimme war leiser geworden, ihr Atmen schwerer, sie war kurz vor dem Orgasmus. „Auch wenn es nicht so ist, sag' dass du mich liebst". Ihr Unterleib reckte sich mehr und mehr meiner Hand entgegen. „Wilma …". „Mach weiter, bitte". „Wilma, ich liebe dich". Sie kam, schlug die Schenkel zusammen. „Jaaa. Oooh Jaaa".

Ich schob meine Arme unter ihre Schulter, zog sie an meinen Brustkorb. Sie atmete in mich hinein. „Es war ein schöner Moment, auch wenn du mich angelogen hast". Wilma hatte ihre Arme um mich gelegt, fuhr mit ihren Händen meinen Rücken entlang. „Ich wünschte es wäre anders, aber ist es eben nicht. Aber danke, dass du es gesagt hast. Gerade in dem Moment als ich gekommen bin. Danke, du Lügner". „Wilma …". „Du brauchst nichts sagen, es ist alles in Ordnung. So wie es ist, ist es. Fertig".

Meine „Freiwoche" hatte 1A angefangen. Ich war glücklich. Wilma war glücklich. Wir verbrachten noch lange im Bett bevor wir nach unten gingen. Wilma krabbelte als erste heraus. „Ich hab' voll Hunger. Was ist mit dir?"

Wilma hatte ein riesiges Frühstück zubereitet. „Speklappjes", Rührei, Toast, Kaffee. „Das wird dir guttun. Und du solltest auch reichlich Eier essen. Vielleicht willst du ja nochmal?" Irgendwie süss. Aber was sollte das?

Nach dem Frühstück begann ich damit die ersten Dinge aus „meinem" Zimmer zu räumen. Wilma kam dazu. „Das war also ernst gemeint von dir?" Wieso sonst hätte ich das sagen sollen? Meine Klamotten warf ich auf einen Stapel in Willekes Zimmer. Musste ich sowieso sortieren um zu sichten was ich mit zur „Brent Spar" nehmen wollte. Als ich die Ordner holte griff Wilma um meine Hüfte. „Ich muss dir was sagen, Liebling". Rückartig fuhr ich herum. „Wie Liebling?"

„Wilma, das ist nicht. Also Liebling und so". Sie schaute mich an. „Ich weiss. Aber genau das wollte ich dir sagen. Erinnerst du dich an den Typen, den ich hatte? Letztes Neujahr? Den in deinem Zimmer auf der Boerderij?" „Wilma, das ist beinahe eineinhalb Jahre her". „Ja. Das war der letzte den ich hatte. Und jetzt dich". Sie lachte. „Ausser unserer Fickerei. Aber das zählt nicht".

Mir war immer noch nicht klar was sie sagen wollte. „Und das heisst jetzt was genau?" „Liebling. Auch wenn ich das jetzt sage, ist klar, dass wir nichts haben werden. Weil du ja nicht verliebt in mich bist". „Ja, aber das ist auch wirklich klar?" „Kann ich nicht die letzten Tage nette Dinge zu dir sagen?"

Mit den Aktenordnern in der Hand stand ich wenig doof da. Konnte nichts sagen. „So wie du mir gesagt hast, dass du dich nach Nähe und Geborgenheit sehnst, habe ich das Bedürfnis nach einem Typen. Verstehst du das?" „Ja, das verstehe ich". „Und bisher war auch keiner so wie du. Der so auf meine Titten abfährt. Mich macht das auch voll an, wenn du daran nuckelst". Meine Ohren wurden warm. „Du hast aber auch geile Titten. Ehrlich. Und ohne Quatsch. Das sind die geilsten, die ich jemals im Mund und in Händen hatte". Wilma lachte. „Waren bestimmt schon einige, nicht?" Darauf gab ich keine Antwort. Räumte stattdessen noch ein paar Bücher aus, um sie rüber zu tragen. Als ich erneut für die nächste Ladung rüberkam, jetzt in „Wilmas Zimmer", hielt sie mir die Kondome aus dem Nachttisch hin. „Die kannst du direkt in den Koffer packen, brauchst du hier bestimmt nicht mehr, oder?"

„Wilma, was soll das jetzt?" Sie hatte immer noch ihre Handfläche geöffnet. Darin die Kondome. „Liebling, wenn du magst kannst du mit mir schlafen bis du abreisen musst". „Wilma …". Ein ganz breites Grinsen ging mir übers Gesicht. „Durchgehend? Oder was meinst du damit?" „Wenn du willst auch das. Aber das schaffst du eh nicht". Sie erwiderte mein Grinsen mit einem mindestens genauso breiten auf ihrem Gesicht. Ich nahm ihre Hand. „Gib mir mal die Kondome. Zwei Sachen. Es ist nichts mit verliebt. Und ich muss nicht mehr sagen ich liebe dich". Sie schaute mich an. „Und dann?" „Und dann … Ich möchte sehr gerne mit dir schlafen. Es war wunderschön. Die Wärme und Geborgenheit die du mir gegeben hast. Das hatte ich so lange vermisst und werde es bestimmt auch danach vermissen. Und du sagst nicht mehr Liebling oder so was zu mir".

„Das sind aber jetzt schon drei Sachen". Wieder grinste sie. „Dann habe ich auch zwei Sachen". Gespannt sah ich sie an. „Du liebkost meine Brüste, mindestens so wie gestern. Und wir schlafen miteinander. Kein Rammeln". Wilma nahm meine Hand. „Und du holst dir keinen mehr runter". Jetzt musste ich lachen. „Das sind aber schon drei Sachen".

Es war später Nachmittag. „Bin mal ins Dorf. Was einkaufen. Und dann zum Friedhof. Bis später". Wilma kam zur Haustür. „Du musst das Willeke erzählen, nicht wahr?" „Ja Wilma, das muss ich. Und ich bring' Fleisch mit, wir grillen uns was".

Beim Zurücksetzen des Ford Escort kurbelte ich die Fensterscheibe herunter. „Und dann kommt Punkt eins". „Wie? Punkt eins? Was meinst du?" Wilma hatte ihren Kopf ein wenig in den Fahrzeuginnenraum gesteckt. „Na dann möchte ich deine Brüste liebkosen. War das nicht so?" Wenn ich nicht genau wüsste, dass es nicht so war fühlte ich mich „wie verliebt".

Es war bereits dunkel als ich endlich zurück war. Meine Gedanken hatte ich, wie so oft, an Willekes Grab in Worte formuliert. Das half mir sehr. Auch zu wissen, dass ich mich immer noch ihr, selbst physisch abwesend, hundertprozentig anvertrauen konnte. Eine merkwürdige Art von Traurigkeit überkam mich bei dem Gedanken wochenlang nicht an ihr Grab zu kommen. Automatisch griff ich an die Halskette, an ihre Halskette.

Wilma war in ihrem Zimmer. Räumte fleissig ihre Dinge aus dem Gästezimmer rüber, richtete sich ein. Wie schnell sich das verändert hatte. Jetzt stand fast überall irgendein Schnickschnack und Dekokram herum. An den Regalen baumelte Modeschmuck. „Du warst aber lange unterwegs".

Wilma hatte irgendetwas auf der Fensterbank abgestellt. Kleine Holzdöschen. „Da ist mein Dope drin. Wollen wir einen rauchen?" Sie setzte sich auf die Bettkante, benutzte den Nachttisch als Unterlage zum Drehen. „Willst du noch kochen? Ne, willst du noch Grillen?" Wilma sah mich schelmisch an. „Ich hätte Brustfilet im Angebot". Mit einer Hand hielt sie den Joint, mit der anderen streifte sie ihr Shirt nach oben. „Dann nehm' ich zwei". Schon hatte ich eine Brust im Mund. Ich nuckelte daran, ich sog daran. Wilma zog ihr Shirt aus. Amalia hatte völlig Recht, als sie einmal gesagt hatte, dass wir Typen nicht aus der „oralen Phase" rausgekommen sind. Sie liess sich auf den Rücken fallen, ich streichelte, saugte und knetete ihre Brüste.

Wilma stand mindestens ebenso wie ich selbst darauf, dass ich ihre Brüste liebkoste. Selbst den Joint den sie mir hinhielt lehnte ich mit einer Handbewegung ab. Dafür sog ich ihre Brust immer weiter in meinen Mund. Wenn ich mit der Zunge über ihre Brustwarze leckte schwang die Brust leicht hin und her, so hart waren die Nippel. Dann griff ich aber doch zum Ascher, nahm den Joint, inhalierte tief und fest. Eine riesige Rauchwolke füllte das Zimmer. Von der Taille an streichelte ich ihren Brustkorb entlang um dann auf ihren Brüsten zu verharren. Wilma fasste mir in den Schritt. „Ne, ne. Nicht anfassen". Ich schob ihre Hand fort. „Wie? Ne, ne". Ich musste grinsen. „Ne, nicht anfassen". „Nur du mich, oder wie?" „Genau so".

„Hast du nicht heute Mittag gesagt, dass du fast 18 Monate keinen Orgasmus mehr gehabt hast?" Mit einer Hand öffnete ich ihre Jeans, griff unter ihren Slip. Hatte aber immer noch ihre Titte im Mund. Wilma striff sich die Jeans samt Slip herunter. „Leckst du mich? Bis ich komme?" Mein Blick ging nach oben, die Brust fiel aus meinem Mund, wackelte auf und nieder. „Das hatte ich vor, du hast Nachholbedarf, oder?". Schon war meine Zunge an ihrer Klitoris. Meine Arme streckte ich weit nach oben, massierte ihre Brüste dabei. Dann hörte

ich auf. „Es gibt noch ein paar Sachen, ausser den beiden, die ich gesagt habe". Wilma sah mich lächelnd an. „Es waren aber drei". „Okay, dann drei. Willekes Zimmer ist absolut tabu. Und du ziehst auch nie Kamotten von ihr an". Ich drückte ihre Titten. „Die passen auch gar nicht da rein. Du verstehst?" „Ja, geht klar. Aber könntest du jetzt weiter machen?" Mein Kopf ging zwischen ihre Beine.
Erst als sie ihren Unterkörper rhythmischer bewegte steckte ich erst einen Finger in sie, dann zwei, und bewegte diese in ihrem Rhythmus vor und zurück.

Wilma stöhnte laut auf. „[5]*Verdomme, ik spuit. Verdomme, ik heb een orgasme. Niet te flitsen. Ik zie sterretjes. Neuk me. Steek je pik erin*". Ihre Wangen waren rosig. „Hat es dir gefallen?" Sie nahm mich in den Arm. „Gefallen? Ich hab' schon gar nicht mehr gewusst wie schön das ist". Sie nahm meine Hand. „Fühl' selber, meine Muschi glüht". Ja, sie war warm und feucht. „Willst du da nicht rein?" Sie griff wieder zwischen meine Beine. „Nein, heute nicht".

Es dauerte nicht lange bis Wilma eingeschlafen war. *„Könnt' ich mir doch noch ein Steak in die Pfanne hauen"*. Super Idee. Dazu zischte ich mir noch ein paar Bierchen. Rauchte zum „Nachtisch" noch eine Tüte. Um dann irgendwann auch nach oben zu gehen, in Willekes Bett. *„Kann doch gar nicht angehen, dass Wilma 18 Monate keinen Typen hatte"*. So oder ähnlich dachte ich. Nach 6 Monaten, so lange war Willeke jetzt schon beerdigt, war mein Verlangen nach Körperlichkeit schon so gross. Also irgendwie auch nicht verwunderlich, dass sie es so genoss.

Mitten in der Nacht wurde ich wach. Wilma war gerade im Begriff zu mir ins Bett zu steigen. Entsetzt herrschte ich sie an. „Wilma, das ist noch so ein Punkt. Sofort raus aus dem Bett. Das ist Willekes Bett". Sie war perplex. „Sorry, das wollte

---

[5] Verdammt, ich spritze. Verdammt, ich komme. Unfassbar. Ich sehe Sternchen. Fick mich. Steck deinen Schwanz rein.

ich so nicht". „Es ist okay, aber es ist absolut tabu für dich. Nie, niemals gehst du in dieses Bett, okay?" Wilma stammelte etwas vor sich hin. Soweit ich das im Dunklen sehen konnte schaute sie mich an. „Und du? Kommst du rüber? Zu mir?" „Geh' einfach wieder rüber, schlaf weiter".

Ich war erst kurz unter der Dusche, im Bad, als Wilma hereinkam. Sie hockte sich auf das WC, liess einen laut hörbaren Strahl in die Keramikschüssel. Dann kam sie zu mir unter die Dusche, war sowieso noch nackt. „Sorry, wegen gestern Nacht. Ich wusste nicht …": Ich zog sie unter den Brausestrahl. „Dann gibt es wohl noch mehr als die bereits genannten zwei, äh, drei Sachen die wir uns gesagt haben. Das ist schon okay". Wilma drückte sich mit ihren Brüsten an mich, griff zu meinem Penis. „Ist denn sonst noch irgendetwas? Oder warum steckst du deinen Schwanz nicht in mich?"

Anders als bei Willeke, wo ich ruckzuck einen Ständer hatte, ging mir das bei Wilma nicht so. „Nein, es kann nicht an dir liegen. Ich hatte ja auch mit keiner anderen als dir etwas in den letzten Wochen. Es ist halt …". Sie sah mich an. „Ich bin halt nicht Willeke, das willst du sagen?" Wilma drehte sich um, beugte sich leicht vornüber, stützte sich mit den Händen gegen die Fliesenwand und hielt mir ihren Hintern hin. „Versuch' es doch mal". Mit beiden Händen griff ich um ihre Hüfte, nahm die Titten, die wie Glocken an ihr baumelten, in die Hände, drückte meinen Unterleib gegen ihren Hintern. „Wilma, das wird nichts. Es passiert, wenn es passieren soll. Jetzt anscheinend nicht". Sie richtete sich auf. „Aber es liegt nicht an mir? Ganz sicher?" „Ja Wilma. Ganz sicher. Hat ja schon geklappt, nur halt jetzt nicht".

„Machst du Kaffee?" Mit einem Grinsen antwortete ich „Ja, das klappt auf jeden Fall". Kurz bevor ich aus dem Bad ging sagte sie noch „Warte mal eben". Ich drehte mich um. „Das war ein toller Orgasmus den du mir bereitet hast. Ehrlich". Das war schön zu hören. „Danke für's Lob. Aber ich war dabei. Du bist echt fett gekommen". Wilma spuckte etwas Wasser aus, das sie zuvor eingesogen hatte. „Kannst du dich daran erinnern wie ich mit Willeke mal über Typen geredet habe? Du bist einer, der es mir echt besorgt hat. Verdammt gut sogar. Verdammt gut". Mit einem Grinsen sah ich sie an. „Ja, genau das hast du auch gesagt gestern, als du gekommen bist".

„[6]*Verdomme, ik spuit*" sagte ich, ihren Spruch wiederholend. Wilma lachte. „Ja, verdomme".

Der Kaffee war fertig. Nicht nur das. „Auf die Schnelle" hatte ich ein Steak gebraten, stellte es Wilma auf einem Teller hin. „Das bringt dich nach vorne". Sie grinste. „Ja, kann ich gebrauchen, Liebling". Mein Blick traf sie. „Das lassen wir aber. Das lässt du aber. Das mit dem Liebling. Bitte".

---

[6] Verdammt, ich komme!

„Abgang oder Abflug?"

Meine Planung war nach Brielle zu fahren, mich mit Koos und Ad zu treffen. So langsam, nach und nach wollte ich mich für eine längere Zeit von ihnen – und auch anderen – verabschieden.

„Sehen wir uns nachher?" wollte Wilma wissen. „Was heisst sehen? Wir leben unter einem Dach. Bestimmt".

Koos war an Bord seines Bootes „De Platvink". Werkelte an irgendetwas herum. „Komm' an Bord" rief er mir zu. Er unterbrach sein „irgendwas". „Biertje? Blowtje?" Zu beidem sagte ich nicht nein.

Locker zurückgelehnt in einem Campingstuhl erzählte ich Koos von meiner Entscheidung auf die „Brent Spar" zu gehen. Wenig später erschien Ad. Das gleiche noch einmal für ihn erzählen. „Wieso? Wie kommst du dazu?" Dabei merkte ich aber, dass meine Entscheidung gefestigt war. „Etwas Neues muss her. Was es mir bringt ist noch ungewiss. Aber ich MUSS diesen Schritt wagen".

Für meinen Rückweg wählte ich die Strecke über Vierpolders. Hans sollte von meiner Entscheidung erfahren. Vor allem aber auch, dass Wilma in dem Haus wohnen bleibe. „Hast du jetzt was mit ihr? Seid ihr zusammen?" Wie sollte ich die „Situation" beschreiben? Sollte ich überhaupt etwas dazu sagen? Und wenn ja, was genau? „Du weißt doch, dass sie sich die ganze Zeit um mich gekümmert hat. Ich habe sie gebeten bei mir zu wohnen". Marion war dazu gekommen. Küsschen links, Küsschen rechts. Direkt fragte sie mich „Bist du sicher, dass es so ist? Dass sie nur bei dir wohnen soll? Machst du dir da nicht was vor?"

„Sorry, ich hab' zu tun". Hans verschwand in die Werkstatt. Marion hakte sich bei mir ein. „Wollen wir einen Kaffee trinken? Im Büro?" Schnell hatte sie den „Philips Kaffeevollautomat" mit Pulver und Wasser befüllt, der unter lautem Zischen und Blubbern das Heissgetränk „rausrotzte". „Magst du erzählen?" Marion hatte eine Tasse mit dampfendem Kaffee auf den Schreibtisch gestellt. Mit der freien Hand räumte sie ein wenig den Papierwust beiseite, der auf dem Schreibtisch verstreut war.

Ich mochte sie sehr. Aber am meisten war es, dass sie eine Frau war. Ich WOLLTE ihr erzählen. Dass meine tiefe Trauer allmählich in eine gewisse „Normalität" umgeschlagen war. Wie sich die jetzige Konstellation mit Wilma und mir entwickelt hatte. Auch dass wir miteinander schliefen. Dass Wilma in mich verliebt sei, ich dies aber nicht erwiderte. „Da bist du dir ganz sicher? Du schläfst mir ihr? Und empfindest nichts für sie?" Etwas verunsichert erklärte ich, dass ich schon „etwas empfinde", aber eben keine Verliebtheit. Irgendetwas, mir war selber nicht klar was es war. Marion sah mich an. „Wie oft habt ihr miteinander geschlafen? Nur einmal, oder wie?"

Als ich Marion erklärte wie es zwischen Wilma und mir zurzeit laufe war sie ein wenig verwundert. „Entweder du belügst dich selber oder aber …". Sie machte eine Pause. „… Oder du benutzt sie, du spielst mit ihr. Du nutzt die Situation aus. Das ist dann aber ganz schön mies von dir". Sie grinste mich an. „Na, was von beiden ist es?" „Marion, ehrlich? Ich weiss es nicht. Ich weiss es echt nicht. Nicht mal einen Steifen bekomme ich, wenn wir intim sind". Sie lachte laut auf. „Das kann ich mir gar nicht vorstellen. Du warst doch die Geilheit in Person". Sie schaute mir in die Augen. „Das ist dein Kopf, der dafür zuständig ist, nicht dein Schwanz. Wenn du zu dir stehst, offen und ehrlich, dann steht auch dein Schwanz wieder".

Nach meinem täglichen Friedhofsbesuch kam ich erst recht spät wieder zurück nach Hause.

„Wilma. Ich habe noch eine Bitte an dich. Würdest du dafür sorgen, dass immer frische Margeriten auf Willekes Grab sind. Neun Stück, langstielig". Das waren Willekes Lieblingsblumen.

„Äh, ja sicher. Warum ausgerechnet neun?" Anstatt darauf zu antworten stammelte ich „Und ich möchte …. Nein, ich WILL mit dir schlafen. Jetzt. Sofort". „Was hat das jetzt mit den Blumen zu tun? Was ist mit dir? Hast du gesoffen?" Wilma schaute mich an. Ja, was war mit mir? Hatte ich gesoffen? Nein, das war es nicht, es war das Gespräch mit Marion, das ein wahres Frage- und Antwortspiel in meinem Kopf ausgelöst hatte. „Lass' uns ins Bett gehen. Jetzt". Wilma schaute mich immer noch an. „Du spinnst doch. Willst du nicht mal erzählen was Sache ist? Setz' dich her und lass' mich an deinen Gedanken teilhaben. Oder wie? Einfach nur 'ne Runde vögeln?"

Dass ich in Brielle war. Und auch in Vierpolders, um Hans zu informieren. So versuchte ich mich aus den Fragestellungen zu winden.

„Wie war dein Tag? Was hast du gemacht?" Wilma erzählte, dass sie auf der Borderij war, mit ihren Freunden abgehangen habe. „Schön ein paar Bierchen und Joints". Den Tag genossen sozusagen. „Die würden dich gerne auch noch mal sehen bevor du abreist. Jetzt aber genug BlaBla. Ich habe dir ein paar Fragen gestellt. Oder denkst du ich geh' jetzt einfach mit dir ins Bett – und gut ist?" Verdammt. Sie wollte es doch wissen.

Dass ich mit Marion geredet habe – begann ich. Und dass sie, Marion, mir den „Kopf gewaschen habe", wie man so schön sagt. „Was? Du hast mit einer anderen über deine Gefühle geredet. Deiner Gefühle zu mir? Statt mit mir zu reden? Auf den Scheiss Gedanken kommst du nicht? Bist du krank im Kopf? Kommst einfach her, laberst wirres Zeug daher – Lass' uns ins Bett gehen und irgendeine Scheisse von Margeriten. Du hast doch den Knall nicht gehört".

„Möchtest du vielleicht auch was Essen?" Fragend verschwand ich in die Küche. „Bitte? Was essen? Wir unterhalten uns doch gerade". Mein Versuch mich aus der Affäre zu ziehen war gescheitert. Aber wir unterhielten uns nicht. Wilma fragte, ich schwieg. Aus den LP's suchte ich eine

Scheibe raus. „Abacap" von Genesis. Dann setzte ich mich wieder zu Wilma. „Wenn ich mir selber sicher wäre könnte ich vielleicht sagen was Sache ist. Das bin ich mir aber nicht". Aus der Dope-Dose nahm ich etwas heraus und drehte einen Joint. Dann müsste ich mir eingestehen, dass ich doch so etwas wie verliebt in Wilma war. Aber wie genau das erklären? „Ich bin wohl doch in dich verliebt". Mein Mund hatte das einfach gesagt. Einfach so. Wilma schaute mich an. „Das sagst du einfach so? So wie zwei Bier bitte? Das hättest du dann auch für dich behalten, wenn du nicht bei Marion gewesen wärest?" „Wilma. Ich wollte dich nicht noch mehr kränken. In wenigen Tagen bin ich weg. Und dann?" „Ja wie? Und dann? Wolltest du mir das am Abreisetag sagen? So wie in so einem Scheiss Film? Am Flughafen dann? Dich und mich einfach belügen? Echt, was für eine kranke Hirse". Eine grosse Rauchwolke kam aus meiner Lunge. „Ich hab' Angst. Angst vor neuer Bindung. Angst vor einem weiteren Verlust. Verstehst du das?" „Du bist so blöd. Aber keine Angst davor dich selbst zu belügen?" Wilma hatte zwischenzeitlich eine andere Scheibe aufgelegt - „Toto IV" - war danach in die Küche gegangen, hatte Bier aus dem Kühlschrank geholt. Bei einer Passage machte sie lauter. „Hier, hör' dir das mal genau an, fällt dir was auf?" *I've been waitin' for your love and it's been here all the time - Right in front of me - I've been sittin', waitin' for your love, and all the time it's been here - Right in front of me.* „Wochenlang, Monatelang bin ich jetzt schon hier. Für dich da. Und da kommst du auf den letzten Drücker mit der Sprache raus. [7]*Niet te geloven. Klootzak*".

Wilma hatte ihr Bier mit einem grossen Schluck leer getrunken. „Ich geh' jetzt nach oben. Ich geh' schlafen. Ach ja. Wo es dir ja so wichtig war mir das zu sagen – die Margeriten kauf' ich natürlich. Neun Stück. Richtig?"

---

[7] Unglaublich. Mistkerl.

Sie fluchte vor sich hin, während sie die Treppe hoch ging. „[8]*Verdomme, wat een klootzak. Het is niet te geloven. Wat een klootzak*".

Direkt nach dem Frühstück brach ich auf, zur Boerderij. Hatte das Fahrrad genommen. Auch hier war es wieder dieses Frage- und Antwort-Spiel. „Warum? Wieso? Weshalb?" Erinnerte mich sehr an die ersten Treffen dort. Nur hiess es damals „Wo kommst du her? Warum bist du hier? Wo wohnst du?" Und ähnliches. Aber im Grunde war es genauso. Musste ich mich immer erklären? Rechtfertigen?

Bevor ich wieder aufbrach - Küsschen links, Küsschen rechts – fragte Nico ob ich heute Abend mit ins Kino nach Spijkenisse kommen wolle. „Danach gehen wir noch ein wenig aus. Bierchen trinken, oder tanzen. Je nachdem. Also, wenn du Lust hast? Acht Uhr im Kinepolis. Und bring' Wilma mit".

Erst gegen frühen Nachmittag war ich zurück. Einfach noch ein wenig „umhergeradelt". Brachte das Fahrrad in den Schuppen, setzte mich direkt auf die Bank auf der Terrasse und blickte über den weiten Polder vor unserem Küchenfenster. „Hoi Liebling. Magst du was trinken?" Wilmas Stimme, aus dem geöffneten Küchenfenster kommend, riss mich auch meiner „Glotzerei". „Ja, gerne. Aber bitte sag' das nicht. Liebling. So weit sind wir nicht. So weit bin ich nicht. Echt nicht".

Kurz darauf kam Wilma nach draussen. „Hier Liebling". Sie stellte mir ein Bier auf den Tisch. „Wilma, lass' das. Ich bitte dich darum". „Gezondheid". Wir stiessen mit den Flaschen an. „Weißt du denn jetzt wenigstens wo du stehst. Zu mir?" Ich konnte, ich wollte es nicht sagen. Fast wie ein Geheimagent, der auch unter Folter nicht die Zahlenkombination zu seinem Safe ausspuckt.

---

[8] Verdammt, was für ein Arschloch. Das ist unglaublich. Was für ein Arschloch.

„Hab' ich das nicht gestern gesagt?" versuchte ich auszuweichen. „Du hast zwar was gesagt, aber eigentlich hast du auch nichts gesagt". Wilma stiess erneut mit ihrer Flasche gegen mein Bier. „Nico will mit den anderen ins Kino. Ob wir mitkommen hat er gefragt". So konnte ich ein anderes Thema ins Spiel bringen. Wilma war begeistert. „Oh ja. Lass' uns mitgehen. Welcher Film denn?" Tse, da war ich zu viel gefragt. Selbst ich hatte das bei Nico nicht gefragt. „Ähm … Keine Ahnung. Wir treffen uns in Spijkenisse. Um Acht".

Wir parkten am Schwimmbad, am „Groene Kruisweg", gleich in der Nähe des Kinos. Wilma kannte sich in Spijkenisse gut aus. Hatte dort gelebt bevor sie nach Rockanje gezogen war. Die „versammelte Mannschaft" wartete bereits vor dem Kino. „Welchen Film denn?" wollte Wilma direkt wissen. Zur Auswahl stand „Flashdance", „Rambo" oder „Star Wars". Die Frauen wollten „Flashdance" sehen. Von wegen demokratische Abstimmung. Nico kam aus dem Foyer, wedelte mit den Tickets. „Star Wars - The Empire strikes back" – das war seine Auswahl – und somit bereits für alle entschieden.

Nach dem Film fragte Nico in die Runde. „Bierchen oder Tanzen?" Eigentlich müssig. „Bierchen" war die einhellige Antwort. Diesmal entschied Wilma. Ein Billard-Lokal sollte es sein. „Da können wir anständig abfeiern". Zwischen Wilma und mir blieb eine Frage zu klären. „Wer fährt zurück?"

Ich war nach dem Film so begeistert von „Chewbacca", dass ich nur noch diese tierischen Laute von mir gab, keine Worte mehr im klassischen Sinne. Ich amüsierte mich selbst darüber wie bescheuert man sein kann. „Ja, was jetzt? Fährst du?" Mein Kopfschütteln untermalte ich mit diesem „Chewy-Sound". „Also ich?" Wieder liess ich diesen Laut heraus, mit einem Kopfnicken begleitet.

Das Lokal war top. In der Mitte des Raumes waren zwei Billardtische. Ringsherum dicke Ledersessel, davor niedrige

Tische. Lediglich über den beiden Tischen waren grosse Lampen, sonst war es eher dunkel. Schummrig. Ruckzuck waren die ersten Runden geordert. Genauso ruckzuck weggesoffen. Immer wieder wurde angestossen. „Gezondheid". Oder „auf dich – direkt daran anschliessend aber wieder – „Gezondheid". Nach kurzer Zeit war ich bereits gut blau. Mehr und mehr hatte ich mich an Wilma „rangekuschelt", griff ihr unter ihr Shirt. Immer begleitet von meinem „Chewy-Sound".

„Hör' mal auf damit. Und sauf' nicht so viel. Nicht so schnell". Sie gab mir einen Kuss. Ich war perplex. Das war so selten, dass wir uns küssten. Nicht einmal wenn wir miteinander geschlafen hatten. „Zeig' mir nachher was für ein Tier du bist. Im Bett". Chewbacca war stumm. Ganz plötzlich.

Die Verabschiedung dauerte lange. Nicht nur wegen der Küsschen links, Küsschen rechts. „Pass' auf dich auf, versprochen?" Oder „Bis bald, bleib' gesund". Das machte schon einen tiefen Eindruck auf mich, dass sich alle so intensiv von mir verabschiedeten. „Es sind doch nur ein paar Wochen" wiegelte ich ab. In richtigen Worten.

Fast wäre ich im Auto eingepennt. Ich hatte gut getankt. „Hey, nicht abkacken. Bleib' schön wach". Wilma riess mich immer wieder mal kurz vor dem Einnicken aus meiner Trunkenheit.

Sie zog mich an der Hand die Treppe hinauf, direkt in ihr Zimmer. „Nicht weglaufen. Und nicht wegratzen. Ich drehe uns noch eine Tüte". „Wilma …. Kann ich …?" Ja, kannst du." Erstaunt schaute ich sie an. „Du weißt doch gar nicht was …?" „Es ist egal was du fragen möchtest. Die Antwort ist ja". „Kann ich noch ein Bier haben?" Ich musste lachen. „Das hast du nicht erwartet, oder?" Wilma lachte auch. „Ne, aber kriegst du. Auch das".

Mit Joint, Ascher und Bier ausgestattet kam sie zurück. Einen grossen Schluck nahm ich aus der Flasche, stellte sie auf den Nachttisch ab. Liess einen riesigen Rülpser, der aber mehr ein tiefes Gurgelgeräusch war. Eine Mischung aus Rülpsen und Chewbacca.

„Rauch' mal, damit du endlich die Klappe hältst". Wilma reichte mir den Joint, ich nahm einen tiefen Zug. Aber auch das Ausatmen unterlegte ich mit diesem Sound. Irgendwie hatte ich meine Freude daran, einen „Narren daran gefressen". „Echt. Jetzt hör' mal auf damit". Sie gab mir einen Kuss, spielte mit ihrer Zunge in meinem Mund. Wieso hatten wir uns eigentlich solange nicht geküsst? Woran, an wem lag das? Das Zungenspiel erregte mich, trotz meiner Betrunkenheit. Meine Hände griffen an ihre Brüste, meine Zunge erwiderte ihre spielerischen Bewegungen in meinem Rachen.

Noch einmal machte ich „Chewy" nach, griff zur Bierflasche, nahm einen grossen Schluck. Dann zum Ascher, einen tiefen Zug vom Joint. „Vergiss das alles. Zieh dich aus". Wilma hatte sich bereits ihr Shirt über den Kopf gezogen. Sie fingerte an meiner Gürtelschnalle herum, küsste mich dabei weiter. Wobei das Küssen eher ein „Auffressen" war – so innig und speichelig war ihr geöffneter Mund. „Schau' an. Nicht nur die Geräusche, du hast auch einen tierischen Ständer". Wilma hatte meine Hose mittlerweile ganz geöffnet. Steckte meinen Penis zwischen ihre Brüste. Was für ein Gefühl.

Ich hatte das zwar schon mit ihr „praktiziert", damals war ich aber einfach über sie „hergefallen". „Wilma. Nicht". Sie schaute mich an. „Das Tier kann reden". Lachte. Mit meinen Händen hielt ich sie an der Schulter. „Wilma. Bist du sicher?" Sie wackelte mit den Brüsten. „Ja, spritz' zwischen meine Titten, du Tier. Ich möchte das". Einen Moment lang konnte ich das geniessen. Aber nur einen Moment. „Wilma. Ich muss dir was sagen. Jetzt". Sie kam nach oben. Auf Augenhöhe. „Ja, dann lass' hören".

„In ein paar Tagen ist das wieder vorbei mit uns. Das weißt du, oder? Das ist dir klar?" Ich streichelte durch ihr Haar. Richtete mich auf. Nahm wieder einen Schluck Bier aus der Pulle. Zündete erneut den Joint an. „Hier, zieh' mal".

Sie nahm die Tüte. „Verdammt. Was willst du denn sagen? Mach' es nicht so spannend". Mit beiden Händen hielt ich ihr Gesicht. „Auch wenn es dann nur für wenige Tage ist – ich bin verliebt in dich". Ich war froh und erleichtert - zugleich - das gesagt zu haben. Wilma küsste mich. „Das macht mich glücklich. Dass du so ehrlich bist, dich nicht weiter versteckst. Schlaf' mit mir".

Wir zogen uns komplett aus. „Aber wenn dann bin ich das, der mit dir schläft. Ich möchte dich. Chewy hat Feierabend".

„Atlantik statt Atlantis"

Es war sehr schön. Zugleich aber auch traurig und ernüchternd. Es blieben uns nur noch ein paar gemeinsame Tage. Eigentlich müsste ich mich selber ohrfeigen. So viel Dummheit. So viel Selbstverleugnung. So viel Unehrlichkeit. Ganz zu schweigen von dem was Wilma denken und fühlen musste. Aber sie sagte nichts davon. „Es war schön. Von dem Mann, der in mich verliebt ist, zum Höhepunkt gebracht worden zu sein". Das war alles was sie dazu sagte. Ihre Augen sprachen aber eine andere Sprache. Augen lügen nie.

Wilma brachte mich zur SHELL. Nach Pernis. Dort auf dem Parkplatz wartete bereits ein Bus auf uns. Einige meiner Kollegen waren auch schon da. Auch sie waren in Begleitung ihrer Frauen oder Partnerinnen. Wie auch immer ihre private Konstellation aussah. Wir nickten uns zur Begrüssung zu. Anscheinend wollte jeder seine Liebste so lange als möglich in den Armen halten. Wilma hielt meine Hand. „Willst du es dir nicht noch anders überlegen? Bei mir bleiben?" Sie hatte Tränen in den Augen. „Wilma, ich habe mich entschieden. Schon vor Wochen. Bitte, bitte weine nicht".

Aus dem Kofferraum des Renault R5, Wilmas Auto, holte ich meine Taschen und stellte sie vor dem Bus ab. Es fiel mir selber schwer nicht auch loszuheulen. Mehr oder minder gerade erst hatten wir uns gefunden, nach langen Irrungen, jetzt hiess es Abschied nehmen.

Der Busfahrer war ausgestiegen. „So Männer, es geht los. Gepäck bitte einladen und einsteigen". Wir küssten uns ein letztes Mal. „Pass' auf dich auf. Komm' bald wieder – und vergiss mich nicht". Ganz fest schloss ich Wilma in meine Arme, sah sie an. „Es war gelogen als ich gesagt habe ich bin in dich verliebt". Sie schaute entsetzt. Ich lächelte. „Ich liebe dich, das ist noch viel mehr als nur verliebt sein. Du wirst mir fehlen". „Also doch ein wenig wie in einem schmalzigen Kinofilm" schmunzelte Wilma. Dann gab ich ihr noch einen

Kuss. „Und jetzt fahr' nach Hause, bevor ich selber anfange zu flennen".

Eine knappe Stunde waren wir mit dem Bus unterwegs. „Amsterdam Schiphol. Wir sind da, alles aussteigen". Ich war sehr aufgeregt, hatte noch nie zuvor einen Flughafen betreten. Auch kein Flugzeug von innen gesehen. Dementsprechend lief ich mit offenem Mund - staunend - durch das riesige Gebäude.

Der Busfahrer hatte uns ein Dokument mitgegeben, auf dem Gate soundso angegeben war, darunter stand irgendeine Nummer. Flugnummer, wie ich später herausfand. Am Gate wartete eine junge Frau in KLM-Uniform, hielt ein Schild mit der Aufschrift „SHELL – Amsterdam-Aberdeen" in der Hand. Da mussten wir hin. Unser Gepäck hatte der Busfahrer oder sonst irgendeiner von SHELL aufgeben. Wir brauchten zuvor gar nicht in einer der unzähligen Schlangen in der Halle anstehen. An der Luke des Flugzeuges stand wieder eine junge Dame in schicker Uniform. „Willkommen an Bord. Willkommen bei KLM".

Wie nannte sich so etwas genau? Wirklich Luke? Oder doch Tür? Und wie konnte so eine riesige Blechdose überhaupt in der Luft bleiben? Gar den Boden verlassen? Ein wenig mulmig war mir doch schon zumute. Hoffentlich geht das mal gut? Waren das aber nicht Fragen, die jeden beschäftigten der zum ersten Mal in einen „Flieger" steigt. Trotz meines „flauen" Gefühls wollte ich aber einen Fensterplatz.

Die Startbahn, das Flughafengebäude zog am Fenster vorbei, dann drückte mich etwas gegen die Rückenlehne. Wir hoben ab. Nur gut, dass eine der Flugbegleiterinnen uns zuvor so alles Mögliche erklärt hatten. „Kotztüte", das hatte ich behalten. „Wenn Ihnen unwohl ist, spucken Sie einfach in die Tüte". Ob es mit „spucken" getan war?

Die Gebäude wurden kleiner. Amsterdam war nur noch wie ein Farbklecks auszumachen. Menschen gar nicht mehr.

Ich wusste es, die Menschen sind einfach nur ein unbedeutender Schiss im Universum. Von hier oben war das zweifellos erkennbar. Ein kleiner Schiss, der sich für extrem wichtig hält. Von wegen.

„Darf ich Ihnen etwas zu trinken bringen?" Die uniformierte, junge Frau riss mich aus meinen Gedanken. „Ja, ich möchte einen Schnaps". „Einen Scotch? Wir fliegen ja nach Schottland". Sie sah mich fragend an. „On the rocks oder Soda?" Was jetzt? Ich wollte einfach nur einen Schnaps. „Ja genau". Sie blieb geduldig stehen. „On the rocks oder Soda?" Ihre Fragerei hatte ich nicht verstanden. „Einfach einen Schnaps für mich, bitte". Kurz darauf brachte sie mir einen Schnaps mit Eiswürfel. „Bitte sehr, der Herr. On the rocks".

In der Rückenlehne zum Vordersitz steckte neben der „Kotztüte" auch ein kleiner Prospekt. „Flugstrecke 440 Miles" war da zu lesen. Und noch die eine oder andere Werbung für was auch immer. War eher uninteressant. Im Moment jedenfalls. Ich war auf dem Weg „zur Arbeit". Nix Urlaub oder Ausflug.

Der Blick aus dem Fenster war überwältigend. Aber auch nichts sagend zugleich. Ich sah einfach nichts, lediglich ein paar Wolken, unter uns. Mein Sitznachbar „paffte" eine nach der anderen. Dafür gab es nur zwei Erklärungen. Entweder war er Kettenraucher oder extrem nervös. Die Raucherei fand ich sowieso Scheisse. Selbst im Auto rauchte ich nicht – und hier gab es nicht einmal ein Fenster das man öffnen konnte.

Gute zwei Stunden waren wir „in der Luft". Die KLM-Lady ging durch den Mittelgang. „Wenn sie sich bitte anschnallen wollen, wir landen in Kürze". Für einen ganz kurzen Augenblick hatte ich einen schlimmen „Flash-Back". Der Ruck der beim Aufsetzen auf die Landebahn durch das Flugzeug ging erinnerte mich an den Aufprall den ich bei unserem Verkehrsunfall hatte. Nur ohne Geräusche von splitterndem Glas. Ich schloss die Augen, presste die Lippen zusammen, umklammerte fest die Armlehnen. „Willeke" entfuhr es mir. „Alles in Ordnung?" Mein Sitznachbar hatte das mitbekommen. „Äh … Ja, alles okay".

Endlich raus aus der Dose. Schnell eine Toilette suchen, strullern. Und dann wollte ich auch eine Zigarette rauchen.

Zuvor hatte ein Typ, anscheinend unser „Reiseleiter", zumindest jemand von SHELL, uns gebeten, dass wir uns alle am Meeting-Point XY einfinden sollten. In vierzig Minuten. Dann sollte es weiter gehen. Wo waren eigentlich meine Taschen? Mein Gepäck? Zuletzt hatte ich sie gesehen als ich sie in Rotterdam in den Bus verfrachtet hatte.

Wir liefen in einer Gruppe, wie die Lemminge, hinter dem „Reiseleiter" über das Rollfeld, zu einer wartenden „Potez 840". Eine kleine Maschine, mit 4 Propellern. Gerade mal unsere „Mannschaft" fand darin Platz, nur 18 Sitzplätze. Das war jetzt echt eine fliegende Dose. Nicht einmal eine „Bedienung" war an Bord. Auf der Lackierung der Maschine hatte ich entdeckt „Loganair". Nachdem sich mein Sitznachbar angeschnallt hatte, jetzt waren es nur Kollegen in der Maschine, fragte ich ihn „Kennst du Logan?" „Ne, du?" gab er erstaunt als Antwort. „Woher?" Dass Logan der „bürgerliche" Name von Wolverine sei liess ich wissen. „Wolverine? Und wer ist das?" Anscheinend kein Comic-Leser. Also wozu ihm dann die Story erzählen.

Meine Gedanken gingen zu Willeke. Wie ich sie mit Wolverine verglichen hatte. Wie sie mich, in leicht betüdelten Zustand, zugerichtet hatte. Zerkratzt hatte wie Wolverine. Ihre Fingernägel in meinen Rücken gekrallt hatte. Diese Schmerzen waren aber nichts gegen den Schmerz, den ihr Tod in mir ausgelöst hatte. Nur zu gern hätte ich diese Qualen auf mich genommen, statt sie verloren zu haben. Jetzt war sie tot. Beerdigt. In ein Erdloch gelegt. Einfach Dreck auf sie geworfen. Ihrer Aura - ihrer Seele - konnte das aber nichts anhaben. Von ihr hatte ich gelernt, dass unser Spirit allgegenwärtig ist. Immer und überall.

„Wo fliegen wir jetzt eigentlich genau hin?" Mein Sitznachbar, Lesley sein Name, das wusste ich mittlerweile, wusste Bescheid. „Sumburgh. Auf den Shetland-Islands. Dauert etwa eine Stunde". Erstaunt blickte ich ihn an. „Ich dachte die „Brent Spar" ist im Atlantik?" „Ja, ist sie auch. Von den Shetlands geht es mit einem Helikopter weiter".

Das Aufsetzen der Propellermaschine war nochmals heftiger als zuvor beim KLM-Flieger. Es schepperte richtig. Mir ging schon ein wenig die Düse. Mit einem Blick aus dem kleinen Fenster konnte ich mich ablenken. War da tatsächlich eine Schranke auf der Landebahn? Ich musste noch mal hinschauen. Ja, Tatsache. Das standen wartende Autos. Vor einer Schranke. Ein „Bahnübergang" für Flugzeuge. Aufgeregt zupfte ich Lesley am Ärmel. „Schau' dir das an".

Hier, auf diesem winzig kleinen Flughafen - konnte man das so nennen? – hatten wir einen längeren Aufenthalt. Auf dem „Rollfeld" standen wenige Propellermaschinen. Mit Amsterdam war das in keiner Weise zu vergleichen. In Sichtweite stand, vor einer Halle, ein Helikopter. Rot und weiss lackiert. „Bond Helicopters" war zu lesen. Interessiert ging ich näher. Ein Typ, vermutlich der Pilot, in schwerer Lederjacke, sprach mich direkt auf Englisch an. „You're going to the Brent Spar?" „Yes, Sir".

Gleich begann er den Hubschrauber in höchsten Tönen zu loben. Was für ein tolles Fluggerät das sei. BlaBlaBla. „Ein Aérospatiale AS 332 Super Puma". Als wenn mir das was sagen würde. Aber fett war das Ding auf jeden Fall. Sogar mehr Sitzplätze als die Dose mit der wir von Sumburgh gekommen waren.

Über das Rollfeld kam eine kleine Karre mit einem Anhänger. Ich erkannte meine Taschen. Der Fahrer sprang von der „Zugmaschine" herunter und begann das Gepäck in den Helikopter zu verladen. Kurz darauf wurden wir gebeten in den Helikopter zu steigen. „Letzte Etappe, meine Herren. Noch gut 200 Kilometer bis zur Brent Spar".

Dann wurde es laut. Die Rotorblätter liefen langsam an, bis sie endlich auf voller Drehzahl waren verging eine Weile. Was für ein Krach. Was für ein Wind. Das Teil hob ab. Eine neue Erfahrung. Nicht wie im Flieger, sondern fast senkrecht ging es nach oben, in die Luft. Mir war nicht mehr mulmig, mir ging voll der Arsch. Wasser, soweit das Auge reichte. Sonst nichts, aber rein gar nichts. Die Flughöhe war auch nicht so dass man bei einem Absturz wenigstens direkt tot war. Elendig ersaufen würde man. „Abgesoffen im Atlantik". So wie man vom sagenumwobenen Atlantis spricht. Einfach weg. Abgesoffen.

Eine weitere Stunde später war die Plattform zu erkennen. Mit grellem Licht ausgeleuchtet. Irgendwo im Nirgendwo. Erst nur ein heller Punkt im Wasser. Je näher wir kamen umso grösser wurde das Ding. Eine riesige Plattform war über dem fast gesamten „Irgendwas" zu sehen. Mittig drauf ein grosses „H" gepinselt. Aha, da sollten wir also landen. Das war aber gar nicht so einfach – für den Piloten. Der Helikopter wackelte im Wind hin und her, wie eine Laterne.

Ich glaube alle waren mindestens so froh wie ich, dass das Geschaukel ein Ende hatte und wir endlich raus durften. Ein paar Leute, die auf der Landeplattform gewartet hatten, eilten an den Helikopter, luden eilig unser Gepäck aus und im fast gleichen Zug anderes Gepäck ein. Der Wind der Rotorblätter zwang einen automatisch in eine gebückte Haltung. Ein Typ fuchtelte aufgeregt mit seinen Armen in der Luft herum. Wir sollten zu ihm kommen.

„Eiskalt erwischt"

Wir wurden in eine Art „Mensa" geführt. Dort begrüsste uns der Typ offiziell. Sein Name sei Greg, der „Chief" hier auf der „Brent Spar". „First of all, our spoken Language is english", so begann er seine Ansprache. Okay, das war verstanden. Wie wir untereinander kommunizieren sei egal. Aber alles Offizielle - alle Anweisungen - würde auf Englisch erfolgen. Ausschliesslich.

Auf den Tischen lagen Pläne aus. Das sei extrem wichtig, das seien die Räume, Wege und Fluchtwege. „Versucht euch das schon mal ein wenig einzuprägen. Aber zuerst – kommt einmal an, esst etwas". Das war ein guter Vorschlag. Seit fast 6 Stunden waren wir jetzt unterwegs. Entweder im Bus oder, das war der grösste Anteil, irgendwo in der Luft. In einer Blechdose eingesperrt.

„Noch eins, Leute. Es darf nur hier geraucht werden. Nirgends sonst. Und damit meine ich nirgends. Es dürfen keine Feuerzeuge mitgeführt werden, alles ist hier zu deponieren. Habt ihr das verstanden?" Greg schaute in die Runde. „Der kleinste Verstoss gegen das strikte Rauchverbot führt zur sofortigen Entlassung. Die Brent Spar ist dann unverzüglich zu verlassen".

Das Speisenangebot war ähnlich wie in einem Hotel, ein grosses Büffet. Hinter einer Theke stand ein Koch, zumindest so gekleidet, und nahm Order für warme Gerichte entgegen. Greg liess noch wissen, dass er in einer knappen Stunde zurückkäme, uns dann unsere Quartiere zeigen werde. Mir war direkt aufgefallen, dass er, Greg, eine weisse Lederjacke trug. Er war auch Schweisser?

In der Mensa, der Kantine - ein halbrunder Raum - sassen noch einige andere Kollegen. Alle sehr schmutzig und sichtlich „abgekämpft". Schnell kamen wir ins Gespräch. Ein bunt gemischter Haufen aus Holländern, Engländern, Norwegern, Philippinos.

Greg war zurück. „Vier Leute müssten direkt gleich mit der Nachtschicht anfangen, denen zeige ich dann die Quartiere. Die anderen warten bitte". Er blickte in unsere Runde. Wir waren mit elf Personen angekommen. „Irgendwer freiwillig? Oder soll ich auswählen?" Zwei Kollegen meldeten sich sofort. Ich stand auf. „Ich auch". Greg schloss die Augen und zeigte „blind" in unsere Gruppe. „Und du auch noch". Der Kollege stand auf. „Dann kommt bitte mit. Vergesst eure Taschen und die Pläne nicht". Wir folgten ihm.

Es ging eine Etage abwärts. Irgendwie war alles gebogen, rund. Ein Gang führte einmal im Kreis um die gesamte Etage. Von dort führten unzählige Türen zu den Quartieren. Greg blieb stehen, nannte ein paar Zahlen und zeigte bei jeder genannten Zahl auf einen von uns. „Stellt eure Taschen hier ab, merkt euch die Nummer. Noch werden die Zimmer hergerichtet. Aber nicht für euch, für den Kollegen aus der Tagschicht". Wie? Für den Kollegen aus der Tagschicht?" wollte ich wissen. Die Erklärung folgte prompt. Immer zwei Leute teilten sich ein Quartier, abwechselnd. Tag- und Nachtschicht. „Die Schichten gehen von Acht bis Acht, also jeweils 12 Stunden". Dann erklärte Greg noch wie der Ablauf sei.

„Jede Schicht trifft sich um spätestens 7 Uhr, egal ob morgens oder abends, in der Mensa. In der verbleibenden Stunde – bis Schichtanfang - geht ein Reinigungsdienst in die Quartiere, reinigt das Zimmer, bezieht die Betten mit frischer Wäsche, legt neue Handtücher parat. Auch eure private Wäsche könnt ihr einfach dazu legen. Das wird alles gewaschen und dann wieder bei euch abgelegt. Wir gehen jetzt zur Kleiderkammer, dort bekommt ihr eure Arbeitskleidung. Dann treffen wir uns wieder in der Mensa. Klar soweit?"

Der „Kleiderausgeber" fragte jeden nach seiner Grösse, kam mit einem Stapel Klamotten zurück. Zusätzlich für jeden von uns noch ein „Geschirr". „Wofür ist das?" wollte ein Kollege wissen. „Sobald ihr nach draussen, ins Freie geht muss das angelegt werden". Das war alles? „Was ist mit meiner Lederjacke? Wollte ich wissen. „Was für eine Lederjacke?" war die Gegenfrage. „Na, so eine weisse, wie Greg sie auch hat". Der Typ lachte. „Das ist hier etwas anders als auf der Raffinerie. Hier trägt jeder identische Klamotten. Nur die Chiefs haben Lederjacken". Er sah mich an. „Aber du bist kein Chief". Dafür gab es einige „Stofffähnchen" mit Nummern drauf, ebenso eine Messingmarke mit der gleichen Nummer. „Die Fahne steckt ihr an eure Klamotten, wenn ihr sie in die Wäsche gebt, die Messingmarke tragt ihr bei euch, okay?" Der „Kleiderausgeber" schob die Pakete zu uns herüber.

Zurück in der Mensa erwartete Greg uns bereits. Er sass an einem Tisch mit dem Rest aus unserer angereisten Gruppe. „Okay Männer. Raucht euch noch eine, dann den gesamten Kram, den ihr in den Hosentaschen habt – Zigaretten, Tabak, Feuerzeuge, Schlüssel, einfach alles – dort drüben in die Ablagefächer". Er zeigte zu einer Art „Mini-Spind" an der gewölbten Wandfläche. Dort waren ebenfalls Nummern auf den Fächern. „217", das war meine Nummer.

Wir setzten uns zu den anderen. „Wir machen mal einen kleinen Test". Greg zeigte auf einen. „Welche Nummer hast?" Der Kollege kramte seine Marke hervor. „125". „125, merk' dir das. Das bist jetzt du". „Ich heisse ..." „Das ist jetzt Nebensache, du bist 125, klar soweit?" Wie? Wir waren jetzt Nummern? So wie die „Panzerknacker" in Donald Duck Comics? Und warum beendete Greg fast jeden Satz mit „Klar soweit"?

Neben der Mensa war ein weiterer Raum. Umkleide und Waschräume. Nicht allzu gross. Platz für etwa 25 Personen. Ein ganzer Pulk Leute marschierte da hinein. Vereinzelt kamen sie danach in die Mensa. Greg rief einen heran. „482". „Yes

Chief". Der Typ kam heran. Rothaarig, Grobschlächtig. Eher kleinerer Statur. „217, das ist dein Quartier-Mitbewohner". Ich streckte ihm meine Hand entgegen. „Hi 482". Freundlich lächelte er. Hi, ich bin Leyland". Damit war das Gespräch auch schon wieder beendet. Greg rief ihm noch zu „Du nimmst dann seine Taschen mit in das Zimmer, klar soweit?"

Wir, also unsere Vierergruppe und noch ein paar andere, die in der Mensa sassen, gingen zusammen „nach oben", betraten die Ebene unterhalb der Helikopter-Plattform. Ein starker Wind wehte uns entgegen. Greg zeigte auf eine Ballustrade. Dicke Drahtseile liefen um die gesamte Ebene. Er griff zu seinem Geschirr, hakte es in ein Drahtseil ein. „Sobald ihr hier seid, müsst ihr euch dort sichern. Das ist sehr, sehr wichtig. Für euch. Klar soweit?".

Das war nachvollziehbar. Der Wind zerrte heftig an mir. „Wenn einer von der Plattform geweht wird war es das. Das Meer gibt nichts mehr her". 125 schaute ihn an. „Was heisst das?" Greg griff sein Geschirr, hakte ihn ein. „Dann bist du weg". Er zeigte auf das Meer. „Da unten kann dir keiner mehr helfen. Du gehst einfach unter, erfrierst, ertrinkst. That's it. Klar soweit?"

Worauf hatte ich mich eingelassen? Ich war zu einer Nummer geworden, die Gefahr lief einfach zu ersaufen? Es war arschkalt hier draussen, der Wind zeigte seine ganze Kraft. Schob mich hin und her. Wie einen Ball. Wir waren sein Spielzeug. Hätte ich mal auf Wilma gehört. Sie hatte es noch so nett gesagt „Willst du es dir nicht noch einmal überlegen?" Wenn ich das gewusst hätte.

Mir wurde schlagartig klar was gemeint war als man uns die Voraussetzungen geschildert hatte - gutes Englisch sprechen, schwindelfrei und körperlich fit sein. Klar, in einem geheizten Raum hört sich das ganz anders an, als jetzt hier auf der Plattform. Der Blick über den Horizont unterstrich noch mehr wie verloren ich mir vorkam. In jede Scheiss Himmelsrichtung war nur eins zu sehen – Wasser. Und auch nicht wie ein See, wie das Quackjeswater, sondern echt heftiger Wellengang.

Wir hatten noch keinen Handgriff getan, wussten nicht einmal was zu tun sei – ich hatte den „Kaffee aber schon auf", die Schnauze voll. Wäre ich mal schön auf der Raffinerie geblieben. Scheiss auf Herausforderung meistern – so was hatte ich noch nicht vor der Brust. Es gab also nur drei Optionen. Heulen. In die Hose pinkeln. Durchziehen. Die ersten beiden schienen mir jetzt nicht angebracht.

Dann drehten wir eine Runde über die gesamte Ebene. Immer wieder mussten wir unser Geschirr erneut in die Ballustrade einhängen, die in Abständen von ein paar Metern durch einen sehr stabilen Stahlpfosten verstärkt war. „Wenn wir hier draussen sind achtet jeder, aber auch jeder, auf den anderen". Greg sah mich an. „217. Klar soweit?" Er sprach sehr laut. Das war aber dem Wind geschuldet, man musste dagegen anreden. „Du gehst mir jetzt schon auf den Sack mit deinem „Klar soweit". Aber so was von". Das hätte ich ihm am liebsten geantwortet. Aber es wurde nur ein Schmunzeln. „Yes Chief, got you". Es kam mir einen Moment so vor als würde ich zu „Captain Benjamin Willard" aus dem Film „Apocalypse Now" sprechen.

Ringsherum um die „Brent Spar" war es stockduster. Nur die Plattform selbst war dermaßen hell erleuchtet, in gleissendes Licht getaucht. Einige der Arbeiter hier auf der Ebene trugen Sonnenbrillen. Mitten in der Nacht. Was für ein krankes Szenario. „Wir gehen eine Ebene tiefer. Ich zeige euch eure Arbeitsbereiche". Greg hatte sich „abgesichert" und war schon auf dem Weg in Richtung Metalltreppe.

„Gott sei Dank, windgeschützt". Wir betraten einen geschlossenen Raum. Ich war schon leicht durchgefroren. Das sah schon eher so aus wie unsere Werkstatt auf der Raffinerie. Rohre, Flansche, grosse Schrauben, Flaschenzüge an den Decken – ein vertrauter Anblick. Greg gab uns einen Moment um uns umzuschauen, zu orientieren. „Wer waren die Schweisser von euch?" wollte er wissen. 125 meldete sich. Und ich. „Okay, also 125 und 217. Das sind eure Schweissmaschinen. Arbeitet euch mal ein, nehmt mal ein Rohrstück und lasst sehen was ihr draufhabt". Ich beendete seinen Satz im Kopf. „Klar soweit?"

Die anderen beiden Kollegen gingen mit ihm in einen weiter hinten im Raum gelegenen Bereich. Kurz darauf war Greg zurück. „Sag' mal, warum haben wir nicht so schicke Jacken wie du?" wollte ich wissen. „Auf der Raffinerie hatten wir das".

Nun, das sei ganz einfach. „Wenn ihr was Weisses seht ist es ein Chief oder Instructor". Alle anderen hätten einheitliche, braune Arbeitskleidung. „Es kommt auch mehr als einmal vor, dass ihre andere Arbeit verrichten müsst, also nicht nur Schweissen". Ja, tolle Wurst. Dafür hatte ich extra die Ausbildung gemacht. Um eben nicht mehr die schweren Dinger zu schleppen und Stahl von A nach B zu wuchten.

Ein Mann betrat den Raum. Ebenfalls in braun gekleidet. „Hallo Männer. Ich bin Josh, euer Teamleiter. Wir machen jetzt Pause, essen – und dabei erkläre ich auch so einiges. Kommt mit". Er begann damit, zu erklären, dass alle „Instructors" wiederkehrende Nummern hatten. Seine war „666". Die Zahl des Teufels. Kein gutes Omen, oder? Und dazu einen biblischen Namen, Josh – Joshua. „Na, wenn das mal gut ausgeht" dachte ich mir.

Alle anderen Kollegen waren auch in der Mensa. Sie war jetzt gut gefüllt. Viel mehr passte auch nicht rein. Genau die Grösse für eine Schicht. „Bedient euch, nehmt was ihr wollt, soviel ihr wollt, so oft ihr wollt". Josh lief mit uns am Büffet vorbei. „Warmes, also Fleisch, Gegrilltes oder Suppe bestellt ihr direkt beim Koch. Bei unserem Smutje". Mit einem Auge zwinkerte er dem „Küchenbullen" zu. „Das sind die Neuen. Sag' Hallo". Er tat wie ihm geheissen. „Hallo".

„Und wie ist deine Nummer?" fragte ich scherzhaft. „Ich bin Smutje, einfach nur Smutje, okay?" Mit einem Grinsen entgegnete ich „Klar soweit". Mein Grinsen wurde breiter, ich musste mich sehr zusammen reissen um nicht einfach loszulachen. Josh erklärte erst wie es in der Mensa laufe. „666, des Teufels Zahl". Seinen Spitznamen – „Das Tier" - hatte er bei mir schon weg.

Es gab vier warme Mahlzeiten, jeweils zwei pro Schicht, ansonsten wäre das Büffet immer befüllt. Zu jeder Tageszeit. Belegte Brote sowieso, immer. Und natürlich Kaffee, bis zum Abwinken. Und gequalmt wurde hier in der Mensa, was das Zeug hergab. Das brauchte „Das Tier" aber gar nicht erst erklären. Der Zigarettenqualm stand im Raum, trotz geöffneter Fensterluken.

„Selbstverständlich können sich hungrige Mitarbeiter auch zwischen den Mahlzeiten mit kleinen Snacks verpflegen", so Josh weiter. Und auch Dinge wie Tabak oder Zigaretten gab es zu kaufen. „Eins, ganz wichtig. Alkohol gibt es nur begrenzt. Zwar auch kostenlos. Aber nur Bier, kein Schnaps. Und auch nur an Personen in Zivilkleidung. In Arbeitsklamotten gibt es gar nichts".

Auch sonst gab es so einige „Annehmlichkeiten", wie Fernsehraum, eine kleine Bibliothek mit Zeitungen und Zeitschriften. „Und – auch nicht ganz unwichtig - Post wird alle paar Tage mit dem Hubschrauber geliefert. Und Ärzte versorgen erkrankte Mitarbeiter in ihrer Praxis oder der Station direkt vor Ort". Das war schon einiges an Information. Für mich eindeutig zu viel für die ersten Stunden. Aber ich hatte ja jetzt ausgiebig Zeit um das alles zu „erleben". Weg konnte man eh nicht. Von dieser Insel aus Stahl und Beton.

Die anderen Begriffe hatte ich so schnell wieder vergessen wie Josh sie genannt hatte. „Floorman, Floorhand, Rotary Helper, Drillfloor Worker, Derrickman, Assistant Driller" und was auch immer noch alles. Ich bin kein Engländer, das sagte mir alles nichts. "Was ist mit Weibern?". Das interessierte mich. Josh fing an zu lachen. „Nix, Fehlanzeige. Die gibt es hier nicht. Nicht eine. Damit erst gar kein Stress aufkommt". Alle schauten ihn an. „Und was ist mit …?" 125 hatte seine Frage noch nicht ganz zu Ende formuliert. Josh sah ihn an. „In Sumburgh, auf den Shetlands, da warten die Nutten dann sehnsüchtig auf euch. Direkt nach der Landung. Da könnt' ihr euch dann die Seele aus dem Leib vögeln bevor ihr den Heimflug antretet". Mit einem Augenzwinkern zu 125 sagte er dann „So schlimm? Bist doch gerade erst angekommen".

Die Pausenzeit war vorbei. Es war Ein Uhr in der Nacht. Wir brachen wieder auf. „Alle Rauchwaren, Feuerzeuge und so wieder in eure Fächer. Das muss euch in Fleisch und Blut übergehen". Gut, dass Josh das noch mal gesagt hatte.

„666" ging vor uns die stählerne Treppe herunter. Kurioserweise hatte ich jetzt ständig den Song „The Four Horseman" aus dem Album 666 von Aphrodite's Child im Ohr.

Ich war nicht nur froh wieder mit Arbeit beschäftigt zu sein. So verging die Zeit zum einen – und andererseits musste ich nicht nach draussen. Das war schon Scheisse Kalt hier auf dem Meer. So gar nichts schützte einen vor dem eisigen Wind.

In den folgenden Stunden erklärte Josh dann auch, dass immer wieder Abschnitte von Rohrleitungen ausgetauscht und erneuert werden. „Reine Vorbeugemassnahme".

„Fix. Fertig."

Mein Blick ging zu der grossen Uhr, die an einer Seite des Werkstattraumes hing. Es war fast fünf Uhr. Ein Kaffee musste her, mindestens einer. Besser sogar mehrere. Ich spürte jetzt deutlich wie sehr ich „im Arsch" war. Fast 20 Stunden war ich auf den Beinen, seitdem ich das Haus in Rockanje verlassen hatte. Wilma würde bestimmt friedlich und fest schlafen. Als ob meine Gedanken zu Josh übertragen wurden rief er „Pause, wir machen Pause".

„Zuerst Kaffee". Direkt zwei Becher stellte ich auf mein Tablett, ging an einen Tisch, drehte mir eine Zigarette und schlürfte den heissen Koffeintrunk. Mein Tischnachbar hatte einen riesigen Fleischberg auf seinem Teller. „Ne, das ist jetzt nichts für mich. Es ist tiefste Nacht. Ich entschied mich für Broodjes. Und weiteren Kaffee. Ähnlich schlaff und labbrig wie das Broodje, so fühlte ich mich. Nicht mehr lange dann konnten wir uns ablegen. Gott sei Dank. Pennen. Nur noch pennen.

125 hatte sich jetzt auch zu mir gesetzt, sich ebenfalls „eine angesteckt". „Und? Wie geht es? Wie gefällt es dir?" „Da kann ich nix zu sagen, ich bin einfach nur fertig. Willst du auch noch einen Kaffee?" Ich ging erneut zu der grossen Thermoskanne am Büffet und pumpte die schwarze Brühe in meinen Becher.

Jetzt ging es wieder, die letzten Stunden konnten kommen. Einige der Kollegen waren auch immer wieder mal, über die gesamte Schicht verteilt, gekommen. Kleiner Small-Talk. Die Namen hatte ich mir nicht gemerkt, nicht merken können. Das war einfach zu viel Input. Nicht einmal die Zahlen konnte ich mir merken.

Auf dem Weg zur Umkleide kamen wir durch die Mensa. Die meisten der Tagschicht sassen bereits in kompletter Montur, also Arbeitskleidung an den Tischen, tranken Kaffee, rauchten. Einige meiner Kollegen, mit denen ich angereist war, kannte ich. Zumindest ihre Gesichter. Die allermeisten waren mir unbekannt. Selbst Leyland, wie sich mein Zimmergenosse vorgestellt hatte, suchte ich vergebens.

Egal. Erst einmal unter die Dusche. „Danach sehen wir weiter". So war es auch. Von der Eingangstüre aus rief ich einfach in den Raum. „Leyland! Four Eightytwo!" Eine Hand hob sich, das war er. Jetzt erkannte ich seine roten Haare. Er bat mich kurz Platz zu nehmen. „Deine Taschen sind im Zimmer". „Okay, danke. Und welches war das nochmals?" wollte ich wissen. Die ganzen Zahlen machten mich völlig durcheinander. „Room 174". Puuh. Das hätte ich nie mehr gefunden, weil eben auch nicht mehr gewusst.

Eine Weile blieb ich noch bei ihm sitzen, wir redeten belangloses BlaBla. Er musste auch bald los. Sein Tagewerk beginnen. Ich blieb noch für mindestens zwei Zigaretten, schaute mich um.

Es war wieder etwas Ruhe eingekehrt, das hektische Treiben und das Stimmenwirrwarr hatten sich gelegt. „Das war also deine erste Schicht. So hast du dir das aber nicht vorgestellt, oder?" Die Frage hatte ich mir selber gestellt, also sollte ich sie mir auch beantworten. Mir war zwar nicht klar wie ich es mir vorgestellt hatte – aber so jedenfalls nicht. Irgendwie anders. Nur wie?

Room 174. Hier war es. Es roch frisch geputzt, das Bett frisch bezogen. Das Zimmer, das Quartier, Room – wie auch immer man es nennen mochte – war ein Loch. Ein enger Schlauch. Gerade mal Platz für ein Bett, einen Stuhl und einen schäbigen Tisch. Rechts neben dem Bett ein Regal mit zwei Etagen für Wäsche. Ein Fach der beiden war befüllt. Das war also Leylands „Kleiderschrank". Eine grelle Lampe an der Decke, sonst nichts. Kein Fenster. Am Kopfende hing „Miss March 1983 – Alana Soares". Das „Centerfold" aus dem Playboy zeigte eine Frau. Nicht hübsch, also kein hübsches

Gesicht – aber dafür echte „Monstertitten". Dick, riesig, labbrig. So gar nicht meine Vorstellung von Titten. „Die Titten von Wilma - ja, das waren Titten. Erste Sahne. Nicht so Hängeteile wie da auf dem Foto." schoss es mir durch den Kopf. Dann aber als nächstes inspizierte ich die Matratze. Klar, Bettwäsche war frisch aufgezogen. Aber wie oft hatte Leyland, oder wer auch immer schon hier gepennt hatte, in die Matratze reingewichst? Die Mega-Tüten von Alana Soares liessen das vermuten.

Meine Taschen feuerte ich in das freie Fach. Nicht einmal Wäsche wollte ich auspacken, liess mich direkt auf das Bett fallen. Schaute die trostlosen Blechwände entlang. „Wie fertig kann man sein?" Sah es so in „Alcatraz" aus? Besser? Schlimmer? Obwohl ich mir schlimmer gerade nicht vorstellen konnte. Vorstellen wollte. „Echt, dass du hier eingeknastet bist. Du Nummer". Ich liess meine Gedanken lieber noch einen Moment zurückschweifen. Zu schönen Zeiten. Mit der negativen Schwingung wollte ich nicht einschlafen.

Die kleine Digitaluhr, die über der Zimmertür an der Wand montiert war, zeigte 13:34. Der Anblick des Zimmers war immer noch so beschissen wie Stunden zuvor. Aber ich war ausgeschlafen. „Ist doch schon mal was".

Mein, unser Quartier war so klein, dass man sich kaum ankleiden konnte. Mit meinen Klamotten im Arm, nur in Boxershorts bekleidet, ging ich zur Umkleide - um dort zu duschen, mich zu rasieren und anzuziehen.

Unterwegs traf ich zweimal - in kurzem Abstand - auf einen Kollegen, der den Gang entlang joggte. „Frühsport" rief er mir im Vorbeilaufen zu, nachdem ich ihn bei der zweiten Runde doch schon sehr verwundert anschaute. Dann direkt rüber, in die Mensa. Erstmal anständig frühstücken. Am frühen Nachmittag. Meine innere Uhr war völlig durcheinander.

Jeden Tag ein „Deck", eine Etage der Plattform erkunden, das war mein Plan. Unterstützt durch den Plan, den wir ja in Papierform bekommen hatten. Um dann, nach ein paar Tagen zumindest, eine Orientierung und eine grobe Vorstellung von dieser schwimmenden Tankstelle zu bekommen.

50.000 Tonnen Öl fasste die Brent Spar, die Zahl hatte ich behalten. Das stellte ich mir einfach in Tankwagen vor, so war es greifbarer. Wären dann 5.000 Tankwagen, hintereinander aufgereiht. Von Rockanje bis mindestens nach Brielle. Nichts als Tankwagen. Eine riesige, ölige Kolonne. „Und darauf schlafen wir, darauf gehen wir spazieren. Ist bestimmt ein Mega-Feuer, wenn die Scheisse mal hochgeht".

Erst wollte ich aber mal bei „Tageslicht" auf die oberste Plattform, unterhalb des „Heli-Deck". Auch um einfach den Himmel zu sehen, statt immer nur diese Stahlwände. An der Türe, die zur Plattform führte, stand ein Security-Typ. „Ohne Geschirr kein Zutritt. Und ohne Arbeitskleidung, ohne Sicherheitsausrüstung schon mal gar nicht". Sehr weit war ich nicht gekommen. „Dann eben nicht". Sollte ich einfach „auf gut Glück" eine der mindestens 15 „Etagen" aufsuchen? Was sollte es hier zu sehen geben? Ausser Metallwänden? Der grösste Teil lag ja unter der Wasseroberfläche. Mein Weg führte geradewegs in die Mensa.

Es war die dritte oder vierte Nachtschicht. Während einer Pause sah ich durch das Fenster in der Mensa ein Licht am Horizont. Was war das? War das überhaupt was? Hatte ich Halluzinationen? Immerhin hatte ich seit Tagen nicht gekifft. Das machte sich auch in meinen Träumen bemerkbar. Allerlei wirres und zusammenhaltloses Zeugs schwirrte durch meinen Kopf. Vieles davon hing mit Willeke oder Wilma zusammen. Oder beiden. Genau konnte ich das aber nicht festlegen. Gesichter sah ich keine im Traum.

„Ein Schiff wird kommen"

Nur Fragmente die mich den Bezug vermuten liessen. Blonde Haare, Mercedes CE, Szenarien die ich erlebt hatte, Titten – das musste Wilma sein – und nicht dieses Playmate mit den Killerbrüsten an unserer Quartierwand - das hoffte ich inständig, Landschaften in Frankreich.

Mit jeder Pause kam das Licht näher. „Was ist das?" 125 wusste die Antwort. „Das wird ein Tankschiff sein, es kommt ja auf uns zu". Hoffentlich fuhr es nicht direkt auf uns zu. Ausweichen war für uns keine Option, wir waren ja „festgetackert" mit den fast 70.000 Tonnen Stahl, Beton und Öl – das war in etwa das Gewicht der „Brent Spar". Und sehen würde der Kapitän uns bestimmt auch, immerhin ragte Einiges der fast 150 Meter hohen Konstruktion aus dem Wasser heraus. Josh sollte es wissen, ich wandte mich an ihn. „Was ist mit dem Licht? Was ist mit dem Schiff?"

Im Gegensatz zu mir war er sehr entspannt. „Alle zwei bis drei Tage legt ein Tanker an, bleibt in der Regel einen Tag. Dann wird der Lagertankinhalt der Brent Spar auf das Schiff umgepumpt. Bis der Tanker aber dann hier anlegt dauert es noch eine Weile. Mehr als 15 Knoten macht so ein Teil nicht". Es sei bestimmt die „Batillus" oder aber die „Bellamya", beides Tankschiffe der SHELL.

An die Arbeit und Arbeitsabläufe hatte ich mich schon ein wenig gewöhnen können. Und es war auch so wie Greg es ganz zu Anfang erzählt hatte. „Immer wieder mal müsst ihr auch anderes ausser Schweissen machen".

Pumpen und Rohrleitungsegmente wurden zerlegt und ausgetauscht, Verschraubungen kontrolliert. All so Zeugs was mit den Aufgaben eines Schweissers aber auch so gar nichts zu tun hatte. Grundsätzlich war es „eher ruhig". Im Vergleich zur Raffinerie ging es mehr wie in einem Sanatorium zu. Es war halt eben ein Lager, eine schwimmende Tankstelle.

Keinerlei Produktionsabläufe. Schauen, dass alles intakt ist, warten auf Öl, das von den vier Bohrinseln - Brent Alpha, Brent Bravo, Brent Charlie, Brent Delta – zu uns herübergepumpt wurde, um es dann in Tankschiffe zu verladen. Die Fördermenge im „Brent-Field" war gigantisch. Täglich über eine halbe Million Barrel Öl. Also 500.000 mal 159 Liter. Die Tankschiffe brachten es dann nach Rotterdam oder sonst wo hin. Wofür braucht der Mensch so viel „Brennnstoff"? Und warum in Dreiteufelsnamen hatten die Leute in den „Chefetagen" der SHELL das Feld nach der „Ringelgans" benannt?

Unsere Schicht war beendet. Noch bevor ich in die Umkleide ging um zu duschen war ich an den Tresen der Mensa gegangen. „Hi Smutje. Bitte ein Bier für mich". „Erst umziehen, sonst gibt es leider nichts. Nur wenn du erkennbar zur Freischicht gehörst darf ich dir ein Bier geben". „Ach fick dich, du Arschloch" hätte ich am liebsten geantwortet. Aber Smutje hielt sich nun mal an die Vorgaben. Kaum hatte ich meinen Overall in der Umkleide abgestreift, ich stand in Unterwäsche am Tresen, wiederholte ich meine Order. „Privater geht es ja wohl kaum, oder? Ein Bier bitte". Smutje musste grinsen, stellte mir ein eiskaltes Heineken auf den Tresen. „Cheers".

Das „Fläschen" hatte ich in einem Zug runtergekippt, dazu brauchte ich nicht einmal vom Tresen weg gehen. „Direkt noch eins bitte". Das nahm ich aber mit zu einem Tisch, holte mir zuvor Tabak aus meinen „Mini–Spind", qualmte mir eine Selbstgedrehte zum zweiten Bier. Erst dann ging ich duschen. Noch leicht tropfend und umgezogen schritt ich das Büffet ab, lud mir anständig Essen auf mehrere Teller. „Und jetzt bitte noch ein Bier zum Abendessen dazu". Für mich war es das jedenfalls, auch wenn der Tag gerade angebrochen war. Smutje sah mich an. „Durst?" Sollte ich ihm jetzt mit der Weisheit der Rheinländer antworten? „Durst ist schlimmer als Heimweh". Wahrscheinlich würde er sowieso nichts damit anfangen können. Erst recht nicht, wenn ich versuchen würde das ins Englische zu übersetzen.

Nach wenigen Tagen hatte ich mir angewöhnt wenige Stunden vor Schichtbeginn bereits meine Arbeitskleidung zu tragen. So konnte ich, mit „Sicherungsgeschirr" zumindest „nach draussen". Etwas Himmel sehen, sonst gab es ja nichts, ausser Wasser. In der Ferne - wie weit konnte man schauen? – einige Kilometer müssen es gewesen sein, sah man die Fackeln der „Brent Alpha". Aber ansonsten nichts. Nur unterhalb der „Brent Spar" lag wieder mal ein Tankschiff. Mit einem riesigen Rüssel war das Schiff zur Befüllung mit der Plattform verbunden. Die Dieselmotoren des Schiffs stampften gegen den Wellengang an, um bloss nicht gegen die Plattform zu knallen. Hier draussen war es saukalt, immer windig - trotz des Sommers, der langsam Einzug hielt. Mit „King Peppermunt" wappnete ich mich davor eine kratzige Stimme zu bekommen.

Fast 20 Tage war ich jetzt bereits hier auf „Alcatraz", so hatte ich die „Brent Spar" für mich persönlich umbenannt. Kurz vor „Halbzeit". „Ihr könnt heute und morgen Telefonate nach Hause führen" liess Greg uns wissen.

Es gab ein kleines Zimmerchen in dem das Telefon auf einem Tisch stand. Ein bequemer Sessel war ebenso vorhanden. Wenigstens hätte man ein wenig Privatsphäre während man, mit wem auch immer, sprechen konnte. Wir mussten uns in Listen eintragen, wann es am Besten in unsere Schichtplanung passen würde. Ich entschied mich für 22:30 Uhr. Dann hätte ich sowieso bald Pause – und Wilma wäre bestimmt zu Hause erreichbar. Ja, ich wollte Wilma anrufen. Ihre Stimme hören. Wer hätte gedacht, dass sie mir so fehlte? Ich selbst auch nicht, aber es war definitiv so, ich vermisste sie. Sehr sogar.

„Hoi, met Wilma". Freudig vernahm ich ihre Stimme. „Hoi, this is Captain Birds Eye calling" scherzte ich. Wie es mir gehe, wie die Arbeit sei, ob es gefalle? Wollte Wilma direkt wissen. Eigentlich war es mir egal was sie fragte, ihre Stimme zu hören, das wohlige Gefühl in mir zu spüren, einen geliebten Menschen am anderen Ende der über tausend Kilometer langen Leitung zu haben, das war es. Wilma erzählte – und erzählte. Der Sommer sei bald richtig da, sie habe ein wenig umgeräumt – was weiss ich alles. Ich unterbrach sie. „Was hast du an? Kann man deine Titten sehen?" Ich sah förmlich ihren erstaunten Gesichtsausdruck durchs Telefon. Vielleicht würde es ja in der „Zukunft" auch „Bildtelefon" geben? Jetzt musste ich mir das einfach vorstellen. „Du bist schwer unterfickt, oder?" Wilma lachte. Am liebsten hätte ich aufgelegt und wäre schnurstraks zu ihr geflogen. „Erzähl' mal wie es bei dir so läuft" wollte sie wissen, sicher aus Interesse, aber auch um das Thema „Unterficktheit" zu wechseln.

Immer wieder musste ich zur Uhr schauen. „Dreissig Minuten für jeden, mehr Sprechzeit ist aber nicht", das war die Vorgabe, die für jeden galt. „Wilma, ich vermisse dich so sehr", versuchte ich zum Ende zu kommen. Wilma nahm meine Worte auf, setzte noch mal einen drauf. „Liebling, ich vermisse dich auch so sehr, komm' bald zurück, ich liebe dich". Ihre Worte – kurioserweise insbesondere „Liebling" - trieben mir ein wenig die Tränen in die Augen. Ich musste auflegen. „Ja, ich liebe dich auch. Bis bald. Bis sehr bald". Bevor ich dann zurück in die Werkstatt ging rauchte ich mir in der Mensa noch eine Zigarette. „Verdammt". Dass ich sie so vermisste. Das war mir jetzt noch bewusster - nach dem Telefonat.

In einer der folgenden Schichten war es dann soweit. Ich wusste nicht einmal welcher Tag es war. Tageslicht bekam ich nur selten zu sehen, ein „Stündchen", wenn es das Wetter zuliess und ich mich auf die Aussenplattform begeben hatte. Ein „Betankungsmanöver" stand an. Fast alle mussten ran um die Rohrleitung mit dem Tankschiff zu verbinden. Jede Menge Schlauchverbindungen, Seile, Erdungskabel mussten gelegt werden. Aber nicht wie ein Gartenschlauch, mindestens zwanzig Zentimeter Durchmesser hatte so ein „Schlauch", das war eher ein „Flexibles Rohr".

Statische Aufladung war „tödlich". Das musste unter allen Umständen vermieden werden. Dafür die Erdungskabel. Verschraubungen wurden mehrfach gegengeprüft, dann liefen die Pumpen unter Getöse an. Der Vorgang dauerte ewig. Bis weit nach Schichtende. Ich versuchte mir die Ölmenge vorzustellen die von der „Brent Spar" in das Tankschiff gepumpt wurde. Stellte mir vor, dass es gut 8 Millionen Autos waren, die jetzt an einer Tankstellen-Zapfsäule warteten um ihren Sprit abzuholen.

Meinen Quartierskollegen Leyland – 482 – hatte ich in den vergangenen Wochen vielleicht insgesamt eine Stunde gesehen, gesprochen. Immer nur in der Mensa, zum Schichtwechsel. Irgendwie war das schon komisch, mit jemand zusammen zu wohnen, sich ein Zimmer zu teilen, von dem ich eigentlich nur wusste, dass er auf dicke, ausgeleierte Brüste stand. Das war einfach zu vermuten, warum sonst hätte er sich ausgerechnet solch eine Playmate an die Wand gepinnt. Naja, da ist halt jeder anders. „Andere Länder, andere Sitten – Andere Frauen, andere Titten".

Die fünfte Woche hatte begonnen, die Schicht näherte sich dem Ende zu. Super, gleich Duschen - was Futtern, Bierchen – und dann ab in die Falle. Das war ein Trugschluss. Ein klarer Beleg für die Richtigkeit eines alten Sprichworts: *„Erstens kommt es anders – und zweitens als man denkt"*. Greg war in der Mensa erschienen. „Alle Schweisser mal bitte zu mir". Wer von uns „Schutzgasschweissen" könne? wollte er wissen. Ein Kollege, weder Namen noch Nummer kannte ich, meldete sich. 125 ebenso. Ich habe das bereits gemacht, allerdings nur in einer Autowerkstatt" liess ich Greg wissen. „Also, ihr drei dann, klar soweit?".

Wir würden gegen 9 Uhr von einem Heli abgeholt, würden dann mit weiteren Schweissern aus der Tagschicht „rüber zur Brent Alpha". 125 sah ihn an. „Wir haben eigentlich Feierabend". Greg liess erst gar keinen Zweifel aufkommen.

„Ist gestrichen, da ist Not am Mann. Der Heli geht um 9 Uhr. Klar soweit?" „Nur heute? Oder wie?" 125 hakte nach. „Ich sagte doch gerade – da ist Not am Mann. Bis es fertig ist, egal wie lange es dauert. Den Rest hört ihr dort vom Chief, klar soweit? Oder bist du eine Pussy, dass du jetzt anfangen willst zu jammern?" 125 sagte nichts mehr. Greg schritt an uns vorbei. „Esst jetzt anständig was. Wir sehen uns gleich auf dem Heli-Deck".

„Klar soweit". Hatte er das jetzt vergessen zu sagen? Oder hatte ich es überhört?

Bevor Greg die Mensa verliess rief er von der Türe „Klar soweit?" Unsere Blicke gingen in seine Richtung. „Yes Chief". Zu Smutje rief er noch „Kein Alkohol für die drei". Ja, das war Smutje klar soweit. Da brauchte er anscheinend nicht extra nachhaken.

„Brennt Alpha?“

Wir warteten unterhalb des Heli-Deck auf unseren Taxi-Dienst von „Bond Helicopters“. Ziemlich müde und leicht fahrig hatte ich mich mit dem Sicherungsgeschirr an einem Drahtseil gesichert. Es dauerte nicht lange und der Hubschrauber setzte zur Landung an. Höllenlärm und der Wind der Rotorblätter kamen zu dem sowieso herrschenden Wind dazu. Wir waren jetzt 8 Personen, die Leute aus der Tagschicht waren auch da. Unterhaltung Fehlanzeige, auch während des „Transfers“.

Der Anflug auf die „Brent Alpha“ war umso imposanter. Das war im Vergleich zu unserer „Tankstelle“ echt ein Koloss. Mindestens dreimal so gross – und vor allem so hoch. Wie ein Hochhaus auf dem Meer. Das Heli-Deck schien im Vergleich zu dem auf der „Brent Spar“ klein zu sein. War es aber nicht, die „Brent Alpha“ war einfach wesentlich grösser.

Ein „Weissbehelmter“ führte uns vom Heli-Deck einige Etagen herunter, bis in einen grossen Raum. Hier sollten wir warten, bat er uns. Als wir die ersten Stufen herabgestiegen waren hörte man erneut das Geräusch eines herankommenden Helikopters. Dumpf durchschnitten die Rotorblätter die Luft. „Das sind die Männer von „Brent Bravo“, dann sind wir gleich vollzählig“, so der Mann mit dem weissen Helm.

„Hi, ich bin Kevin, der Chief auf der Brent Alpha. Erst einmal herzlich willkommen. Und danke im Voraus, dass ihr gekommen seid“. Danke war okay. Aber dass wir gekommen sind traf es ja nicht wirklich. Hatten wir eine andere Wahl? So wie Greg das festgelegt hatte doch eher nicht. Klar soweit? Er wolle uns zuerst ein wenig zu den Bohrplattformen erzählen, die hier im „Brent-Field“ auszumachen waren. Das war mir beim Landeanflug aufgefallen, dass sie „verhältnismässig dicht“ beieinanderstanden. Nicht so wie unsere „Homebase“, die dagegen fast verloren im Meer stand.

„Das Brent-Feld, das von Shell betrieben wird, liegt vor der Nordostküste Schottlands, auf halbem Weg zwischen den Shetland-Inseln und Norwegen. Es ist eines der größten Felder in der Nordsee und wird von vier großen Plattformen bedient - Alpha, Bravo, Charlie und Delta. Jede Plattform steht auf acht Beinen, hat eine "Topside", die oberhalb der Wasserlinie sichtbar ist und den Unterkunftsblock, den Hubschrauberlandeplatz sowie die Bohr- und andere Betriebsbereiche beherbergt. Die Topsides sitzen auf viel höheren Stützkonstruktionen oder "Beinen", die in 140 Metern Wassertiefe stehen und zur Verankerung der Topsides auf dem Meeresboden dienen."

Das war eine „nette Geschichte", aber waren wir gekommen um uns das anzuhören? 125 war direkter in seiner Fragestellung. „Warum sind wir hier?" Denn ansonsten würde er sich gerne hinlegen, habe nämlich jetzt schon gut 14 Stunden „auf der Uhr" – und sei „echt im Arsch".

„Sure" antwortete Kevin. Man habe erhebliche Schäden am Bohrgestänge und an den „Blowout-Preventer" festgestellt, die „dringendst" behoben werden müssen. Teile müssen ersetzt werden, umfangreiche Schweissarbeiten sind vonnöten und das auf der Brent Alpha verfügbare Team reiche bei Weitem nicht aus. „Darum haben wir euch angefordert. Die Männer sind schon dabei das Bohrgestänge nach oben zu ziehen. Am besten wir gehen gleich rauf, auf die Plattform". Kevin zeigte auf die Türe, ging voraus, wir folgten ihm.

„Leck' mich am Arsch" – was war hier los? Unzählige Leute liefen über das Arbeitsdeck, hektisch, ölverschmiert. Einige Gesichter waren so verdreckt, dass nur die Augenpartien hell waren, der Abdruck der Sicherheitsbrillen liess es so aussehen als würden sie diese immer noch tragen. Ein Stapel aus Bohrgestängen lag bereits an Deck. „Jedes Gestänge ist 30 Meter lang. Die werden jetzt geröntgt und geprüft, damit wir die Fehlerquelle eingrenzen können". Was? So viele Teile? Und weitere sollten folgen? „Wie tief geht das

Bohrgestänge denn runter?" wollte 125 wissen. „Wir sind aktuell bei etwa 2.000 Meter, es kann aber locker bis auf 4.000 Meter gehen" gab Kevin als Antwort. Da war ich schon sprachlos. Da wird also der Erdkern angebohrt, nur um das dreckige und schmierige Zeug herauszuholen? Das muss man sich einmal vorstellen – wie ein riesiger, aber wirklich riesiger Pimmel, mit dem man „Mutter Erde" in den Arsch fickt. Und ihr dann durch diese kleine Öffnung die Eingeweide aus dem Leib zieht. „[9]*Niet te geloven*". Für einen Moment kam ich mir sehr elendig vor. „Der Mensch ist doch echt eine Drecksau".

Allerdings gefiel es mir hier sehr gut. Das emsige Treiben, die Menge an Leuten, die mit allen möglichen Aufgaben beschäftigt waren. Endlich was Richtiges zu tun. Nicht so öde wie auf der „Brent Spar". Kevin führte uns in eine Art Zelt. Auf einem weiteren Bereich des Decks. „Schon verdammt gross, die Brent Alpha" entfuhr es mir. „Das sind unsere Schweisser, die sollt ihr ablösen, die sind jetzt schon fast 30 Stunden zugange. Die BRAUCHEN DRINGEND eine Ablösung".

Ich ging zu einem der Männer, liess mir erklären was zu tun sei, schaute ihm etwa eine halbe Stunde „über die Schulter". „Gut, dass weitere Schweisser gekommen sind. Wir sind wirklich am Anschlag". Er reichte mir die Hand. „Hi, i'm Jeroen. From Gouda in the Netherlands". Auf Holländisch antwortete ich ihm. Dass ich ebenfalls aus Holland komme, in Rockanje lebe. „[10]*Hoi, te gek*". Ebenso wie er freute ich mich mal nicht Englisch reden zu müssen. Nicht nach Worten zu suchen oder diese erst im Kopf ins Englische übersetzen zu müssen. Einfach zu quatschen.

Jeroen zog seine Arbeitsklamotten, seine Schutzausrüstung aus. „Hast du keine Lederjacke dabei?"

---

[9] Unglaublich.
[10] Hallo, super.

fragte er mich während er alles über einen Stahltisch warf. „Ich habe keine". Zuletzt hatte ich eine Lederjacke getragen als ich auf der Raffinerie im Einsatz war. „Dann nimmst du meine, nur mit dem Overall sind die Temperaturen echt zu hoch. Ich komme nicht vor morgen wieder hier her, ich muss pennen, aber so was von pennen".

Das liess ich mir nicht zweimal sagen, streifte die Jacke sofort über. Die langen Lederhandschuhe drübergezogen. Es kann losgehen. Gleich fühlte ich mich ganz anders, wieder als Schweisser – und nicht mehr wie ein Mitarbeiter an einer x-beliebigen Tankstelle auf dem offenen Meer.

Die „schadhaften" Bohrgestänge wurden mit einem Flaschenzug auf ein Arbeitsgestell gehievt. Die Auflagefläche war mit Rollen versehen, so konnte das „Rohr", das es ja eigentlich war, in jede gewünschte und benötigte Position gedreht werden. Auszutauschende Stellen waren mit „Schweisserkreide" markiert. Mussten herausgetrennt werden und die jeweiligen Bereiche neu eingefügt werden. Anschliessend wurden sie zur „Qualitätskontrolle" abgeholt – und nach „Freigabe" dann zurück zur Bohrplattform verfrachtet.

Erste Pause, es war Mittagszeit. Wir betraten die Kantine. Dagegen war unsere „Mensa" echt eine kleine Imbissbude. Es waren auch mal locker 150 Personen, die hier Pause machten. Die „Abgekämpftheit" stand den Leuten ins Gesicht geschrieben. Wortlos futterte ich das Essen in mich hinein. Mich hinlegen wäre schon eine feine Sache. Kaffee - reichlich Kaffee - würde helfen gegen die Müdigkeit anzukämpfen. Einen Arbeitskollegen bat ich um Tabak für eine erste Zigarette. Wir hatten nichts von der „Brent Spar" mitnehmen können. Dann erst kaufte ich mir Rauchwaren an sowas wie einem Kiosk, der ebenfalls in der Kantine untergebracht war.

Während ich die nächste „Van Nelle Halfzware Shag" rauchte kam Kevin zu uns. Also uns dreien, die von der Nachtschicht direkt in den Heli „verfrachtet" wurden. „Ihr macht dann bis 8 Uhr heute Abend, dann kommt eure Ablösung". Sehr freundlich und ruhig sprach er. Und vor allem kein „Klar soweit". Die Aussicht auf Feierabend, selbst wenn es bis dahin noch gut 7 Stunden dauerte, hob meine Stimmung enorm. Wir gingen zurück „ans Werk".

Herrlich, ich sah den Himmel, hatte Blick bis hin zu den anderen Plattformen. Nicht mehr dieses Gefühl „mutterseelenallein" irgendwo auf einem der Weltmeere zu sein. „Was brennt da hinten?" wollte ich von einem meiner Arbeitskollegen im Zelt wissen. „Das ist die Brent Delta, dort wird das bei den Bohrungen austretende Gas abgefackelt".

Eine letzte Unterbrechung. Kaffeepause.

Mittlerweile war ich genauso verdreckt und ölverschmiert wie die Leute, die mir bei unserer Ankunft direkt ins Auge gefallen waren. „So, ihr drei. Letzte Runde für euch. Alles okay, alles in Ordnung? Geht es noch?" Kevin war so ganz anders als Greg. Hatte – oder liess – deutlich mehr Menschliches, Freundliches erkennen. „Yes, everything's fine". Einfach noch ein paar Kaffee und Zigaretten – dann ging es weiter. Was auch sonst?

Jeroens Sicherheitskleidung legte ich auf die Werkbank bevor es zur Umkleide und Dusche ging. Ein Typ begleitete uns, führte uns an der „Kleiderkammer" vorbei. „Die Jungs brauchen frische Klamotten. Einfach einmal alles" rief er dem „Ausstatter" über den Ausgabetisch zu. Auch daran hatte keiner von uns gedacht. Wir hatten ja gar nichts mitgenommen, mitnehmen können. Nicht mal saubere Unterwäsche. Der „Ausstatter" legte einen Stapel Wäsche für jeden hin. Frischer Overall, Boxershorts, ein T-Shirt mit einem SHELL-Logo auf der Brust, dicke Strümpfe, Handtücher. „Alles andere findet ihr in den Waschräumen. Wir treffen uns dann gleich in der Kantine, dann bringe ich euch zu euren Zimmern". Der Typ verschwand. „Ha, guter Witz". Eure Zimmer, das kannte ich ja schon. Eine kleine Blechkiste ohne Tageslicht, lediglich eine Wichsvorlage an der Wand.

Die warme Dusche tat gut. Nicht nur weil der Dreck weggewaschen wurde. Lange stand ich unter dem Strahl des warmen Wassers. „Ach wie schön war es doch immer, wenn Willeke mich gewaschen hatte". Meine Gedanken waren zu ihr gegangen. Ein wohliges Gefühl durchströmte mich, meine Seele. Auch meinen Körper. Selbstverloren wusch ich meinen Penis, ich war dabei mich selbst zu befriedigen, so dreckig konnte der Pimmel jetzt nicht sein, dass ich so lange vor und zurück rubbelte. Ein wenig verlegen - ertappt – schaute ich mich um. 125 und der andere Kollege hatten das nicht mitbekommen? Oder es interessierte sie nicht. Ansonsten war niemand im Waschraum. Ich masturbierte weiter.

In der Kantine nahm ich mir noch einen Kaffee, rauchte eine Zigarette. 125 hatte sich auf einen Stuhl mir gegenübergesetzt. „Das war echt nötig, oder?" grinste er mich an. „Ja, das hat gutgetan". Mir war klar, dass er damit auf meine Wichserei ansprach. Es hatte auch gutgetan – und es war mir keineswegs peinlich. „Bevor mir der Sack platzt". 125 lachte.

Merkwürdig dass ich 125 erzählte wie sehr ich an Willeke denken musste. „Sie wird sich sicherlich freuen, wenn du zurück bist" grinste er. Ich sah ihn einen Moment stumm an. „Sie ist tot. Seit mehreren Monaten schon". 125 grinste nicht mehr. „Das tut mir leid, entschuldige. Magst du erzählen?" Nein, mochte ich nicht. „Sie ist bei einem Verkehrsunfall ums Leben gekommen". 125 reagierte Interessiert, Anteilnehmend. „Wer war denn schuld? Du …?"

Der Typ stand plötzlich an unserem Tisch. „Auf geht's. Ab in die Falle. Folgt mir".

Diese kurze Unterhaltung mit 125 hatte einen Schalter in meinem Kopf umgelegt. War das doch mit ein Grund, vielleicht sogar der ausschlaggebende, warum ich hier, besser gesagt auf der „Brent Spar", am Arsch der Welt, war. Die mich quälende Frage nach „Schuld".

„Hier sind eure Zimmer". Der Typ zeigte auf drei Türen, schloss sie nacheinander auf. Es war ein richtiges Zimmer, ein Einzelzimmer – für jeden von uns. Kein Quartiersgenosse. Nur für einen jeden von uns. Mit Fenster. Unglaublich.

„Endlich hinlegen". Das Bettzeug roch frisch. Ich zog meinen Trainingsanzug aus, auch den hatten wir vom „Ausstatter" in der Kleiderkammer bekommen. Auch hier prangte auf der Brust das SHELL-Logo. Legte mich aufs Bett.

„Wer war denn Schuld?" Diese Frage von 125 drehte sich in meinem Kopf. Fragmente unseres Unfalls, meines Krankenhausaufenthalts sah ich vor Augen. Die weit aufgerissen Augen der Fahrerin des anderen Wagens, meinen Zusammenbruch nachdem der Arzt gesagt hatte „Ihre Freundin ist tot". Willeke war tot. Annemieke auch. Ich lebte. War das gerecht? Hätte nicht lieber ich tot sein sollen? Damit die beiden weiterleben konnten? Die Schilderung der Polizisten des Unfallprotokolls kam in mir hoch. Das was der Traktorfahrer gesagt hatte. Dass der Wagen einfach auf die Strasse eingebogen sei. Hätte der Unfall von mir - überhaupt - vermieden werden können? Mit einer Hand griff ich an Willekes Halskette. Tränen schossen aus meinen Augen. Wieder und immer wieder kamen Überlegungen in mir auf – es blieb letztendlich nur diese Frage „Bist du schuld?" Ich schaute aus dem Fenster. Vor mir lag eine riesige Wasserfläche. Leer und fast unbewegt. So wie es in mir selbst aussah - Leer und fast unbewegt.

Es war früher Nachmittag. Ich stand auf, ging in die Kantine. Der Trubel der hier herrschte holte mich zurück in die Realität. Für einen Moment musste ich erst einmal

„umschalten“. Ich war auf der „Brent Alpha“. An einem der Tische sah ich 125, der bei einem Kaffee eine Zigarette rauchte. „[11]*Hoi. Alles kits?*“ Er schaute auf. „Setz’ dich, der Platz ist frei“. Aus der Thermoskanne holte ich mir ebenfalls einen Kaffee, drehte mir ein „Shagje“. „Nein, ich bin nicht schuld. Es war ein Verkehrsunfall“. 125 schaute mich fragend an. „Du hattest mich vorhin gefragt ob ich Schuld habe. Nein, ich bin nicht schuld. Es war ein verdammter Unfall“.

Mir war nach einem Bier. Gleichzeitig wählte ich mein Mittagessen. Frühstück und Mittag in einem. „Brunch“, wie der Engländer sagt.

Nach ausgiebiger Mahlzeit wollte ich ein wenig die „Alpha“ erkunden, inspizierte die Decks, schaute überall mal rein. Plötzlich stand ich wieder vor der Kleiderkammer. Zufällig? Der „Ausstatter“ erkannte mich. „Fehlt dir noch irgendetwas?“ Eigentlich nicht, ich war ja „zufällig“ hier gelandet. „Eine Lederjacke“ sagte mein Mund. Das überraschte mich selbst, dass ich das gesagt hatte. „Du bist Schweisser?“ wollte er wissen. „Ja. Eigentlich auf der Brent Spar“. „Just a second“. Er verschwand nach hinten, in seinen Lagerraum, kam mit einer weissen Jacke zurück, gab sie mir.

„Die bring’ ich direkt in mein Zimmer, zu den anderen Klamotten“. Mein Kopf gab mir Anweisungen. Als ich dann meine Nachtschicht antrat, um Jeroen abzulösen, verzog er sein Gesicht zu einem Grinsen. „Hast du jetzt deine eigene Ausrüstung? Willkommen im Team“. Irgendwie fühlte ich mich hier auch direkt wirklich willkommen. „Was muss ich tun um auf die Brent Alpha zu kommen? Weißt du das?“ Jeroen sah sich um, winkte Kevin herbei. „Ich glaube du hast hier einen neuen Bewerber“.

---

[11] Hallo, alles klar?

Was genau er meine, wollte Kevin von Jeroen wissen. „Ich würde gerne in euer Team, weg von der Brent Spar. Ist das möglich?" Meinen Wunsch konnte ich besser selbst formulieren als Jeroen.

Er könne das nicht entscheiden, aber er könne meinen Wunsch, meine Bewerbung weiterleiten. „Am besten stellst du die Anfrage, wenn du wieder in Rotterdam bist. Das wird dort entschieden. Ich werde eine Nachricht weitergeben. Deine Arbeit ist jedenfalls gut. Gute Leute werden hier gebraucht".

Jeroen hatte mir auch schon erzählt, dass die Arbeitseinsätze hier auf der Brent Alpha im 14-tägigen Rhythmus seien. Das wäre noch ein weiterer Anreiz. Dass 6 Wochen verdammt lang sind spürte ich jetzt schon seit einiger Zeit. Zum Glück war es nur noch etwas mehr als eine Woche bis zur „Wachablösung" für mich, aber nochmals würde ich das auch nicht wollen. In jedem Falle nicht auf der öden „Tankstelle" Brent Spar.

„Wen kennst du denn auf der Raffinerie in Pernis?" wollte Jeroen wissen. Kees sei der Mann für mich, antwortete ich ihm. „Dann halt' dich an ihn – sprich mit ihm - Kees ist der Richtige, ich kenne ihn auch". Genau das würde ich machen. Hier schien alles deutlich schwerer und anstrengender zu sein, aber das entsprach meiner Vorstellung von einem erfüllenden Job. Auf der Brent Spar sass ich im Prinzip nur meine Zeit ab.

Ein wenig „beflügelt" machte ich mich an meine Aufgabe, freute mich richtig auf die Arbeit, obwohl es ja kein „Zuckerschlecken" war. Alle standen unter Druck, dennoch war die Situation untereinander nicht angespannt oder verkrampft. Ein jeder tat was er konnte. Ein richtig gutes Team.

In einer der Pausen sass ich wieder mit 125 zusammen, unterhielt mich mit ihm während des Essens. Er war mir sympathisch. Wie denn so seine Lebenskonstellation sei wollte ich wissen. „Ich bin Koen, nicht nur 125" sagte er zur Einführung. Wir gaben uns die Hand. Von meiner Überlegung die Brent Spar zu verlassen erzählte ich ihm auch. „Das will ich auch. Was muss ich tun?" Allzu viel wusste ich ja auch nicht, lediglich die Infos von Kevin. „Wir sollen uns am besten an Kees halten. Oder eben deinen Kolonnenführer in Nederland", mehr konnte ich auch nicht sagen.

Die Schicht verging, schnell war der Tag angebrochen.

Was es hier auf dem Meer nicht gab, war Vogelgezwitscher, was sonst immer den Tagesanbruch verkündete. Nicht mal Möwen. Hier flog nichts rum. Wieso eigentlich? Bot der Wind hier draussen doch optimale „Segelmöglichkeiten".

Nach dem Aufstehen war ich das erste Mal überhaupt im Fernsehraum. Auch auf der Brent Spar hatte ich das Angebot nicht genutzt. Irgendeinen Scheiss schaute ich mir an. „Ist das bescheuert, sich so eine Scheisse reinzuziehen. Dann lieber ein Buch". Ich suchte den Bibliotheksraum auf.

Einige der Bücher zog ich aus den Regalen, las den Umschlagtext. Worum es geht, was die Story ist. Stellte die Bücher wieder weg.

In einer Ecke waren komfortable Sessel, davor stand ein niedriger Tisch, auf dem einige Zeitungen und Magazine lagen. „De Telegraaf" war auch dabei. Was war in den letzten Wochen eigentlich in der Welt „da draussen" so passiert? Ich hatte keine Ahnung, war einfach total raus aus dem Geschehen.

„Aha. Der Vulkan Ätna war ausgebrochen, „wütete" seit Wochen. Man versuche den Lavastrom durch gezielte Sprengungen „umzuleiten". Larry Holmes hatte den Schwergewichtskampf gegen Tim Witherspoon gewonnen und war jetzt Weltmeister. Der HSV hatte in Athen den Europa-Pokal durch ein Tor von Felix Magath im Spiel gegen Juventus Turin gewonnen.

Auch alles Uninteressant - unwichtige Informationen. Mein Blick fiel auf einige Ausgaben des „Playboy", die ebenfalls auf dem Tisch lagen. „Da schau' ich mir dann lieber ein paar Möpse an". Obwohl ja alle in der Männerwelt die Qualität der Artikel lobten. Artikel - so ein Quatsch. Titten und Ärsche, das war das Anliegen des Playboys, that's it. Und auch genau das war es, was mich interessierte. Mir einfach nackte Weiber anschauen, und wenn es nur auf dem Papier war. Wurde verdammt Zeit, dass ich nach Hause kam. Über Wilma herfallen würde ich, wie ein „ausgehungertes Tier". Das stand fest. Für mich.

„So Männer, diese Nacht wird eure letzte Schicht. Alles läuft wieder normal". Kevin hielt eine kleine Ansprache. Bedankte sich für unsere Arbeit. „Morgen nach der Schicht, etwa um 10 Uhr kommt der Helikopter um euch abzuholen". Schön zu hören. Aber auch ein wenig schade. Ich wäre gerne länger geblieben. Besser gesagt würde gerne wiederkommen. Denn ich wollte grundsätzlich ja nach Hause. „Kannst du bitte mit Kees in Rotterdam Kontakt aufnehmen? Ich würde sehr gerne wieder kommen" bat ich Kevin. „Das werde ich, versprochen". Auch Jeroen hatte sich schon persönlich von mir verabschiedet. Mit einem Augenzwinkern sagte er: „Ich hoffe wir sehen uns dann bald wieder".

Letzte Kaffeepause, dann war es bald soweit. Der Typ, der uns vor ein paar Tagen rumgeführt hatte, uns unsere Zimmer gezeigt hatte kam zu uns an den Tisch. „Ich habe euch Seesäcke auf eure Zimmer bringen lassen. Da könnt ihr dann eure Klamotten und alles drin verstauen". Erstaunt blickten wir ihn an. „Wie? Nix abgeben?" „Packt einfach alles ein, so bleibt euch noch ein bisschen Zeit nach Schichtende. Könnt locker duschen und frühstücken. Sogar ein Bier trinken". Er grinste. „Nur nicht volllaufen lassen, ich weiss ja nicht was euch drüben erwartet".

„Drüben". Damit meinte er die die Brent Spar.

Insgeheim hoffte ich ja doch, dass wir dort nicht direkt weiterarbeiten mussten, sondern uns erst mal hinlegen konnten. Schlagartig kam mir „Klar soweit" in den Kopf. Ein Grinsen verzog mein Gesicht. 125, Koen schaute mich an. „Was ist so lustig?" „Klar soweit" antwortete ich ihm lachend.

Der „Super Puma" wartete bereits auf dem Heli-Deck. Seine Rotorblätter drückten uns wieder fast an den Boden als wir gebückt auf ihn zugingen. Seesäcke reingefeuert, Abflug. Leicht wehmütig schaute ich auf die Brent Alpha während sich der Helikopter dröhnend senkrecht nach oben bewegte. Zur Rechten war ein weiterer Heli im Anflug zu sehen. Der würde die andere Crew zur „Brent Bravo" bringen. Nicht mal eine Stunde später waren wir wieder auf der Brent Spar.

666 – unser Instructor Josh bat uns in der Mensa zu warten. Das war schon der erste Unterschied zu den letzten Tagen. Wir waren plötzlich wieder zu Nummern geworden. Hier waren Namen „Schall und Rauch". Schnell wurde mir klar, dass es eindeutig am Chief Greg lag, seine Crew so zu behandeln.

Greg war hinzugekommen. Weder ein „Hallo" oder „Schön, dass ihr wieder da seid" oder sonst irgendeine Regung. Nichts. „217, in deinem Spind ist Post".

Erst nach einigen Augenblicken wurde mir klar - der meint mich. Sicher, das war nett, dass er drauf hingewiesen hatte. „217 hat auch einen Namen. So wie alle hier. Kannst du uns nicht einfach mit Namen anreden? Wir haben alle Namen. Klar soweit?" Was war in mich gefahren? Prompt kam auch die Reaktion von Chief Greg. „Wie redest du mit mir? Bist du noch ganz bei Trost?" Das war mir aber so was von Scheissegal. „Du kannst uns einfach mit Namen anreden, wir sind keine Nummern". Ich sah mich im Kreis um. „Ich jedenfalls nicht. Merk' dir das". Greg verzog keine Miene. „Wir sehen uns heute

Abend, wenn eure Schicht anfängt". Er verliess die Mensa. Koen blickte fragend. „Was ist mit dir?"

Während ich zu meinem Mini-Spind ging fluchte ich einige Worte vor mich hin. „[12]*Verdomme, wat een klootzak. Klootzak*". Aus dem Spind nahm ich meinen Tabak und den Briefumschlag, setzte mich dann zu Koen. Es sei alles okay, nur habe ich darauf keinen Bock mehr, ohne Respekt behandelt zu werden. Das hatte ich sofort gemerkt wie es hier abgeht. Zu dieser Erkenntnis hatten mir jetzt die paar Tage auf der Brent Alpha verholfen. Für mich war auch klar, dass ich hier nicht mehr hin zurückkommen werde, auch wenn meine Bewerbung für die Brent Alpha scheitern sollte. Die letzten Tage hier würde ich einfach runter reissen. That's it. „Smutje, gib mir bitte ein Bier".

Der Brief war von Wilma. Adressiert an SHELL Pernis. Anscheinend hatte man den weitergesendet. Aber was hätte sie auch als Empfängeradresse drauf schreiben sollen? SHELL – irgendwo im Nirgendwo?

Das Bier war schnell geleert, ich nahm den Seesack, verzog mich auf mein Quartier. Zurück in der Blechdose, ohne Fenster. In ein dunkles Loch.

Wie oft hatte ich den Brief jetzt schon gelesen? Jedes Wort in mich aufgesogen. Wie es in Rockanje ging, dass sie schon einiges umgeräumt habe, den Garten auf „Vordermann" gebracht habe, einen kleinen Unfall mit dem Auto hatte – Blechschaden, aber sonst nichts, sich um Willekes Grab kümmere, und und und. Besonders aber den letzten Satz konnte ich nicht oft genug lesen. „Ich vermisse dich so sehr, kann es kaum erwarten dich wieder in meine Arme zu nehmen. Ich küsse dich, von oben bis unten. Tausendmal. Deine Wilma".

---

[12] Verdammt, was für ein Arschloch. Arschloch.

Den Brief mochte ich gar nicht mehr aus der Hand legen. Das war klar, egal was die Bewerbung bringen würde. Nie mehr wollte ich sie so lange, wochenlang, allein lassen. Nie mehr wollte ich so lange ohne sie sein. Ich war mehr in Wilma verliebt als ich es jemals zugegeben hatte.

Den Brief hielt ich immer noch in der Hand als ich wieder aufwachte. Ein Blick durch das Zimmer verriet mir, spätestens als ich die Monstertitten des Playmates an der Wand sah, wo ich war.

„Komm' Junge, die letzten Tage machst du noch – und dann weg hier".

„Endlich zurück"

Die letzten Tage, die wir „ausser Haus" verbracht hatten vermisste ich sehr. Wir waren irgendwie wieder die „Hausmeister" einer schwimmenden Tankstelle. Kleinere Wartungsarbeiten. Keine grossen Herausforderungen. Für jemanden der nur in Ruhe darauf wartet, dass ihm am Monatsende „ein Batzen Geld" aufs Konto überwiesen wird sicherlich ein guter Job. Mir fehlte etwas. Insbesondere etwas Menschliches. However, morgen früh sollte es zurückgehen. Vor der Schicht hatte ich bereits alles gepackt. Taschen, Seesack. Unsere Klamotten von der Brent Alpha hatte ich erst gar nicht ausgepackt. Wenn ich, so wie es eigentlich für uns Schweisser vorgesehen war, die weisse Lederjacke angezogen hätte …. Ich wagte es gar nicht mir das vorzustellen. Weisse Lederjacke - war das doch das Privileg der Chiefs. Kurioserweise aber nur hier, auf der Brent Spar.

Zur letzten Pause kam dann aber, zumindest zu meiner Verwunderung, Chief Greg nochmals in die Mensa. „Leute, ich wünsche euch einen erholsamen Urlaub. Kommt alle gesund zurück. Wir sehen uns dann in ein paar Wochen". „Yes Chief" klang es ihm entgegen. „Mich siehst du garantiert nicht wieder. Klar soweit?" Sagen wollte ich das nicht, aber denken konnte ich zum Glück noch immer was ich wollte. Das würde mir keiner nehmen können. Keiner.

Der „Super Puma" war schon in der Luft zu sehen, es sollte nicht mehr lange dauern bis er auf dem Heli-Deck aufsetzt. Tatsache, ich durfte „Alcatraz" verlassen. Für mich war es das. Ich hatte mich selbst weggesperrt. Aber es hatte sich auch die Frage geklärt, die ich ergründen wollte. Vielleicht hätte es nicht diese Zeit gebraucht, wenn ich fokussierter gewesen wäre? Aber jetzt war es wie es war.

Josh hatte uns die Reisedaten ausgedruckt. Mit dem Helikopter rüber auf die Shetlands. Nach Sumburgh. Dort dann knappe drei Stunden Aufenthalt bevor es nach Aberdeen in

Schottland weiter ging. „Zeit um mal anständig einen wegzustecken" scherzte er als er uns das Papier gab.

Der Super Puma hob ab, wir waren „on the way home". Die Unterhaltung war wieder unterbunden. Einfach viel zu laut in der Kiste. Mein Blick ging über das Meer. Es war wie ein Buch das ich zuschlug. „The End" stand imaginär am Horizont.

Und tatsächlich war es so wie Josh es beschrieben hatte. Vor dem Hangar der „Bond Helicopters" warteten Frauen. Nutten. Aufgebrezelt. Manche hübsch und ansehnlich. Andere weniger. Ob sie von den Plattformen - von der SHELL - mitgeteilt bekamen wann wie viele „neue Kunden" ankamen?

Wir waren noch damit beschäftigt unser Gepäck auszuladen. Der Helikopter hatte seine Motoren abgestellt. Langsam nahmen die Rotorblattumdrehungen ab und damit auch der Krach und der Wind, als die Frauen zu uns herüberkamen. Hatte sich jede schon einen „ausgeguckt"? Es schien fast so. Eine relativ junge, vielleicht so um die 30, fasste mir direkt an den Hintern. „Hi, ich bin Myriam. Für 100 Dollar mach' ich was du willst. Nur küssen ist nicht". „Mädchen, ich muss mich erst einmal um mein Gepäck kümmern". Sie liess nicht locker. „Wenn du noch was drauf legst geht auch von hinten". Ich drehte mich zu ihr um, sah sie an. „Yes, fucking in my ass". Mir war schon klar was sie gemeint hatte, aber das war mir alles zu viel, ich wollte nach Hause. Weder „Fucking", noch „fucking in my ass". Ich wollte nach Hause, zu der Frau in die ich verliebt war. Da würde ich doch jetzt nicht irgend so eine Nutte in den Arsch ficken wollen.

„Koen, wär' das nichts für dich? Kleiner Arschfick?" Koen schaute zu mir. „Grundsätzlich schon, aber keine Frau. Ich bin schwul. Ich steh' auf Männer". Ziemlich verdattert sah ich ihn an. „Echt?" Koen grinste. „Ja, deshalb habe ich dir auch zugeschaut als du dir einen runtergeholt hast. Ich steh' auf Schwänze". Hmm, blöde Situation. Für mich. Was tun? Das war jetzt sowieso egal. Es war mir auch nicht peinlich gewesen während ich onaniert hatte. Warum also jetzt?   „Wollen wir uns im Terminal ein Bier trinken gehen? Oder auch zwei? Wir haben ja ausreichend Zeit. Du stehst nicht auf Frauen, ich will grad keine". Dazu kam dann noch die Vorstellung wie viele der Arbeiter da schon ihren Pimmel drin hatten. Wenn sie auch nur einmal mit jedem zweiten Arbeiter gefickt hatte wäre die Zahl sicher ganz beachtlich. Und irgendeinen Scheiss, Herpes oder Schlimmeres am Sack wollte ich Wilma nicht unbedingt mit nach Hause bringen. Nicht das allerbeste Souvenir. Wenn überhaupt.

Unser Gepäck hatten wir im Hangar deponieren können. Ab in die Terminal-Bar. „Möchtest du auch ein Bier, Koen?" Lieber einen Longdrink". Er sah mich schmunzelnd an. „Ich weiss, voll schwul. Bin ich ja auch". Mit einer Handbewegung bat ich die Barfrau heran. „Ein Bier bitte ... und ...". Koen drehte sich zu ihr. „Und einen Frozen Margarita, please".

„Gezondheid". Endlich mal wieder schön auf Holländisch zuprosten. Wir unterhielten uns. Nach kurzer Zeit zückte Koen seine Brieftasche, zog ein Foto heraus. „Hier, das ist Willem. Mein Freund". Warum hatte ich kein Foto? Weder von Willeke noch von Wilma? Das musste ich ändern. Das sollte ich ändern, bei der nächsten Gelegenheit. „Ich habe kein Foto. Lediglich die Halskette habe ich als Erinnerung". Mit einer Hand zog ich die Halskette mit dem Diamanten unter meinem Shirt hervor. „Das ist meine materielle Erinnerung an Willeke".

Dann erzählte ich Koen wie er mir durch seine Frage nach „Wer ist schuld ..." geholfen hatte mich endlich mit dem Denkprozess auseinander zu setzen. Dass ich deswegen eigentlich „geflüchtet" war. Um dieser Frage auf den Grund zu gehen, meine Selbstzweifel auszuräumen. Oder eben die Gewissheit zu bekommen, dass ich in der Verantwortung stand.

„Seltsam, dass das Leben einem etwas sehr Wertvolles schenkt und dann wieder nimmt". Koen hatte seine Hand auf meinen Unterarm gelegt während er das sagte. Mir fielen die Worte von Willeke ein. „Das regelt das Universum für uns".

Nach einer gefühlten Ewigkeit kamen dann auch die anderen Kollegen, einer nach dem anderen, langsam eingetrudelt. Sie setzten sich zu uns. „Der habe ich es richtig gegeben". „Die musste voll schlucken". Und all solches Zeug brüsteten sie sich gegenseitig. Der eine war ein noch besserer Stecher als der andere. Diese Art der Profilierung mochte ich zum Verrecken nicht. Koen war da ganz entspannt. Er sah einen von ihnen an. „Du hast doch nur 'nen ganz kleinen Pimmel, das haben wir doch alle in der Dusche gesehen. Hast du dich nicht verirrt in der?" Grosses Gelächter. Einige Runden wurden noch geordert, dann war es Zeit uns zum Check-In zu begeben.

Wieder war es eine „Potez 840" mit der unsere Reise weiter ging. In Aberdeen hatten wir zügig Anschluss nach Amsterdam-Schiphol. In einem Airbus A310-200 ging es weiter. Meinen Platz hatte ich neben Koen gewählt. So konnten wir einfach weiterquatschen.

Am Flughafen stand bereits der Bus der SHELL bereit. Der Busfahrer hatte geholfen unser Gepäck zu verladen. Und auch während des Bustransfers vom Flughafen zur SHELL redeten wir weiter.

Bereits kurz hinter dem Flughafen bat ein Kollege den Busfahrer um eine „Pinkelpause" - wie er sagte. Er ging aber direkt zur Tankstelle, statt wie angekündigt zur Toilette des „Van der Valk Schiphol", kam mit reichlich „Blikjes Heineken" zurück zum Bus. Damit lief er jetzt den schmalen Gang zwischen den Sitzreihen entlang, verteilte rechts, links die Biere. Die Stimmung stieg mit jedem Bier, mit jedem Kilometer den wir näher an „Pernis" kamen.

Der Bus fuhr auf den grossen Parkplatz vor der Raffinerie. Jetzt musste ich aber wirklich pissen. Schnellen Schrittes lief ich auf ein Gebüsch zu. „Uuh, das tut gut" sprach ich zu mir selbst. „Und war auch kurz vor knapp" hörte ich eine Stimme neben mir, schaute nach rechts. Eine ganze Reihe pinkelnder Typen stand da.

Der Pförtner war aus seinem Eingangshaus gekommen. „Hey, ihr Schweine, wir haben auch Toiletten". „Hat sich erledigt, alles goed". Die Meute lachte. Er solle lieber wieder rein gehen und Taxis für uns anrufen. Von hier aus mussten wir selber unsere „letzte Etappe" organisieren.

Koen war einer der ersten der wegkam. Wir hatten zuvor „geknobelt" in welcher Reihenfolge die Taxis vergeben würden. Er lud sein Gepäck in den Kofferraum. Wie sich das gehörte waren alle Taxen Mercedes 200 D, Strichachter. „Ich hoffe wir sehen uns bald wieder" verabschiedete er sich von mir. Koen umarmte mich, gab mir einen Kuss auf den Mund. Ich fand das voll okay, ich mochte Koen. Sehr.

„Ach, seid ihr deswegen nicht mit zu den Nutten gekommen? Ihr Schwuchteln". Die Meute johlte. „Nein, ich bin nicht schwul. Ich mag ihn nur". War das jetzt eine Entschuldigung gegenüber meinen Kollegen? Oder brauchte ich gar ein Argument, eine Rechtfertigung für mich selbst? Und was heisst schon „nur"? Ich mochte ihn. Fertig. Aus.

Das Taxi war in Rockanje angekommen. Meine Aufregung wurde immer grösser. Alles musste ich ganz genau betrachten. Jede Strasse, jeden Weg, jeden Polder, jeden Baum – einfach alles.

Aus dem Kofferraum des Mercedes nahm ich Taschen und Seesack, bezahlte die Tour.

Wilma war anscheinend gar nicht zuhause, zumindest stand ihr Auto nicht in der Einfahrt. Wusste sie nicht …? Hatte sie vergessen …? Blödsinn, woher sollte sie wissen wann ich eintreffe. Nur den Tag wusste sie. Aber der ist ja bekanntlich lang. Aus dem Schuppen holte ich meinen Hausschlüssel. Der war zwischen Schrauben in einer Dose deponiert. Warum sollte ich den mitgeschleppt haben, wenn ich wochenlang weg war?

Es sah anders aus hier. Oder auch nur weil ich so lange das Haus nicht betreten hatte? Nein, es sah anders aus. Es war jetzt eine andere „Handschrift" zu erkennen. Wilmas Haus war es geworden. Ich lief die Treppe hoch, öffnete die Tür zu Willekes Zimmer, atmete tief aus. Alles war wie ich es verlassen hatte. „Danke dass du nichts angerührt hast" sprach ich leise vor mich hin.

Dann warf ich einen Blick in Wilmas Zimmer. Sie hatte es ich voll gemütlich eingerichtet. Die Wände in einer anderen, neuen und frischen Farbe gestrichen. Als ich das Zimmer bewohnt hatte war es einfach nur weiss. Kein Schnickschnack, keine Deko. Einfach nur weiss.

„So, dann krieg' ich jetzt ein Bier". Beruhigt stellte ich fest, dass sich das zum Glück nicht verändert hatte. Der Kühlschrank war gut bestückt. Und auch vor der Dusche stand eine Kiste Grolsch. „Man weiss ja nie". So hatte ich das mal betitelt. Getränke sollten schon im Haus sein. Immer.

Auf der Couch liess ich mich nieder, zischte genüsslich das Bier. Auf dem Couchtisch stand die „Dope-Dose". Auch gut gefüllt. Sollte ich mir eine Tüte drehen? 6 Wochen nicht gekifft, das würde in die Hose gehen. Wahrscheinlich mit einem schlimmen Kreislauf-Flash enden. „Besser nicht". Vorerst nicht.

Aus dem Schuppen holte ich mein Fahrrad, fuhr zum Friedhof. Meine Güte, ewig war ich nicht mehr hier. Ich kam mir mies vor.

Frische, langstielige Margeriten standen in einer hohen Vase auf Willekes Grab. Ich kniete mich nieder, zupfte ein wenig Unkraut aus der Erde und begann zu Willeke zu reden. Zu Willekes Grab. Zur Erde. Zum Dreck. Es war ja nur ihr Körper, den die Erde „verschlungen" hatte. Ihr Geist, ihre Aura umgab mich. Zu jeder Zeit. Immer.

Bis die Dämmerung hereinbrach blieb ich. Erst dann schwang ich mich in den Sattel und strampelte nach Hause. Diesmal aber wirklich nach Hause, nicht nur so daher gesagt, für einen Ort wo ich mich schlafen legte.

Wilma war anscheinend immer noch „unterwegs". Auch jetzt war ihr Auto nicht in der Einfahrt zu sehen. Die Zeit wollte ich nutzen, packte meine Taschen aus, belud die Waschmaschine. Zuerst meine privaten Klamotten. Da hatte sich einiges angesammelt. Nicht unbedingt wollte ich meine Kleidung in der Kleiderkammer der Brent Spar abgeben. Das war dann irgendwie doch zu intim. Warum auch immer.

Während die Maschine lief machte ich mir ein paar Broodjes Pindakaas. Auch das hatte ich jetzt schon seit Wochen nicht mehr als Brotaufstrich. Das kannten die, zumeist Engländer auf der Plattform nicht. Dafür hatten sie reichlich anderen Brotaufstrich, den man nicht essen konnte. Oder man musste Engländer sein um solche Ekelhaftigkeiten lecker zu finden. Bittere Marmelade zum Beispiel.

So einige Biere hatte ich bereits intus, als die Haustüre geöffnet wurde. Zuvor hatte jemand „krampfhaft" versucht einen Schlüssel im Schloss zu drehen. Da musste Wilma sein. Wer sonst hatte einen Schlüssel? Schnell lief ich in den Gang zum Bad, stellte mich ganz ruhig dort hin.

Sie lief durch das Haus, erst ins Wohnzimmer, dann in den Flur. Dort standen allerdings noch meine Taschen. Verdammt, das hatte mich verraten. „Wo bist du? Liebling, wo bist du?"

Nur zu gut erinnerte ich mich daran, dass ich Wilma noch vor Wochen gebeten hatte das nicht zu mir sagen. Liebling. Mein Herz klopfte schneller als ich jetzt dieses Wort vernahm. Vorsichtig lugte ich aus der Dusche heraus. „Hier, ich bin hier. Dein Liebling ist hier".

Wilma nahm mich nicht in den Arm, sie sprang förmlich hinein. Mit ihren Oberschenkeln hatte sie sich um meine Hüfte geklammert. „Oh mein Liebling. Da bist du ja endlich". Wir strahlten beide um die Wette. Sie hatte mich fest im Griff. Ihre Arme waren um meinen Hals geschlungen, mit ihren Schenkeln presste sie gegen meine Hüfte. Sie küsste mich. Über und über. Mein Gesicht. Meinen Hals. Dann wieder mein Gesicht. „Was bin ich froh, dass du da bist. Hast du meinen Brief bekommen?" „Ja, ist angekommen". Viel mehr konnte ich gar nicht sagen, so sehr überhäufte sie mich mit ihren Küssen.

Dann erst gab es einen Kuss auf den Mund. Das trifft es nicht annähernd. Unsere Münder waren so weit geöffnet, unsere Zungen schienen sich zu verknoten. Wir verschlangen uns gegenseitig. Wilma nahm mein Gesicht in ihre Hände. „Hast du einen Ständer?" Ja. Ich hatte eine derartige Erektion, die durch meine und ihre Hose an ihrem Unterleib zu spüren war. Sie hielt mich immer noch in der Umklammerung. „Trag' mich rüber. Ins Wohnzimmer. Auf die Couch". Sollte ich, konnte ich dazu Nein sagen?

„Hast du nicht gefickt? Die ganzen Wochen nicht?" „Nein. Ich hab' mir einmal einen runtergeholt. Sonst nichts". Wilma glitt an mir herunter, griff mir in den Schritt. „Meine Fresse. Ist der steif".

Wir zogen uns schnell aus, ich drang sofort in sie ein. Zwei-, Drei-, Viermal vielleicht bewegte ich mich in ihr. Dann hielt ich inne. „Bist du schon gekommen?" Der Blick in ihre Augen. Ich war hin und weg. „Ja". Wilma grinste. „Das ging schnell. Aber irgendwie war mir das klar. Wenn du nicht gefickt hast, dann ist das klar".

Sie zog mich an sich. „Mein Gott, wie habe ich dich vermisst". Ich vergrub mein Gesicht zwischen ihren Brüsten. Wilma hob mein Kinn an. „Wieviel Wochen können wir jetzt miteinander schlafen bevor du wieder losmusst?" Sie bedeckte mich wieder mit Küssen. Irgendwie war mir das aber peinlich – unangenehm – dass ich so schnell in sie abgespritzt hatte. Wilma bemerkte das. „Mein Liebling, das ist gar kein Problem. Wir machen das gleich direkt noch mal. Dann eben richtig".

„Erzähl'. Alles". Wilma richtete sich auf. „Wo soll ich anfangen? Womit soll ich anfangen?"

„Na, einfach alles. Seit wir uns nicht mehr gesehen haben". Sie hatte mich an ihre Brust gezogen. „Ich hab' dich so vermisst. Endlich bist du wieder da".

Diese beiden kleinen Sätze gaben mir so ein Gefühl von Geborgenheit. Unbeschreiblich. „Ich lass' dich nie mehr so lange alleine. Das versprech' ich dir". Wilma lachte. „Ja sicher, bis zum nächsten Mal".

„Okay, dann fang' ich hinten an, mit dem Erzählen. Denn das habe ich mir selber geschworen - nachdem ich deinen Brief bekommen habe. Nie mehr werde ich so lange von dir fort sein wollen".

„Von hinten“

Ich spulte den Film in meinen Kopf rückwärts ab. Besuch auf dem Friedhof, Ankunft bei SHELL, Kuss von Koen. Hier unterbrach mich Wilma. „Du hast einen Arbeitskollegen geküsst?“ Die Geschichte ging weiter. Dass er mir erzählt habe, dass er schwul sei. Mir auf dem Rollfeld gesagt habe, dass er mir beim Masturbieren zugeschaut habe. Wilma unterbrach wieder. „Du hast den geküsst? Du hast vor dem gewichst?“

„Ja, ich hab' ihn geküsst. Wir haben uns zum Abschied einen Kuss gegeben. Ich mag ihn“. Sie schaute mich an. „Du magst ihn? Du holst dir vor ihm einen runter?“ Das musste ich dann wohl anders umschreiben, anders darstellen. Nicht dass ich mir vor ihm einen runtergeholt habe. „Ich hab' mir einfach einen geschleudert. Unter der Dusche. Da wusste ich nicht einmal, dass er mir zusieht. Auch nicht, dass er schwul ist. Ich wollte mich einfach Selbstbefriedigen. Verstehst du? Bevor mir der Sack platzt“. Wilma nahm wieder meinen Kopf. „Ja, das verstehe ich. Sehr gut sogar. Ich habe das auch ein paar Mal getan“. Sie streichelte über meinen Rücken. „Aber jetzt haben wir uns wieder. Schluss mit der Masturbation“. Ich sah in ihr Gesicht, nahm ihre Brüste in die Hände und streichelte sie. Erst sanft, dann fester. „Machst du es mir? Mit der Zunge?“ Wilma hatte eine Hand von mir genommen und drückte sie fest. Wie ein Zeichen. „Mach's mir“.

„Verwehre niemals einer Frau diesen Wunsch“. Das war eine Erfahrung die ich selbst erlebt hatte. Und im Nachhinein beim ersten Male auch bereut hatte dem nicht nachzukommen. Meine Zunge spielte mit ihrer Klitoris. Ihr Unterleib bewegte sich jetzt leicht auf und ab, vor und zurück. Sie atmete etwas heftiger. „Ich komme gleich. Steht dein Pimmel schon wieder?“ Die Antwort hatte sich Wilma mit einem kontrollierenden Griff selbst gegeben. „Steck' deinen Schwanz rein“. Sie hob ihre Beine. Über meine Schulter. „Steck' deinen Schwanz rein. Ganz tief“.

„Bist du irre? Mir so ins Ohr zu brüllen?" Ich musste lachen. „Bist du jetzt so heftig gekommen? Hattest du so einen Orgasmus?" Wilma bewegte sich weiter. „Bleib' bloss in mir drin. Bis du abspritzt. Und dann auch noch". Sehr leise sprach sie jetzt. „Oh mein Liebling". Ich sah sie an. Wie sie sich mit geschlossenen Augen weiter bewegte, ihr Becken hin und her schob. „Oh mein Liebling". Ich küsste sie. Sie küsste mich. Wir küssten uns. Ich kam in ihr.

Sie hatte ihre Beine jetzt um meine Hüfte geschlungen. „Bleib' in mir". Bis sich das irgendwann von selbst regelte. Mein Penis flutschte aus ihr heraus. Wir lagen weiter in der Position. Eng umschlungen. „Sag' mir noch mal wie das bei deiner Abreise war. Bitte". „Was genau meinst du?" „Ich liebe dich. Das hattest du doch gesagt. Nicht – ich bin verliebt in dich. Ich liebe dich". Ich küsste Wilma. „Ich liebe dich. Wilma, ich liebe dich".

Die Waschmaschine machte mit einem leisen, aber dafür penetranten „Piep Piep" darauf aufmerksam, dass der Waschgang beendet sei. „Bleib' einfach so liegen. Ich bin gleich wieder da". Mit der ersten Ladung Wäsche im Arm ging ich Richtung Haustür, wollte zum Garten. „Willst du so rausgehen? Mit nacktem Arsch?" „Jepp". Als ich wieder ins Haus kam war Wilma in der Küche zugange. Wollte gerade etwas zu essen vorbereiten. „Du hast doch bestimmt noch nichts gegessen. Nur in irgendeinem Flugzeug rumgesessen?" „Soll ich ehrlich sein? Ich habe vorhin jede Menge Broodjes Pindakaas verputzt". „Also keinen Hunger?" Ich wollte ihr lieber weitererzählen. „Eine Kleinigkeit. Broodjes reicht mir. Vollkommen".

Wir setzten uns wieder auf die Couch. „Und Joint? Wie sieht es damit aus?" Wilma staunte nicht schlecht als ich ihr dann sagte, dass ich jetzt 6 Wochen nicht gekifft hatte. „Da gab es nichts zu quarzen?"

Zwei Züge hatte ich genommen. Völlig bedröhnt musste ich mich in die Couch sacken lassen. „Du bist voll breit, nicht?" Wilma schmunzelte. Nicht mal das konnte ich noch. Schmunzeln. Einfach nichts. Mich nur bekifft in das Sitzkissen lehnen. „Magst du denn was trinken?" Jepp, das war gut. Mein Mund war wie zusammengeklebt. Furztrocken. Wilma holte uns Bier aus dem Kühlschrank. „Gezondheid Liebling". Der Schluck tat gut, ein wenig bildete sich wieder Speichel in meinem Mund. Ich fiel wieder gegen die Rückenlehne auf der Couch. Eigentlich wollte ich doch weitererzählen. Das war aber erst mal nicht möglich. Mit geschlossenen Augen versuchte ich vom Karussel in meinem Kopf abzusteigen.

„Liebling muss jetzt ins Bett. Ich muss echt pennen" sagte ich sichtlich geschafft. Das war ein anstrengender Tag. Nur im Flieger gesessen. Aber vor allem der Sex nach 6 Wochen Abstinenz und der Joint hatten mir „den Rest" gegeben. „Ich komm' mit, leg' mich etwas zu dir. Und du erzählst mir weiter, ja?" Wilma stand auf. Wir gingen nach oben. Auf dem Treppenabsatz sah sie mich fragend an. „Zu dir? Oder zu mir?"

Diese Frage hatte ich lange nicht mehr gehört. Was sollte ich jetzt antworten? Als ich vorhin einen kurzen Blick in Willekes Zimmer geworfen hatte war ja noch alles mit weissen Laken und Tüchern abgedeckt, das Zimmer war „unberührt". „Zu mir". Wilma schaute verblüfft. „Bist du dir sicher?" War ich mir sicher? Wirklich sicher? „Ja Wilma, ich bin mir sicher. Und ich habe dir unendlich viel zu erzählen". Gemeinsam „enthüllten" wir die Möbel und das Bett. Wilma schaute nochmals fragend und eindringlich zugleich. „Du weißt was das bedeutet? Du weißt was du gerade tust?"

Ganz kurz riss ich an, dass ich natürlich auch über meine, an mich selbst gestellte „Schuldfrage" nachgedacht hatte. Und was meine Erkenntnis beinhaltet.

„Hast du oft an Willeke denken müssen? Öfter als an mich?“ „Wilma. Was soll diese Frage jetzt?“ Ich nahm sie in den Arm. „Weißt du was Willeke immer gesagt hat?“ Wilmas Augen fragten mich. Wortlos. „Das sollten wir immer mit auf unseren Weg nehmen – [13]*Jaloezie is kut*“.

---

[13] **Eifersucht ist Scheisse**

„Zusammen?"

„Aber immer der Reihe nach". Erst kam die Story - der Abschnitt - mit dem Heli-Flug von der Brent Spar auf die Shetlands, den wartenden Nutten. „Du bist echt nicht mit Ficken gegangen? Du bist so süss". Was bitte war daran süss?

Meine Augen wanderten an den Wänden entlang. Licht drang durch ein grosses Fenster herein. „Ich bin …". Um ganz sicher zu gehen suchte ich das Centerfold von „Miss March – Alana Soares". Keine Monster-Titten, deren Brustwarzen mich fast schielend anblickten. „Kneif' mich mal einer" sprach ich laut aus.

„Du bist einfach während des Erzählens eingepennt. Das habe ich noch nicht erlebt, dass so etwas möglich ist". Das war die Stimme von Wilma. Ich drehte mich zu ihr. Und das waren ihre Titten. Prall und stramm, statt „gigantisch und hängend. „Kneif' mich mal, ich kann es immer noch nicht glauben, dass ich zuhause bin". Wilma legte ihren Kopf auf meinen Brustkorb. „Guten Morgen Liebling. Ja, du bist zuhause. Du bist bei mir". Ihre Augen strahlten mich an. „Ich wüsste sogar was Besseres als „Kneif' mich". Hört sich ähnlich an, ist aber viel schöner". Sie lachte. „Und tut auch nicht weh".

So aufzuwachen. Unglaublich schön. Mein Mund ging an ihre Brust. Wie liebte ich es an ihren Brustwarzen zu saugen. Und auch, dass Wilma das sehr erregend fand hatte ich vergessen. Fast. Ihre Nippel wuchsen in meinem Mund, meine Zunge spielte mit den immer härter werdenden Brustwarzen. „[14]*Niet te geloven*". Ich war frei, in Freiheit. Die besten Titten der Welt im Mund – und frei. Und nein, es war kein Traum. Es war wirklich wahr. Mit beiden Händen hatte ich Wilma an der Taille gefasst. Hielt sie ganz fest. Wollte sie nicht mehr loslassen. „Nicht so fest. Du tust mir weh".

---

[14] Unglaublich

Gut, dass sie etwas gesagt hatte. Ich hätte sie zerdrückt, so sehr wollte ich sie an mir spüren. „Wilma … Ich …“. Sie lachte. „Du solltest pinkeln gehen, dein Ständer ist ja abnormal“. Ja, das sollte ich wirklich machen, bevor ich ins Bett pisse.

In der Küche setzte ich die Kaffeemaschine in Gang, dann ins Bad, strullern. Mein Körper war zwar schon in Rockanje, aber mein Kopf war noch irgendwo unterwegs. *„Niet te geloven“*, immer wieder sagte ich das vor mich hin. *„*[15]*Ik ben thuis, niet te geloven“*.

Wir setzten uns in den Garten. „Freie Sicht für freie Bürger“. Mein Blick ging durch den Garten. Zu den Blumen und Pflanzen um die sich Wilma gekümmert hatte. Kein Wasser, kein Meer. Stattdessen die grosse Polderfläche direkt an unseren Garten angrenzend.

Wilma brachte Kaffee für uns beide mit nach draussen. Meine Augen konnten nicht von ihr ablassen. „Die besten Titten der Welt. Klar soweit?“ Dabei musste ich selber lachen. „Was heisst hier klar soweit?“ fragte Wilma. „Das muss ich dir erzählen. Wo war ich gestern eigentlich stehen geblieben in meiner Erzählung?“

„Also wirklich …“. Jetzt musste Wilma lachen. „Stehen geblieben? Eingepennt bist du“. Sie trank einen Schluck heissen Kaffee. „Bei den Nutten. Da bist du stehen geblieben“. Ein breites Grinsen zog sich von einem Ohrläppchen zum anderen in ihrem Gesicht. „Aber auch nur stehen geblieben. Gefickt hast du ja nicht mit ihnen. Das war das letzte was du erzählt hast“. Genau da wollte ich wieder ansetzen.

Dass ich nicht mit einer Nutte mitgegangen war, obwohl sie schon massiv versuchte hatte mich dazu zu bewegen. „Du

---

[15] Ich bin zuhause. Nicht zu fassen.

meinst, dass du schon mitgegangen wärest, wenn wir nicht zusammen sind?" Zugegeben, so war es. Allerdings hatte ich jetzt ein anderes Problem. Es war mir immer noch nicht möglich mit diesen Worten, wie „zusammen" oder „Paar" - in Verbindung mit Wilma – anständig umzugehen. Was bedeutete das? Zusammen? Zusammen was? Paar? Sicher, wir lebten ja schon „irgendwie" zusammen. Zusammen in einem Haus. Aber war das auch das was ich unter „zusammen" verstand? Mit Willeke lebte ich zusammen. Wir waren eine Einheit. Wäre Willeke noch am Leben, wäre ich nie - niemals – auf die Brent Spar gegangen. Nicht einen Tag hätte ich von ihr getrennt sein wollen. Mit Wilma war das anders. Im Nachhinein konnte – musste – ich mir eingestehen, dass ich sie vermisst hatte, vermisste. Dennoch fiel es mir mehr oder minder leicht für Wochen von ihr getrennt zu sein.

„Erzähl' weiter" riss Wilma mich aus meinen Gedankengängen. Wo war ich in meiner Erzählung? Ach ja, immer noch bei den Nutten. „Okay, zur Einleitung erzähl' ich dir von meinen Kollegen. Von den ganzen Nummern". „Hä? Von welchen Nummern?" Genau das wollte ich ja gerade erklären. Wie sehr mich das, insbesondere nach unserer Rückkehr von der Brent Alpha, beschäftigt hatte. Dass die wenigen Tage „unter Menschen" mein Selbstwertgefühl wieder heraus gekramt hatten. „Ich werde nach meiner „Freischicht", immerhin 6 Wochen, nicht mehr auf die Brent Spar zurückgehen. „Sondern?" „Ich werde mich für die Brent Alpha bewerben. Bei Kees. Hier in Pernis". Wilma hörte meiner Ausführung gespannt zu.

„Irgendwie kann ich mir das richtig vorstellen, dass du aufmüpfig warst". „Was heisst aufmüpfig? Ich kann es nicht ab, wenn man mich ungerecht behandelt. Das hat nichts mit aufmüpfig zu tun. Das ist eine Frage von Respekt". „Und wenn das nicht klappt? Das mit deiner Bewerbung? Was dann?"

Wilma hatte eine Hand auf meinen Unterarm gelegt, schaute mich fragend an. „Dann gehe ich zurück auf die

Raffinerie, das hat man uns ja angeboten. Wenn es nicht funktionieren würde". „Ja, und wenn das dann doch nicht geht? Was dann?" Das waren einfach zu viele Unwägbarkeiten. Wie sollte ich da eine Antwort drauf wissen? „Dann werde ich mich töten". Erschrocken, entsetzt schaute Wilma mich an. „Waas?" Ich musste lachen. „Das war ein Scherz. Dann mach' ich eben was anderes". Sie schlug mir leicht auf die Schulter. „Du Idiot. Mit so was macht man keine Scherze. Mich töten".

Um diese Frage - nach dem „Was dann" - wollte ich mich später kümmern. Dazu blieben mir noch gute 6 Wochen. Warum sich also jetzt schon den Kopf zerbrechen? „Ach ja. Als ich gestern auf dem Friedhof war habe ich die frischen Margeriten in der Vase gesehen. Danke dass du dich echt so gekümmert hast". Ich gab Wilma einen Handkuss. „Danke". „Mann, habe ich doch gesagt. Und bei der Menge an Kohle die du mir gegeben hast könnte ich jeden Tag den Blumenladen leer kaufen". Das Geld war gar nicht der entscheidende Faktor. Vielmehr, dass sie - dass Wilma - zu ihrem Versprechen stand. „Danke".

Vorerst hatte ich aber genug „erzählt", es blieb ja noch reichlich Zeit um alles mitzuteilen. „Erzähl' du mal was. Was hast du so getrieben?" Ich gab „den Ball" an Wilma ab. „Dass du onaniert hast weiss ich ja schon. Und sonst?". Wilma grinste. „Klar, das hast du dir gemerkt". Ich griff ihr in den Schritt. „Und vorgestellt habe ich mir das auch schon". Wilma lachte, hielt meine Hand aber fest in ihrem Schoss. „Du bist echt ein Typ". Ich gab ihr einen Kuss. „Eine Drecksau?" „Ja, dann doch irgendwie schon. Du hast dich schon verändert, mir gegenüber, aber ich glaube schon, dass du irgendwie eine Drecksau bleiben wirst. Jetzt bist du halt eine Drecksau, in die ich verliebt bin". Ihre Worte machten mich verlegen.

„Drecksau". So hatte sie mich immer bezeichnet bevor wir „engeren" Kontakt hatten. So wie wir jetzt zusammenlebten. Aus „Drecksau" war „Liebling" geworden. Verrückte Welt. **„Liebe ist ein fremdes Land"**. Und ich war nicht einmal der „Landessprache" mächtig. Oder kannte mich in dessen Besonderheiten und Gepflogenheiten aus. Irrte hilflos wie ein Tourist umher.

„Ich fass' es mal kurz zusammen". Wilma begann mit ihrer Schilderung. „Wenn ich ehrlich bin hab' ich nicht viel gemacht. Abgehangen. Am Strand. Auf der Boerderij, drüben bei den Leuten. Ab und an war ich shoppen. Oder bin mit dem Auto rumgefahren. Also nichts wirklich Erzählenswertes". Ich musste grinsen. „Also quasi so wie immer?" „Eigentlich schon. Nur eben mit dem Unterschied, dass ich Geld zur Verfügung hatte. Dein Geld". Dass ihr Körper eine schöne Bräunung hatte war mir natürlich aufgefallen. Dagegen sah ich wie eine Packung Frischkäse aus. Blass. Weiss. Selbst die wenige Zeit die ich „an der frischen Luft" auf der Brent Spar verbringen konnte war kalt und windig. Da war nix mit Strandliege. Und ansonsten war ich in einer Blechdose eingesperrt.

„Hast du denn noch Geld? Brauchst du Geld?" Wilma ging ins Haus, kam mit ihrer Geldbörse wieder, die sie mir geöffnet hinhielt. „Etwas habe ich noch. Aber mein Hausmeister-Job ist jetzt wohl beendet, oder?" Blödes Wort. Aber irgendwie hatte ich das ja selbst ins Spiel gebracht. Hausmeister. Es aber nicht so gemeint. „Naja, ich habe ja einiges gespart". Das Leben auf der Brent Spar hatte mich keinen Cent gekostet. Nur den Tabak mussten wir selbst bezahlen. Ansonsten war alles „for free". Die nächste Bar war mehrere hundert Kilometer entfernt. Und dafür einen Helikopter rufen? Das war auch nicht drin. „Und ich habe ja auch einiges an Extra-Geld, weil ich nicht bei den Nutten war" scherzte ich. Wilma verstand das aber ganz anders, zumindest reagierte sie sehr prompt. „Und jetzt willst du das mir geben. Als deine Nutte? Du bist echt …". Ich unterbrach sie sofort. „Sag' es jetzt nicht. So ist das nicht gemeint. Wenn du Geld brauchst sag' es einfach. Nicht als Nutte. Als Wilma. Ich bin doch keine Drecksau". Sie lachte. „Du wusstest, dass ich das sagen wollte". „Ja, das wusste ich".

„Lass' uns zum Strand, ich hab' ewig kein Meer gesehen". Wilma verzog die Mundwinkel. „Ist klar. Du warst jetzt wochenlang auf dem Wasser. Kein Meer gesehen, vonwegen".

Okay, die Formulierung war etwas „ungünstig" gewählt. Eigentlich meinte ich Strand, Strandbar, Badegäste, einfach in der Sonne liegen, kaltes Bierchen dazu, Weiber in Bikinis anschauen, gerne auch ohne Bikini – das wollte ich sagen.

„Das Mädchen"

Mit den Fahrrädern fuhren wir zum Strand. Wir lebten hier verdammt „privilegiert". Da träumen bestimmt viele von. Strand und Meer „vor der Haustür". Dazu dann einfach frei zu haben, keine Verpflichtung. Ja, das war ein Traum.

Eben nicht. Das war Realität. Meine – unsere Realität.

Auf „unserem" Platz in den Dünen waren schon andere von der Boerderij. Ein grosses „Hallo" und aufgeregtes Küsschen links, Küsschen rechts. Mensch, wie hatte ich das vermisst. Lange hielt ich jeden einzelnen von ihnen, egal ob Männlein oder Weiblein, in den Armen. „Schön euch zu sehen".

„Mann, erzähl' mal". „Später, ich will erstmal nur abhängen. Und ausserdem …", ich sah zu Wilma herüber, „… ausserdem wollte ich Wilma zuerst alles erzählen". „Ja, allzu viel weiss ich auch noch nicht. So lange ist er ja noch nicht wieder hier" ergänzte sie meine Aussage. „Ist klar…" scherzte Nico. „… Erstmal anständig vögeln. Das geht vor".

Eine junge Frau, sie kam mir bekannt vor, nahm meine Hand und drehte die Handinnenflächen. „Lass' mal sehen. Hast du schon Schwielen?" Was sollte diese Frage? „Quatsch, wir tragen doch immer Handschuhe. Sie lachte. „Mann, vom Wichsen, was sonst? Wenn man so lange ohne Frau ist". Hahaha. Toller Scherz. „Wer bist du? Ich hab' dich schon mal gesehen, oder?" „Ja Mann, ich bin Mariella. Weißt du noch. Aus dem Park. Und du hattest doch auch mal nach meiner Telefonnummer gefragt. Und nie angerufen". Ja, das stimmte. Ich erinnerte mich. „Wohnst du jetzt auch hier, in Rockanje?" „Ja Mann, auch auf der Boerderij. Sogar in deinem alten Zimmer". Wie kriegte ich jetzt den Bogen?

„Dann brauch' ich ja nicht mehr anrufen. Dann sehen wir uns sowieso, oder?" Krampfhaft überlegte ich. War ich mal scharf auf sie? Wahrscheinlich. „Du bist doch scharf auf jede, auf fast jede“. So hatte Willeke es immer gesagt.

Mariella hatte eine „mädchenhafte Figur“. Schmal, nicht zu grosse Brüste, die leicht gebogen nach oben zeigten. Das mädchenhafteste war aber ihr komplett rasierter Intimbereich. Das sah wirklich aus wie bei einem Mädchen, nicht wie bei einer Frau. „Wollen wir etwas trinken gehen?“ Nicht in Mariellas Gesicht schaute ich bei der Frage. Nein. Auf ihren blanken Unterleib. Anders als bei einem Mädchen waren ihre Schamlippen und ihre Klitoris gut zu sehen, weil eben schon stärker „ausgebildet“.

„Ja, gerne. Meld’ dich einfach“. „Ne, ich mein’ jetzt. Im Badlust“. Der Satz, die Fragestellung war noch nicht ganz von mir beendet. Ein Boxhieb traf meinen Oberarm. „Geht’s noch, ich steh’ neben dir“. Wilma hatte mir diesen Hieb versetzt. „Das hat wehgetan“. „Sollte es auch“.

Während ich mit der anderen Hand über den Oberarm rieb sagte ich zu Wilma „Weißt du – **Jaloezie is kut**“. „Ja, verdammt. Weiss ich. Aber du musst die doch nicht angraben wenn ich daneben stehe“.

„Ich gehe gerne mit dir was trinken“. Wilma nahm mich an der Hand, zog mich aus der Gruppe heraus. Wir liefen runter zum Badlust, setzten uns auf die Terrasse, bestellten kalte Biere. „Stehst du auf so was?“ „Was jetzt?“ „Na, so eine rasierte Fotze?“ Wie sollte ich das beantworten. Das war die erste rasierte Frau, die ich zu sehen bekommen hatte. Vielleicht war es das? „Ich … Ich weiss nicht. Habe ich noch nicht gesehen. Das war die erste …“.

Die Bedienung brachte unser Bier. „Gezondheid Wilma“. Die Gläser klirrten aneinander. „Ach, du bist so süss“ zwinkerte sie mir zu. „Sag’ doch nicht immer *Du bist so süss*. Ich bin doch kein Chihuahua“. Wilma lachte. „Irgendwie aber doch, zumindest manchmal - so ein kleiner Fotzenlecker, der dann freudig mit dem Schwanz wedelt". Sie kriegte sich gar nicht mehr ein vor Lachen. Fehlte nur noch, dass sie mir jetzt über Kopf streichelt. Wie man das bei einem Hund so macht.

Sag' mal, bist du eifersüchtig?" wollte ich von Wilma wissen. Sie stellte ihr Bier ab. „Wie definierst du denn Eifersucht?" war ihre Gegenfrage. „Na, so was wie Neid ist das doch schon". Wilma holte aus, mit Worten. "Neid und Eifersucht zerstören unsere Zufriedenheit und schwächen unser Selbstwertgefühl. Wenn wir andere beneiden und diesen etwas nicht gönnen, dann machen wir deren Glück zu unserem Unglück. Im christlichen Glauben zählt Neid zu den sieben Todsünden. Wir können auf so vieles neidisch und eifersüchtig sein - auf materiellen Besitz, das Aussehen, die seelische und körperliche Gesundheit, musikalische, geistige, sportliche oder persönliche Fähigkeiten, ein harmonisches Familienleben, die sozialen Kontakte, Freundschaften, die Beliebtheit bei anderen, das selbstbewusste Auftreten, die Anerkennung durch andere, den Erfolg". Dann musste sie einen grossen Schluck trinken. Das war jetzt auch mehr eine Predigt als eine Antwort. „Und? Bist du eifersüchtig?" Wilma liess erst einen kleinen Rülpser erklingen. „Ja, verdammt. Bin ich. Ich neige dazu". Dann sah sie mich an. „Und du?"

Für mich selbst definierte ich Eifersucht mehr mit Angst, Verlustangst als mit Neid, Missgunst. Der Angst verletzt zu werden. Angst. Das war es im Kern. „Ja, ich denke schon". Ich konnte mich nur zu gut daran erinnern wie Scheisse es mir ging, zu Zeiten als Willeke ihren Körper „verkauft" hatte. Wie ich innerlich fast durchgedreht war – und es mich wahnsinnige Anstrengung gekostet hatte nicht aus der Haut zu fahren. Oder vor Verzweiflung in Tränen auszubrechen. Ich nahm Wilmas Hand, beugte mich leicht zu ihr herüber. „Dann haben wir beide die gleiche Krankheit?"

„Komm', wir gehen wieder zu den anderen. Bevor wir uns den Tag versauen".

Wilma hatte Recht. Zuviel Nachdenken kann einen auch ganz kirre machen. Eigentlich wollten wir nur ein wenig abhängen, was kiffen, Sonne tanken.

Als wir zu den Dünen hochgingen blieb Wilma kurz stehen. „Tust du mir einen Gefallen?" „Was immer du möchtest. Nur erraten kann ich den natürlich nicht, das musst du schon sagen". Wilma legte ihre Arme um meinen Hals. „Glotz' Mariella nicht ständig auf die rasierte Fotze". Mein Lächeln mischte sich mit einem Kuss, bei dem meine Worte in ihrem Mund gepresst wurden. „Wilma, wo denkst du hin? Ich doch nicht". Sie griff mir in den Schritt. „Na sicher, du bist der Liebste überhaupt. Jeder, nur du würdest das nicht tun. Wie konnte ich das vergessen".

Wir gesellten uns wieder zu unserem Freundeskreis. Rauchten, quatschten, lachten. Wenn Mariella etwas sagte oder erzählte hörte ich zwar ihre Stimme, alles andere war aber ausgeblendet. Ich schaute ihr nur zwischen die Beine. „Setz' dich woanders hin". Es war meine eigene Stimme. In meinem Kopf. Nur einmal, wir liefen in der Gruppe zum Wasser, versuchte ich neben Mariella zu gelangen. „Wie alt bist du eigentlich?" „24. Warum fragst du?" „Weil … weil du so jung aussiehst. Wegen der …" Mariella lachte. „Sag's ruhig. Wegen der rasierten Fotze, oder?" Wie zur Bestätigung strich sie mit ihren Fingerspitzen darüber. „Das ist hygienischer. Und wenn du mich lecken würdest hättest du auch keine Haare im Mund". „Hä? Was? Weiter kam ich mit meiner Frage nicht. Sie war bereits im Wasser. Wilma hatte mich „eingeholt", weil ich verdattert stehen geblieben war. „Du stehst da drauf, oder? Komm' du Chihuahua".

Wir schwammen ein wenig, liefen zurück zu den anderen. Auf dem Rückweg, aus dem Wasser, ging ich grundsätzlich etwas schneller. Es war mir schon ein wenig peinlich, dass mein Penis durch die Wassertemperatur kleiner wurde.

„Wir müssen los. Mein Liebling kocht heute". Wilma war dabei Handtücher in ihre Tasche zu packen. „Ach ja?" Liebling wusste allerdings nichts davon, dass er kochen würde. „Ja, du kochst. Heute ist doch Woensdag". Ich war erstaunt. Nicht nur wegen „du kochst", sondern auch wegen „Woensdag". Auf dem Weg Richtung Dorf erklärte mir Wilma, dass sie zwar schon ein paar Mal „deine berüchtigten Frikas" versucht habe. Aber du kannst das echt am besten. „Ich hab' voll Bock auf die Dinger. Du kochst doch, oder?" „Sicher. Für dich mach' ich alles". Das war jetzt eher geschleimt von mir. Aber, und das hatte auch bei Wilma Gültigkeit – „Happy Wife, Happy Life".

„Du warst lange nicht mehr hier". Selbst dem Metzger war aufgefallen, dass ich irgendwie „weg" war. „Rinderhack bitte. Mindestens ein Kilo. Frisch durchgedreht bitte". Und dann schnell nach Hause. Hitze, Sonnenschein und rohes Fleisch – das passt nicht zusammen.

Wir schoben die Fahrräder in den Schuppen, ich ging direkt mit der Fleischmasse in die Küche. Schälte in paar Zwiebeln, schnitt rote Paprikaschoten klein, vermengte alles mit einem rohen Ei und einer Scheibe Weissbrot. Wilma hatte den Tisch im Garten vorbereitet, Geschirr und Gläser hingestellt, kam wieder rein. „Ich geh' schnell unter die Dusche. Etwas den Sand abspülen".

„Vielleicht noch einmal wenden, dann sind die Frikas fertig".

Wilma hatte sich ein Handtuch über ihre Brüste und den restlichen Körper gewickelt. Bis knapp über ihren Schritt. „Na, wie gefällt dir das?" Sie öffnete das Handtuch. Mein Blick wanderte von der Pfanne kurz auf sie, auf ihren Körper. „Ja, sieht toll aus, verlockend". „Ach Mann, schau' mal richtig hin. Ich hab' mich rasiert. Für dich". Ihr Intimbereich war glatt und nackt. „Was hast du?" Gebannt schaute ich auf den blanken Unterleib. „Ja, fass' mal an. Da ist ganz anders".

„Warum …? „Ich hab' doch mitbekommen, dass du Mariella nur zwischen die Beine gestarrt hast. Findest du mich so attraktiver?" Pfff. Was war das jetzt für eine Frage? Erstens musste ich darauf achten, dass die Frikas nicht anbrennen und zweitens …

„Wilma, ich finde dich nicht attraktiver, weil du jetzt weniger Haare hast. Ich finde dich generell attraktiv. Oder glaubst du ich würde mich mit einer schäbigen Alten einlassen?" Ooohps. Hatte ich das jetzt gesagt? Die Antwort kam prompt. Von Wilma. „Du bist so ein Arsch. Ich hab' mich für dich rasiert". Und jetzt? Wie komm' ich aus der Nummer, der Antwort wieder raus? „Komm' lass uns essen, bevor die Frikas verbrennen".

Wir sassen nebeneinander auf der Bank. Wilma hatte ihr Handtuch wieder umgewickelt.

Nachdem ich bereits zwei Frikas verputzt hatte griff ich unter das Handtuch, an ihren rasierten Intimbereich. „Iiih, du hast ja voll fettige Finger". Das war richtig. Und damit stimulierte ich jetzt ihre Klitoris. „Das ist schön, reizvoll. Ein ganz anderes Hautgefühl. Gar nicht mehr deine kleinen Locken. Irgendwie geschmeidiger". „Du Spinner, das sind deine Fettfinger".

„Wenn du möchtest rasier' ich dich gleich auch". Wilma grinste verschmitzt. „Auf gar keinen Fall". Anders als bei ihr, bei allen Frauen, lagen meine primären Geschlechtsorgane ausserhalb meines Körpers. Klar, bei jedem Mann. Und erst recht nicht würde ich sie meine Eier, meinen Sack rasieren lassen. Das wusste ich aus erster Hand, hatte ich selbst schmerzvoll erfahren, dass die Rasierklingen nicht umsonst „Wilkinson Sword" hiessen. Wie oft hatte ich mir schon einen „Schmiss" ins Gesicht geschnitten? Da lass' ich jetzt bestimmt keine Frau meinen Sack rasieren. „Das ist nett, dass du das anbietest. Aber wenn, dann mach' ich das selbst". Mit einer Hand öffnete ich nochmals ihr Handtuch komplett. „Echt, jetzt siehst du auch aus wie ein kleines Mädchen. Ein gewöhnungsbedürftiger Anblick".

Musste man sich nicht zwangsläufig wie ein „Kinderschänder" vorkommen? Hygiene hin oder her. So sah keine Frau für mich aus. So sah ein kleines, unschuldiges Mädchen aus. Zumindest im Schambereich. Und da sollte, da wollte sie mich auch rasieren? Damit das noch irrealer ist. Ein kleiner Junge, ohne Haare am Sack, fickt mit einem kleinen Mädchen? Na, ich weiss nicht.

Wilma brachte das Geschirr in die Küche. „Du hast ja gekocht, ich mach' den Abwasch". Hoffentlich hatte sie das nicht zu leichtfertig gesagt. Es sah schon wüst aus in der Küche. Fettspritzer, dreckige Pfannen. Gut, dass ich ausser Frikas nichts anderes gemacht hatte.

„Ich fahr' nochmal zum Friedhof. Okay? Bis gleich". Nochmals das Rad aus dem Schuppen geholt. Weg war ich.

Als ich zurück kam sass Wilma immer noch in ihr Handtuch gewickelt auf der Couch. Im Ascher konnte ich ersehen, dass sie sich anständig einen gekifft hatte. Nicht nur im Ascher. Sie war richtig schön „eingebreitet". „Also, einen klitzekleinen Joint rauche ich auch gerne. Aber wirklich nur einen kleinen". Das würde dauern bis ich mich damit wieder zurechtfand. Es ist schon erstaunlich wie sehr sich der Körper an die Bedröhntheit gewöhnen kann. Aber eben auch wie sehr es denselben aus der Bahn wirft, wenn man lange nichts geraucht hat.

Wilma drehte eine Tüte. Ich öffnete das Handtuch, verschwand zwischen ihren Beinen. „Hihi, das ist schon ein anderes Gefühl" kicherte sie. Das war es in der Tat. Und genau wie Mariella gesagt hatte – keine Haare im Mund. Mir kam es so vor als wären ihre Schamlippen dicker geworden, ihre Klitoris weiter vor stand. Das war natürlich nicht so, es lag nur alles „freier".

Wilma hatte aufgehört sich mit dem Joint zu befassen, liess sich einfach nur lecken. „Siehst du, ein Chihuahua bist du schon. Du Fotzenlecker". Das war vollkommen richtig. Es machte mich selber auch extrem an mit ihrer Klitoris zu spielen. Sie mit meinen Lippen einzusaugen.

Ich setzte mich neben sie auf die Couch, zog meine Hosen aus. „Ich könnte auch ein bisschen mit dem Schwanz wedeln", zog ich Wilma auf meinen Schoss. Sie war warm und feucht, ich nuckelte an ihren Brüsten während Wilma sich auf mir bewegte. „Wilma …". „Ja". „Nur Bellen werde ich nicht, egal was du auch mit mir machst". Ihr Unterleib wackelte vor Lachen.

Sie blieb einfach auf mir sitzen, mein Penis steckte in ihr. „Joint?" Wilma zündete den Stick an, zog einmal flüchtig und gab ihn mir. „Ich würde gerne mal wissen wie lange dein Schwanz in mir steif bleibt. Einfach so. Wenn ich einfach so auf dir sitze".

Das wollte ich auch wissen. „Lass' es uns ausprobieren". Sie spürte das wahrscheinlich noch eher als ich. Für mich war das nur ein warmes Gefühl in ihr zu stecken. Immer wieder mal bewegte sie sich, ich merkte lediglich, dass mein Penis wieder dick wurde. Bis irgendwann, sie hob und senkte ihr Becken jetzt stärker, sah mir in die Augen. „Du kommst gleich, stimmt's?"

Wilma blieb weiter auf mir sitzen. Mein Sperma und ihr Sekret liefen auf mich. „Siehst du, den ganzen Sabber hast du jetzt in den Sackhaaren. Bei mir ist nix". Sie stand jetzt breitbeinig auf der Couch. So war es. Die ganzen Körperflüssigkeiten „landeten" auf mir. Warm und schmierig. „Geh' duschen. Rasierer liegt im Bad".

Frisch geduscht nahm ich mir eine Frika in der Küche und setzte mich wieder zu ihr auf die Couch. „Aber rasiert bist du nicht". Das war unschwer festzustellen. „Nein. Ich glaube nicht, dass ich das will". „Wieso?"

Ich versuchte Wilma zu erklären welches Bild ich im Kopf hatte. Vonwegen kleiner Junge und kleines Mädchen. „Und eines weiss ich natürlich, was du nicht weißt. Ab jetzt kannst du dich dauernd rasieren. Sobald das nämlich Stoppeln werden juckst du dich blöd".

So war es jedenfalls bei meinem Bart. Ab einer bestimmten Länge, nach ein paar Tagen, juckte es dermassen, dass ich mich „sofort" rasieren musste.

Samstagmorgen. Das Telefon klingelt. „Wer stört? Um diese Uhrzeit?" Missmutig nahm ich den Hörer von der Gabel. „Wer stört?"

„Hoi, met Linda". Die Stimme am anderen Ende der Leitung konnte anscheinend mein Fragezeichen im Gesicht durch das Kabel hindurch sehen. „Met Linda. Du weißt schon. Willekes Freundin aus Roosendaal. De rode Duivel".

Jetzt wusste ich Bescheid. „Hoi Linda". Ewig hatte ich sie nicht mehr gesehen, gesprochen. Zuletzt auf Willekes Beerdigung. Sie würde ab dem kommenden Montag, also in knapp 10 Tagen, wieder in der Gärtnerei in Rockanje arbeiten. „Es ist Saison für Pfingstrosen und Gladiolen".

„Der Teufel kehrt zurück"

Und sie würde mich gerne besuchen kommen. Und wie es mir ginge? Und überhaupt was ich so mache? „Wilma wohnt jetzt auch hier, komm' uns gerne besuchen". Eine Weile war Stille. „Du wohnst jetzt mit Wilma zusammen?" „Ja. Weißt du, es ist so viel passiert. Das erzähle ich dir alles. Du bist willkommen. Jederzeit". Linda stotterte ein wenig rum. „Ich wollte … wollte eigentlich … wollte eigentlich fragen ob ich bei dir wohnen kann in der Zeit?" „Linda, das ist gar kein Problem, du bist jederzeit willkommen, wie schon gesagt". „Oh, das ist nett. Mehr als nett. Kannst du mich vielleicht auch abholen? In Roosendaal?"

Wie ein Blitz zuckte es durch mich, ich musste mich setzen. „Ich weiss nicht, noch nicht. Ich ruf' dich an, okay? Sag' mir mal deine Telefonnummer". Linda sagte ganz langsam 0165 – 4440 …". „Also, ich freu' mich. Bis bald".

Meine Hand hatte gezittert als ich die Nummer auf einem Zettel notiert hatte. Was war mit mir? Ich brauchte einen Schnaps. Sofort. Genauso zittrig goss ich den Vieux in ein Glas. Wilma bemerkte das. „Was ist los? Bist du dem Tod begegnet? Wer war das am Telefon?" In einem Zug stürzte ich den Schnaps herunter. „Das war Linda. Du weißt schon, die Rothaarige. Aus Roosendaal". „Welche Linda? Ich weiss nicht wen du meinst". „Also bitte, ihr habt doch schon zusammen geduscht. Die Rothaarige. Oben und unten. Du weißt schon. Die mit Willeke in der Gärtnerei gearbeitet hat". „Und deswegen bist du so durch den Wind?"

Nein, das war es nicht. Allein der Name der Stadt, Roosendaal, löste Panik in mir aus. Richtiges Herzrasen hatte ich. Roosendaal – hier hatte ich lange im Krankenhaus gelegen. Hier hatte sich mein flammneues Auto, ein BMW, in einen Haufen Schrott verwandelt. Hier hatte Willeke den Tod gefunden. Und mit ihr unser gemeinsames Kind.

Sofort hatte ich wieder dieses Gefühl, als wenn irgendein sadistisches Drecksschwein mein Herz mit einem Löffel aus meinem lebendigen Leib herausschabt. Tränen liefen über mein Gesicht. „Was ist? Was ist mit dir?" Wilma hatte sich zu mir gesetzt, einen Arm um meine Schulter gelegt. „Es war Linda am Telefon". Mit verheultem Gesicht sah ich Wilma an. „Das kann es doch aber nicht sein? Du bist ja völlig am Ende. Was ist mit dir?"

Es war mir nicht möglich mit ihr, mit der Frau mit der ich zusammenlebte, zu reden. Auch das alles stellte ich urplötzlich wieder in Frage. Wir schliefen miteinander. Und ich konnte nicht mit ihr reden. Mich nicht mitteilen. Wie grausam. Auch für Wilma. Ich lief in den Garten. Hatte einen regelrechten Heulkrampf. Die mich ewig lang quälende Frage nach „Schuld" hatte ich mir beantwortet, verarbeitet. Den Verlust meiner über alle geliebte Freundin nicht. Es brach aus mir heraus.

Wilma bitten zu gehen war nicht angebracht. Aus dem Schuppen nahm ich mein Fahrrad und radelte davon. Einfach weg. „Was machst du? Warum redest du nicht mit mir?" Wilma versuchte noch mich am Wegfahren zu hindern. „Jetzt nicht. Jetzt nicht".

Sie wusste genau wo ich war. Auf dem Friedhof. Ein Häufchen Elend, das auf einer Bank hockte und den Schmerz der Welt heraus heulte. Wilma war so schlau - so einfühlsam - mich lange genug allein zu lassen, sich nicht aufzudrängen. „Woher wusstest du …? Wilma wischte meine Tränen von den Wangen. „Wo solltest du sonst sein?" Sie setzte sich zu mir. Wortlos. Nahm meinen Kopf an ihre Schulter. Wir sassen lange schweigend nebeneinander. „Komm' nach Hause. Lass' uns gehen".

Dann erzählte sie mir, dass sie Linda angerufen habe, die Nummer, die ich notiert hatte. Von ihr hatte sie, Wilma, von der Frage erfahren ob ich sie, Linda, abholen könne. „Das kann ich nicht. Ich kann nicht dorthin".

Wir waren zuhause angekommen. „Soll ich dir mal einen Tee machen?“ Einen Tee? „Was soll ich mit einem Tee? Ich möchte, ich will einen Schnaps. Und ein Bier“. Ich bemerkte selbst wie ich mit Wilma sprach. In welchem Ton. „Entschuldige. Bitte. Ich möchte bitte ein Bier“.

Wilma stellte mir ein Bier auf den Tisch, setzte sich zu mir, versuchte mich in den Arm zu nehmen. Ich schob sie sanft beiseite. „Mann, ich wollte dir Trost spenden. Warum stösst du mich weg?“

Sie war sicher auch verletzt von meiner Art, liess mich aber gewähren. Ich verzog mich nach oben, legte mich ins Bett. Es war helllichter Tag, früher Nachmittag. Die Bettdecke zog ich über mich, weinte in das Bett hinein.

Wilma hatte meine Hand mit ihrer fest umschlossen. „Du musst, du solltest aufstehen. Sonst bist du die ganze Nacht wach. Beschäftige dich. Mit irgendwas“. Ihr freundliches Gesicht signalisierte mir wie unendlich gross ihr Herz war. „Wie lange sitzt du schon hier?“ Wilma hockte auf der Bettkante. „Schon eine ganze Weile“. Sie streichelte über meinen Kopf. Nicht so wie man einen Hund streichelt. So wie man einen geliebten Menschen streichelt um ihm Trost zuzusprechen. „Ich habe Linda gesagt, dass wir sie abholen kommen“. Mit einer Hand stützte ich mich auf. „Du hast was gesagt? Ich kann das nicht, ich kann da nicht hin“. Ich war laut geworden. „Mann, jetzt reiss‘ dich zusammen. Schrei‘ mich hier nicht an. Du musst da, oder sonst wo … irgendwann hin. Du bist vom Pferd gefallen, du MUSST wieder aufsteigen“. Meine Augen flehten sie an. „Nein“ schrien sie förmlich. „Doch, du musst das verarbeiten, sonst wird dich das immer begleiten“.

Wilma war unter die Bettdecke gekrochen, nahm mich in den Arm. Regungslos liess ich sie machen. Sie versuchte mich aufzumuntern, zu küssen. Ich drehte mich weg. *My Body says Let's go, but my Head says No*“. Wieso sprach ich jetzt

Englisch? Wilma hielt einfach nur meinen Kopf. Lange. Ohne zu reden. Nur ihre Energie liess sie durch mich strömen.

Wie lange lag ich in ihrem Arm? Steif und regungslos wie ein Stock. Sie war kurz aufgestanden, kam schnell zurück. „Hier, rauch' dir einen Joint. Dann kannst du wenigstens ruhig und bedröhnt einpennen. Runter zu mir kommst du nicht mehr, oder?" Das war vollkommen richtig. Wilma öffnete das Fenster. Wir qualmten gemeinsam den Joint weg. Danach verkrümelte ich mich wieder unter die Bettdecke.

Es war extrem leise im Haus. Nirgends Licht. In der Küche schaute ich auf die Uhr. Vier Uhr und ein paar Kleine. Genau wie Wilma es gesagt hatte. Ich war wach. Alles andere schlief. Keine Vögel zwitscherten. Kein Hahn krähte. Totale Stille. Aus dem Kühlschrank nahm ich mir eine Flasche Bier. Etwas essen könnte ich auch. Hunger. Nach gut einer Stunde legte ich mich wieder ins Bett. Versuchte noch etwas zu schlafen.

Wie „gerädert" wachte ich einige Stunden später auf. Wilma war im Garten. Trank Kaffee, genoss die Natur. „Guten Morgen Liebling. Geht es dir besser?" Mit einem Kuss auf die Stirn begrüsste ich sie. Sagte aber nichts. Auch ihre Frage liess ich unbeantwortet. Setzte mich neben sie. „Ich bin mir nicht sicher. Mit uns. Ist es richtig, dass wir hier zusammenwohnen?". Wilma nahm mir direkt den Wind aus den Segeln. „Du bist doch voll blöd. Zusammenwohnen. Wir leben hier zusammen. Du und ich. Willst du jetzt wieder anfangen alles, dich selbst zu verleugnen?"

„Weißt du … stotterte ich vor mich hin. „Pass' mal auf". Wilma war sehr energisch in ihrem Tonfall. „Es gibt nur eine Möglichkeit für dich. Du sagst mir, dass du mich nicht liebst. Hier und jetzt. Dass du mich belogen hast. Einfach nur ein wenig mit rumvögeln wolltest. Dann bin ich weg. Und du bist mich los". „Nein. Das sag' ich nicht. Weil es nicht so ist. Ich habe dich nicht belogen. Ich liebe dich Wilma". Meine Hand legte ich auf ihre Wange. „Aber ich liebe immer noch Willeke. Sie fehlt mir so". „Mann, das ist völlig normal. Und es ist auch normal mehr als einen Menschen zu lieben". Sie tippte sich an die Brust. „Aber ich … Wilhelmina, ich lebe. Ich sitz' neben dir. Siehst du das? Fühlst du das?"

Sie umarmte mich. „Ich liebe dich Wilhelmina. Ich liebe dich". Sie gab mir einen Kuss. „Und ich liebe dich. Ich steh' zu dir. Vergiss das nicht". Wilhelmina, das war eigentlich ihr richtiger Name. Aber von Anfang an hatte sie sich immer als Wilma, also in der Kurzform, vorgestellt. Es war also schon verdammt ernst, was sie mir mitgeteilt hatte. Sie – Wilma – Wilhelmina.

Wie sollte ich das vergessen? War es doch Wilma die ihr ganzes Tun für mich aufgegeben hatte. Mich gesund gepflegt hatte. Sich aufgeopfert hatte. Mich aufs Klo geschleppt hatte, mir den Arsch abgewischt hatte. Ohne sie sässe ich jetzt nicht hier. Wie konnte ich an ihrer Liebe zweifeln?

Eigentlich wollte ich mir Kaffee holen. Ich ging ins Haus. Griff den Telefonhörer, wählte Lindas Nummer. Auf der anderen Seite der Leitung klingelte es. Ein paar Mal. „Hoi Linda. Also, wir kommen dich am Mittwoch abholen. Am frühen Nachmittag". Eine Antwort wartete ich gar nicht erst ab, hatte direkt wieder den Hörer auf die Gabel gelegt.

„Wir fahren am Mittwoch nach Roosendaal. Linda abholen". Wilma schaute mich überrascht an. „Hast du dich entschieden?" „Ja, ich habe Linda gerade angerufen".

In der „verheulten Nacht" war mit mir, in mir, mehr passiert als nur die Entscheidung bei Linda anzurufen. Mich meiner Angst zu stellen, wieder an den Ort unseres Verkehrsunfalls, der Willekes Leben gefordert hatte, zu fahren. „Wilhelmina. Ich möchte mit dir reden". „Warum sagst du jetzt nicht mehr Wilma zu mir?" „Weil es mir sehr ernst ist was ich dir sagen möchte. Dir, Wilma".

„Ich liebe dich Wilma. Das war gelogen. Nicht dir gegenüber. Mir gegenüber". Sie sah mich an. „Was kommt jetzt wieder?" Ihre Augen stellten diese Frage. Ihr Mund bewegte sich nicht. „Alles was ich sehe, einfach alles hier, im Haus, am Haus – einfach alles ist Willeke für mich. Das muss ich ändern. Du hast nie - nicht einen Moment - die Chance von mir bekommen hier wirklich anzukommen. Würdest du mit mir die Wohnung umgestalten? Damit DU hier endlich einziehen kannst. DU, deine Persönlichkeit".

Lediglich in ihrem Zimmer hatte sie einiges verändert. Und das auch erst als ich „auf hoher See" war. Keinen Zugriff, keine Beeinflussung auf ihre Entscheidungen nehmen konnte. Alles andere hatte ich garantiert immer unterbunden. Oder zumindest alles daran gesetzt es zu unterbinden. „Lass' das so" – oder „Bitte verändere das nicht". Den Zutritt zu Willekes Zimmer hatte ich ihr sogar gänzlich verboten. Um aber Dinge „in Schuss" zu halten dafür nahm ich sie gerne in Anspruch. Selbst wenn wir miteinander schliefen sah ich Willeke, nie Wilma. Nur ihre Titten waren Wilma, weil sie einfach über die Massen Weltklasse waren.

Nicht sie hatte ich angelogen. Ich liebe sie. Mich habe ich angelogen. Habe Wilma nicht den Hauch einer Gelegenheit geboten zu mir durchzudringen. Selbst wenn sie sich noch so mühte, sie war nie Wilma für mich. Immer war sie nur eine Hülle für meine Projektionen. „Alles was du gerne behalten würdest kann bleiben, der Rest fliegt raus". Sie hatte mir nur zugehört, nicht einmal eine Frage gestellt. „Alles? Überall?" „Ja, ich möchte, dass alles hier um mich, um uns herum von dir und mir ist".

Wilma legte ihre Arme um meinen Hals. „Dann möchte ich als erstes, dass Willeke aus mir heraus soll. Du mich als Wilma wahrnimmst. Meinetwegen auch als Wilhelmina".

„Möchtest du noch einen Kaffee?" Das war mein Versuch eine Pause zu bekommen. „Nein, erzähl' lieber weiter". Wilma hielt mich am Arm fest. „Setz' dich hin, unterbrich dich nicht selbst". „Es tut mir leid, dass ich dich belogen habe". „Nein, du hast dich belogen. Mich hast du verleugnet, das ist schon was anderes. Dass du mich liebst glaube ich dir aufs Wort. Der Rest ist DIR nicht klar. DU bist dein Problem". Sie hielt mich fest. Nicht nur in ihren Armen. Wilma gab mir Halt. Hielt mich, bevor ich drohte unterzugehen. In einem Meer aus Selbstmitleid und Selbstzweifel. Einen vermeintlich starken, hart arbeitenden Mann. Einen emotionalen Krüppel.

Wir sassen noch eine Weile am Gartentisch. Ohne zu reden. Wilma hatte mich aus ihrer Umarmung nicht losgelassen. „Komm' mit, wir fangen sofort an". Sie zog mich an der Hand, „nötigte" mich aufzustehen. Wilma öffnete die Türe zu unserem „Gästezimmer". „Hier, schau' da mal rein. Was siehst du?"

In Kisten und Kartons verpackt war dort alles was ich weggeräumt hatte um Wilma mein „ehemaliges" Zimmer zu überlassen. „Und was siehst du? Ja genau. Das ist alles deins. So wie dein Leben, einfach in Kisten verpackt, unsichtbar".

Dann ging sie herüber, in Willekes Zimmer – „das andere Zimmer", öffnete als erstes den Kleiderschrank. „Welches von den Kleidern möchtest du unbedingt behalten? Noch anziehen? Na? Welches?" Sie hielt bereits einige Kleidungsstücke auf Kleiderbügeln in der Hand. „Das vielleicht? Oder das?" Sie grinste. „Da ist Platz für dich und du nutzt den nicht. Schön blöd, mein Lieber". Wie angewurzelt stand ich neben ihr, hörte sie zwar reden, was sie aber sagte drang nicht wirklich zu mir durch.

Sie hatte schon einen ersten Karton aus dem Gästezimmer herübergeholt, schüttete den Inhalt auf dem Boden aus. „In welcher Ecke soll dein eigenes Leben beginnen? Sag' es einfach, ich räum' dir den Platz frei".

„Und Willekes Sachen?“ Mehr konnte ich nicht sagen. Wilma hatte die Antwort parat. „Das verpacken wir dann in die Kartons. Möchtest du vorher noch etwas anprobieren? Ob es dir steht? Verdammt, und jetzt lach’ mal wieder. Wir bringen die Sachen dann entweder zu Amalia, vielleicht möchten die etwas davon haben. Oder du verkaufst sie an eine Boutique oder du verschenkst sie an jemanden, der sie gebrauchen kann“.

Immer noch nicht war ich wirklich in der Lage zu agieren oder zu reagieren. „Möchtest du vielleicht …?“ „Ne, mein Liebling. Genau das nicht. Selbst wenn ich wollte, du würdest immer weiter Willeke in mir sehen. Wilma in Willekes Klamotten“. Sie hob kurz ihr Shirt an. „Und meine Titten passen da auch nicht rein“. Sie brachte mich zum Grinsen. „Na, geht doch. Muss nur das richtige Argument her“ lachte Wilma. „Ja, und direkt zwei so gute … Argumente“. Wilma zog mich aufs Bett. „Wilhelmina möchte mir dir schlafen. Und du? Möchtest du mit Wilhelmina schlafen? Mit mir?“ „Nein. Wenn dann mit dir. Mit Wilma“.

Für einen Moment blickte ich über das heillose Durcheinander aus Kleidern und Krempel, das über den Boden verstreut war. Dann sah ich aber nur noch Wilma. Selbst mit geschlossenen Augen.

„Schwarz oder Weiss"

„Welche Farbe findest du denn für dein Zimmer schön? Und ab jetzt heisst das auch *Dein Zimmer*, ist das klar?" Wir hatten uns wieder angezogen, liefen zwischen dem Durcheinander her. Wilma drängte auf eine Antwort, auf eine Entscheidung. „Also Weiss gefällt mir. Einfach Weiss". „Dummerchen. Weiss ist keine Farbe. Genau wie Schwarz auch keine Farbe ist. Es gibt so viel mehr zwischen Schwarz und Weiss, Ja und Nein, Gut und Böse. Du musst es nur erkennen". „Also, dann möchte ich … Weiss. Einfach nur Weiss". Wilma lachte. „Dann eben Weiss. Steril und unnahbar, so wie du". „Das stimmt nicht!"

Das war jetzt gespielte Empörung von mir. Aber nur um dem darauffolgenden Satz mehr Nachdruck zu verleihen. „Vor einem weissen Hintergrund kommt deine Schönheit, deine wahre Persönlichkeit noch mehr zum Strahlen". „Komm' du Schleimer, wir fahren einkaufen. Im Baumarkt".

Auf der Hinfahrt – und auf dem Rückweg erzählte ich Wilma von unserem „Sondereinsatz" auf der Brent Alpha. Wie hektisch es dort zuging. Wie viele Leute dort beschäftigt waren. Wie sehr mir das Spass gemacht hatte, trotz der anstrengenden Zeit. „Wenn du doch auch von dir selbst mit so viel Enthusiasmus erzählen würdest. Da muss noch ganz schön entrümpelt werden in deiner Seele". Wilma hielt mich an der Hand. „Wenn du willst - wenn du es zulässt – helfe ich dir gerne dabei".

Vor der Haustüre hatte Wilma alle Farbeimer und Lackdosen aufgetürmt. Knalliges Gelb und Orange – und für mich Weiss. „Du amüsierst dich oben, ich mach' hier unten alles neu. Und wag' es nicht auch nur einen Muckser zu sagen bevor es fertig ist".

Lediglich um eine Zigarette zu rauchen oder gemeinsam zu essen trafen wir uns im Garten, ansonsten pinselte jeder vor sich hin. Einen ersten Blick hatte ich natürlich schon mal in das Wohnzimmer geworfen. Da war aber alles unter Plastikplanen verpackt, lediglich eine Wandfläche leuchtete in strahlendem Gelb. Eine Bitte hatte ich allerdings schon. „Den Tisch streichst du nicht an. Das hat auch nichts mit Vergangenheit zu tun, das ist die meisterliche Arbeit von Ad und Koos. Der bleibt bitte so wie er ist".

Drei ganze Tage war Wilma „zugange", hatte „ganze Arbeit" geleistet. Die Wohnung war nicht wieder zu erkennen. Das Wohnzimmer strahlte wie die Sonne. Gelbe Wandflächen mit orangefarbenen Bordüren. In der Küche genau entgegengesetzt. Der Flur war weiterhin weiss, nur frisch gestrichen. Türrahmen und Fensterrahmen waren in den Komplementärfarben zu den Wandflächen gestrichen. In satten Blautönen.

„Magst du mir den Rücken waschen? Komm' mal bitte". Wilmas Frage kam aus der Dusche. Sie war über und über mit Farbspritzen „markiert". „Wie hast du das denn geschafft? Dich so anzumalen?" Das sei gar nicht so schwer gewesen. Um ihre Klamotten nicht zu versauen hatte sie nur einen Slip getragen. Deshalb auch die ganzen Farbkleckse. „Nur auf dem Rücken, da komm' ich nicht dran. Und kann ich auch nichts sehen. Mach du das mal".

„Was? Wie soll das gehen? Ich bin angezogen". „Was für eine blöde Frage, zieh dich aus und stell' dich zu mir unter die Dusche. Hier ist ein Waschlappen". Sie hielt mir einen frottierten Lappen entgegen. Mit reichlich Seife rieb ich ihren Rücken ein. „Darf ich?" Der Frotteelappen rieb bereits über ihre Pobacken. „Ja, vergiss keine Stelle, alles schön sauber machen". Wilma schaute über ihre Schulter. „Das ist aber jetzt nicht der Waschlappen, den ich da spüre". Es war meine Erektion, die ich ganz fest an ihren Hintern presste. „Ist wohl besser du gehst wieder raus, bevor …". Wilma gab mir einen Klapps. „… Na, du weißt schon".

Heute sollten wir Linda abholen. Eine Reise von gut 100 Kilometer. Eigentlich keine grosse Sache. Dennoch war ich angespannter als noch vor Wochen, bei meinem ersten Flug mit dem Helikopter. So gut es ging versuchte ich das zu verbergen. Vor Wilma. Vor mir selber aber am allermeisten. Wochenlang war ich eine solche Distanz nicht mehr gefahren. 100 Kilometer. Konnte man das überhaupt als Distanz bezeichnen?

Erst quer über die „Insel" Zuid-Holland, rüber Richtung Schenkeldijk, dort dann auf die Autobahn, über die „Haringvlietbrug" und dann über „Kruisland" und Visberg" Richtung Roosendaal. „Vroenhout" – jetzt war es nicht mehr weit. Mein Blick ging über die Äcker und Felder. Meine Hände waren leicht schwitzig, ich wischte sie an meinen Oberschenkeln ab. Wieder und immer wieder. Spürte wie meine Beine zitterten. Mein Blick ging zu Wilma auf dem Beifahrersitz herüber. Sie wischte mir mit einen Tempotuch über die Stirn. „Du schwitzt ja wie verrückt. Alles okay?" Mir ging es gar nicht gut. Meine Hände zitterten am Lenkrad, meine Atmung war heftig und „unkontrolliert".

Wilma brüllte mich an „Halt sofort an. Sofort". Den Ford Escort lenkte ich so gerade noch an den Straßenrand. Mein ganzer Körper war verkrampft. „Los, raus. Steig' aus. Sofort". Das war nicht einfach nur so von Wilma gesagt. Sie schrie mich an.

Als ich um den Wagen herum gegangen war sackte ich in mich zusammen, legte mich auf den dreckigen Acker. „Hyperventilieren" nennt man das wohl. „Verdammt, was ist mit dir? Was hast du?" Mir war schwindelig, alles drehte sich in meinem Kopf. „Ich kann hier nicht lang fahren". Erst sagte ich das leise, während ich versuchte tief auszuatmen. Dann aber schrie ich sie an. „Ich kann hier nicht lang fahren, ich will hier nicht lang fahren. Bitte. Hilf mir. Hilf mir doch".

Wilma zog mir mein Shirt aus, griff aus dem Auto eine Flasche Wasser, die sie über das Shirt ausgoss. Dann legte sie das nasse Shirt um meine Handgelenke. Erst rechts, dann links. Eine Hand legte sie auf meinen Bauch. „Atme ganz ruhig ein und aus. Ganz ruhig". Sie sprach jetzt ganz ruhig und sanft zu mir. „Bleib' ganz ruhig, bleib' einfach liegen. Und weiter einatmen und ausatmen. Ganz ruhig. Ich bin bei dir. Alles ist gut".

Immer wieder wechselte sie das kühle, nasse Shirt von einem Arm zum anderen. „Es ist alles gut. Nichts ist passiert. Ich bin bei dir". Immer und immer wieder redete sie mir ruhig zu.

Ein Autofahrer hatte angehalten, war ausgestiegen. „Brauchen Sie Hilfe? Was ist los?" Ich hörte Wilma zu ihm sagen „Ich glaube er hat eine Panikattacke oder so was". Der Mann holte eine Jacke aus seinem Wagen. Legte sie unter meinen Kopf. „Bleiben Sie ganz ruhig, es geht Ihnen gleich besser. Hier, sehen Sie, Ihre Frau ist auch da". Hatte der jetzt gesagt „Ihre Frau"? „Wilma …" „Bleib' ganz ruhig liegen. Sag' mir doch was du hast".

Es verging eine „gefühlte" Ewigkeit bis ich mich wieder aufrichten konnte, aufrichten wollte. Wilma half mir auf, öffnete die Türe der Beifahrerseite. „Setz' dich". „Nein, nicht ins Auto. Ich will nicht ins Auto". Ein wenig aggressiv war mein Tonfall schon. „Soll ich vielleicht einen Rettungsdienst benachrichtigen?" fragte der Autofahrer Wilma. „Ich denke es geht schon wieder. Danke für Ihre Hilfe".

Zwischenzeitlich hatte ich mich an den Kotflügel angelehnt. Wilma hockte neben mir, auch im Dreck. „Du versaust dir deine Klamotten" sagte ich leise. „Als wenn das jetzt wichtig ist. Geht es dir …?" „Besser. Kann ich etwas zu trinken haben?" Wilma zog eine neue Flasche Wasser aus dem Fahrerraum. „Trink' langsam".

Ich war langsam aufgestanden, etwas wackelig auf den Beinen war ich schon noch, wollte aber „unbedingt" ein paar Meter gehen. „Du bleibst hier, du läufst jetzt nicht auch noch auf die Strasse. Willst du vielleicht überfahren werden? Warte. Ich komm' mit". Wilma hakte sich an meinem Arm ein. Wir gingen langsam auf dem Seitenstreifen auf und ab. „Vergiss nicht weiter ruhig zu atmen". Ich zog sie an mich heran. „Danke, dass du da bist. Dass du immer da warst". „Ach Mann, jetzt hör' mal auf".

Zurück am Auto lehnte ich mich an, zog Wilma wieder in meine Arme. „Danke Wilma". Sie lächelte ein wenig. „Du hast mir einen Riesenschrecken eingejagt". „Wenn du nicht wärest hätte ich mich wahrscheinlich umgebracht". Sie „befreite" sich aus meinen Armen. „Mensch Typ, jetzt hör' auf mit dem Scheiss Gelaber. Verdomme".

Meine „Panikattacke", wie sie es ja dem Autofahrer gegenüber genannt hatte, war auf „relativ normal" zurückgegangen. „Hier irgendwo, auf dieser Strasse, war unser Unfall. Hier irgendwo ist Willeke zu Tode gekommen". Wilma nahm meinen Kopf, drückte ihn an ihre Schulter. „Das tut mir so leid. Du armer Kerl. Das tut mir so leid". Sie gab mir einen Kuss. „Warum hast du nichts gesagt? Warum hast du mich nicht fahren lassen?"

Wir blieben noch am Straßenrand stehen, ich wollte eine Zigarette rauchen. „Genau das richtige nach so einem Zusammenbruch". Wilma lachte. Ich musste auch lachen. „Ich wollte das so, ich hab' das selbst entschieden hier lang zu fahren. Was hattest du noch mal gesagt mit dem „vom Pferd gefallen"?"

„Wollen wir dann weiter?" Die Zigarettenkippe hatte ich ausgetreten. „Ja, aber ich fahre". Wilma stand schon an der Fahrertür.

Wir hatten uns in einem Café direkt an der „Brugstraat“ in Roosendaal mit Linda verabredet. Wilma parkte irgendwo in der Nähe, den Rest bis dahin liefen wir. Wilma hielt mich ganz fest an der Hand.

Linda erwartete uns bereits. An ihrem Tisch standen einige Taschen auf dem Boden. Mit ihren roten Haaren konnte man sie nicht übersehen. Freudig begrüsste sie uns, fiel uns um den Hals. „Ich freu' mich so sehr euch zu sehen“. Ihre Worte wurden durch Küsschen links, Küsschen rechts unterbrochen. Wir bestellten uns kalte Getränke. „Du solltest etwas essen“ empfahl Wilma. Gegenüber Linda verlor sie kein Wort wieso und weshalb sie der Meinung war. „Ja Mama“. Wilma blickte mich scharf an. „Schon wieder zu Scherzen aufgelegt? Mach' einfach was Mama dir sagt“.

Linda hatte unsere kleine „Unterhaltung“ mitverfolgt. „Wie läuft es denn bei euch? Wie lange seid ihr denn jetzt schon zusammen?“ Wilma schaute zu mir, dann zu Linda. „Also, ich glaube seit etwa 30 Minuten“. Linda blickte mich fragend an. „Aber hast du nicht am Telefon gesagt ihr wohnt zusammen?“ Über den Tisch hinweg nahm ich Wilmas Hand. „Es stimmt, es ist gut eine halbe Stunde her, dass ich zu dir gefunden habe“.

Während ich ass unterhielten sich Linda und Wilma. Ob es eine andere Strecke gebe als die, die wir gekommen waren. „Ihr seid über Vroenhout gekommen?“ Linda schaute zu mir. „Da war doch euer Unfall?“ Wilma liess mich erst gar nicht ins Gespräch einsteigen. „Genau, deswegen möchte ich einen anderen Weg fahren“. „Ach, du fährst?“ „Auf jeden Fall“.

Linda sagte, dass Bergen op Zoom auch sehr schön sei, vielleicht wollten wir ja auch einen kleinen Stadtbummel dort machen. „Roosendaal ist nämlich sehr öde“.

Bis nach Bergen op Zoom waren es nur schlappe 20 Kilometer. Die Veränderung war aber enorm. Eine historische

Stadt im „Brabanter Land", ein herrlicher Stadtkern, unzählige Baudenkmäler, Geselligkeit, Einkaufsstraßen und gute Restaurants. Monumental schön - auf jeden Fall einen Besuch wert. Wir schlenderten durch die lebhaften Strassen, entlang an Boutiquen in der Fortuinstraat, Kremerstraat und der Kortemeestraat. „Schön hier, findest du nicht?" Wilma fasste meine Hand. Ja, es war sehr schön hier, das sollte man mal ausgiebiger besuchen. Auf die „Schnelle" war es gar nicht möglich die Gebäude zu betrachten, die Geschichte der Stadt einzufangen. Wir kehrten noch in eine Bar ein, setzten uns auf die Terrasse, tranken etwas, rauchten.

„Hast du was zu kiffen dabei?" Meine Frage an Linda unterstrich ich mit einem leichten Klapps auf ihren Oberschenkel. „Ja, willst du einen Joint rauchen?" Auf mein Kopfnicken hin drehte sie in der Handinnenfläche, die ich ihr hinhielt, einen kleinen Joint. Wie eine Zigarette. Nur für mich. „Danke".

Ich glaube, dass ich sie dabei das erste Mal, nach langer Zeit, wieder richtig angeschaut habe. Ihr mit Sommersprossen „übersätes" Gesicht, ihre langen, roten Haare, ihr freundliches Gesicht. Linda war etwas Besonderes, sie stach einfach aus der Masse hervor. Ich MUSSTE sie umarmen. „Schön dich wieder zu sehen. Ich freu' mich sehr". Wir hatten uns seit Willekes Beerdigung nicht mehr gesehen. Schade eigentlich.

Am späten Nachmittag kamen wir dann in Rockanje an. Wilma hatte uns sicher gefahren. Ein paar Sachen, Kisten, mussten noch aus dem Gästezimmer herausgeräumt werden. „Siehst du, auch dafür war es gut, dass deine Sachen jetzt bei dir sind. Es ist wieder ein Gästezimmer, ein Zimmer für Gäste, geworden". Wilma stand neben mir im Türrahmen, legte einen Arm um meine Hüfte. „Es ist schön, dass du das gleiche gesagt hast wie ich". Mein fragender Blick traf ihre Augen. „Dass wir seit heute zusammen sind. Ich habe nichts Ehrlicheres von dir gehört als das".

Ich zog sie in meine Arme, ganz fest presste ich Wilma an mich, griff mit beiden Händen ihre Pobacken. „Wollen wir nicht wegfahren? Urlaub machen? Nur wir beide?" Sie sah mich an. „Wie kommst du jetzt da drauf?"

„Wenn wir dann schon zusammen sind möchte ich dich auch richtig kennenlernen. Ganz und gar. Und das geht doch in einem Urlaub am besten".

„Der Kuss des Teufels"

„Möchte jemand mitkommen? Ich fahr' auf den Friedhof". Wilma verneinte. Sie wolle Essen vorbereiten. „Ich hab' Mörderhunger. „Ausserdem war ich jetzt lange genug unterwegs. Heute nicht, okay?" „Ich schon". Linda kam zur Haustür. „Ich war ja ewig nicht mehr am Grab. Darf ich?" Was für eine Frage? Darf? Wer sollte das erlauben? Oder verbieten? „Komm', dann nehmen wir die Fahrräder". Nach nur wenigen Minuten waren wir angekommen, setzten uns auf die Bank.

Ich begann von meinem Zusammenbruch auf der Reise nach Roosendaal, in der Nähe des Unfallortes, zu erzählen. Dass mich das in einer bisher ungekannten Massivität eingeholt hatte. Dass ich Wilma so viel zu verdanken habe. Dass ich wochenlang vor mir selber weggelaufen war, sogar das Land verlassen hatte. Mich von meiner eigenen Schuldzuweisung befreien konnte. Dass ich Wilma immer wieder mit meiner Orientierungslosigkeit konfrontiert hatte. Und natürlich wie sehr mir Willeke fehlte. „Du hast sie wirklich sehr geliebt, nicht?" Linda hatte bis hierhin einfach nur zugehört, mein Gelaber über sich ergehen lassen.

„Glaubst du, dass Willeke in euch weiterlebt?" Auf eine Antwort wartend sah ich Linda an. „Wen meinst du mit euch?" „In euch Frauen, in jeder". „Das weiss ich nicht, so spirituell bin ich nicht. Aber ich denke schon, dass du es bist der in jeder Frau einen gewissen Anteil, einen Funken von Willeke sieht. Es ist deine Liebe die dich das sehen lässt". Linda schaute mich an, zuckte mit den Achseln. „Ob das so ist weiss ich natürlich nicht wirklich. Was so was anbelangt bin ich echt unsensibel".

Linda nahm meine Hand. „Aber ist sehr schön jemanden zu kennen der so mit mir redet. Wir sind uns ja eigentlich fremd". Mit der anderen Hand drehte sie meinen Kopf, so dass ich sie anschaute. „Ich will dir dann auch was sagen". Sie holte tief Luft. „Als ich angerufen habe hatte ich nicht gewusst, dass du jetzt mit Wilma zusammen lebst. Ich hatte gedacht … ich hatte gehofft … dass du alleine lebst. Nicht nur wegen einer Wohnmöglichkeit – ich wollte zu dir". „Ach Linda. Ich bin froh aus diesem Gefühlskarussel raus zu sein. Ich …". Unvermittelt küsste sie mich. Mein Kopf wich ein Stück zurück. Aber nur um sie dann noch heftiger zu küssen.

„Weißt du wie schlimm das für mich war. Ihr wart auf dem Weg zu mir, als ihr den Unfall hattet. Ich konnte das nie sagen". Sie fing an zu weinen. „Linda, du kannst es jetzt sagen. Sag' es Willeke. Sie ist da. Immer". Linda ging zum Grab herüber. Sie weinte sehr. Nach einigen Augenblicken stand ich auf, stellte mich neben sie und nahm sie fest in den Arm. Ich wusste sehr genau um den Schmerz der in einem Menschen sein kann. Verschüttet unter alltäglichem, banalem Dreck.

„Lass' uns etwas gehen. Es ist sehr schön hier". „Hier auf dem Friedhof?" „Ja Linda, hier findet man zu sich selbst. Nicht umsonst heisst es „Ruhe in Frieden". Hier ist Frieden. Frieden mit dir selbst".

Der Wind bewegte die Blätter der Bäume sanft und beinahe lautlos. Das nahe gelegene Meer war zu schmecken. „Warum hast du nicht früher angerufen?" „Ich war mir unsicher. In der Trauerzeit …". Wir blieben stehen. „Ich stelle dir jetzt ein paar Fragen, okay?" Linda nickte stumm. „Hättest du dich wochenlang um mich gekümmert? Mich eingecremt? Mich gewaschen? Mich zum Klo gebracht? Dir mein Gejammer angehört?" Linda brauchte eine Weile bis sie antwortete. „Ich glaube nicht, dafür bin ich zu sehr Egoist".

Ich gab ihr einen zärtlichen Kuss. „Siehst du, das alles hat Wilma für mich getan. Sie hat sich selbst aufgegeben. Für mich. Und ich habe es ihr nicht gedankt. Viel zu lange nicht. Erst nach dem heutigen Tag, der mich knallhart mit meiner Vergangenheit konfrontiert hat, ist mir das klar geworden. Wilma ist die Richtige – und einzige. Ich will, ich darf sie nicht mehr enttäuschen. Unser Kuss war der Kuss, und das bleibt er auch, okay?" Wir sahen uns an. „Ich mag dich sehr, das bleibt aber, oder? Versprochen?" Ich nahm Linda in den Arm. „Ja, du Teufelsweib, versprochen".

Wir schoben die Fahrräder zum Schuppen. Wilma hatte bereits Geschirr auf dem Tisch aufgetragen. „Ihr kommt genau richtig, Essen ist gleich fertig". Sie hatte richtig toll gekocht, eine Flasche Wein – Meursault aus Frankreich - entkorkt, schicke Gläser an jeden Teller gestellt. „Ihr habt euch richtig ausgesprochen, so wie es aussieht" sagte Wilma mehr beiläufig an sie an mir vorüberging. „Ja, das haben wir". „Das sehe ich, hättest dir wenigstens ihren Lippenstift aus dem Gesicht wischen können". „Wilma …". „Du brauchst mir gar nichts sagen. Ich weiss wie du Linda angesehen hast. Immer schon".

Linda kam zu uns, war kurz im Bad gewesen. Auch ihr „gab" Wilma einen Spruch. „Wenn das jetzt klar ist mit euch habe ich eine kleine Bitte. Du bist hier sehr willkommen. Aber du läufst hier nicht mit nacktem Arsch rum oder zeigst deine Titten, dann ist alles Bestens, okay?" Linda sah mich an. „Hast du …?" Ich musste lachen. „Ne, sie weiss das einfach. Und ich habe ja immer noch deinen Lippenstift im Gesicht".

Wilma stellte eine grosse Porzellanschale auf den Tisch. „Stamppot". Sie goss einem jeden ein Glas Wein ein. „[16]*Smaakelijk eten en van harte welkom in ons huis Linda*". Die Gläser klirrten in einem hellen Ton aneinander.

Was für ein wunderbarer Abend. Wir redeten viel, tranken, lachten, rauchten, tanzten. Wilma hatte es geschafft mein verschüttetes Leben wieder an die Oberfläche zu bringen. Meine Dankbarkeit war unendlich.

---

[16] Guten Appetit und herzlich willkommen in unserem Haus Linda.

Linda war zwischendurch aufgestanden, holte ihr Gepäck aus dem Auto, brachte es in „ihr" Zimmer. Wilma hatte etwas Geschirr in die Küche getragen, stand jetzt hinter mir, hatte ihre Arme um meinen Hals geschlungen. „Willst du mich denn erst im Urlaub richtig kennen lernen oder schon direkt heute Abend?" „Was meinst du damit?" Mir war die Antwort zwar bekannt, aber ich wollte sie aus ihrem Mund hören. „Soll ich bei dir schlafen oder möchtest du, dass Linda alles mitbekommt?" Während sie fragte stiess sie mit ihrem Unterleib gegen meinen Rücken. „Unsere Zimmer sind ja Wand an Wand. Du wohnst ja auf der anderen Hausseite". Ich stellte mich weiter dumm. „Wovon redest du?" Wilma gab mir einen Kuss auf den Hals. Zum ersten Mal. „Das machst du jetzt extra, oder? Dich dumm stellen". Mit beiden Händen griff ich nach ihren Armen. „Ja, mein Schatz".

„Du … du hast mich noch nie mit einem Kosenamen angesprochen, weißt du das?" „Ja, mein Schatz. Und auch das weiss ich. Wird jetzt aber Zeit mir das anzugewöhnen, meinst du nicht auch?" „Und ich kann auch weiter „Liebling" sagen?" „Auch das. Nur bitte nicht *Du bist süss*. Das bin ich nämlich nicht. Ganz und gar nicht. Alles, nur nicht süss".

Alle Kartons mit Willekes Kleidern hatte ich bereits in den Ford Escort geladen. Die sollte Amalia bekommen. Sicher wüsste sie eine gute Verwendung dafür. Meinen ursprünglichen Plan, auf dem Rückweg bei Hans in Vierpolders vorbeizufahren, musste ich allerdings ändern. Es war Samstag, er würde sicherlich nur bis mittags da sein. Also zuerst dorthin.

Marion begrüsste mich herzlich. Küsschen links, Küsschen rechts. Fragte nach dem *Allgemeinen Wohlbefinden* – und im speziellen – wie es so laufe, mit dem Liebesleben. Marion lachte. „Aber was führt dich zu uns? Doch sicher nicht dein Wunsch mich flachzulegen?" *Flachlegen*, so wie sie es gerade genannt hatte, wollte ich Marion immer schon. Einmal mit ihr ficken, ihren granatenmäßigen Körper unter mir liegen haben, das wäre es. „Nein. Ich würde gerne den Mercedes abholen – dafür den Ford Escort hier abstellen". „Willst du ihn doch wieder verkaufen, oder was?" Dem war nicht so, ich wollte einfach nur den „Strichachter" für unseren Urlaub haben. „Dann fährst du mit Wilma?" Marion rief Hans herbei. „Er will den Daimler abholen, kannst du ihn mal rausfahren, bitte".

Der Mercedes stand immer noch im hinteren Teil der Werkstatt, in eine Plane eingeschlagen. „Magst du einen Kaffee. Für die Wartezeit? Und erzähl' mal. Was ist alles passiert bei dir. Bei euch?" Marion war immer sehr direkt. Aber auch sehr neugierig. Und mir fiel es leicht mit ihr zu reden. Das lag insbesondere an der Sympathie die ich für sie empfand. Es gab genug zu „berichten". Wochen auf See war ja nur ein kleiner Teil davon.

Hans kam ins Büro. „Und wie lange soll der Escort hierbleiben? Willst du ihn nicht doch verkaufen? Natürlich muss der Preis stimmen". „Nein, das bleibt jetzt meiner. Das war er eigentlich von Anfang an".

Wir gingen zusammen in den Hof. „Meine Fresse". Wie sah das Auto aus. Über und über mit feinem Staub bedeckt. Voll verdreckt. „Eine Schande" entfuhr es mir. „Das bleibt nicht aus in der Werkstatt". Für Hans war das anscheinend normal. „Da muss ich sofort in die Waschanlage" war mein Gedanke.

Ich hatte den Mercedes quasi nur „zwischengeparkt". Nicht abgemeldet, sondern einfach nur abgestellt. Abstellen können. Also war es auch nicht angebracht irgendetwas zu Hans zu sagen. Wie „schlimm" der Wagen aussah oder so.

Nachdem ich die Fahrertüre geöffnet hatte fiel mir aber direkt ein „Stein vom Herzen". Hier drin war alles „picobello", kein Dreck, kein Staub, nichts. Es war schon gut den Wagen in eine Plane einzupacken.

Einmal den Zündschlüssel gedreht, der Motor schnurrte. Wie ein Kätzchen. Naja, eher wie eine ziemlich grosse Katze. Tipptopp Auto. Ein Mercedes-Benz - Deutsche Wertarbeit eben.

Bevor Hans den Ford Escort in die Werkstatt fuhr lud ich schnell die Kartons um. In der riesigen Luke des Mercedes sah das gar nicht so viel aus wie zuvor im Escort.

Beim Blick auf die Silhouette des Strichachter war mir klar „So kannst du auf keinen Fall bei Amalia vorfahren". Mein erster Weg sollte zur Auto-Waschanlage in Brielle führen.

„Der Strichachter kommt zurück"

Amalia war alleine zuhause. Natürlich freute sie sich sehr über meinen Besuch. Es waren auch Wochen vergangen seit wir uns zuletzt gesehen, gesprochen hatten. Persönlich. Cornelis habe sich auch wieder gut erholt, liess sie mich wissen. Er war in eine tiefe Depression verfallen. Der Tod seiner Tochter hatte auch ihn komplett aus der Bahn geworfen. Auch dafür fühlte ich mich lange verantwortlich. Jetzt war ich mit mir „im Reinen". Hatte wieder gelernt - erfahren – erfahren müssen – wie sehr es mich behindert hatte auf „Nummer sicher" zu setzen, um mich nicht zu verletzen. Wie schwer es mir gefallen war nicht nur mir zu vertrauen, sondern auch allen um mich herum.

Nach einem ausgiebigen Gespräch bei Kaffee und Gebäck verabschiedete ich mich wieder von Amalia. „Grüss' bitte ganz herzlich Cornelis". Küsschen links, Küsschen rechts. „Ich bin froh, dass du den Schritt gemacht hast die Kleider her zu bringen. Das war sicherlich nicht einfach? Ich weiss sie in gute Hände zu geben. Das ist allemal besser als dass sie dich weiter blockieren". Amalia nahm mich nochmals fest in die Arme. „Bis bald, lass' nicht wieder so viel Zeit vergehen. Komm' öfter, ja?"

„Schau' was ich mitgebracht habe". Freudig und aufgeregt war ich auf die Terrasse gekommen. „Wilma, komm'. Schau' es dir an". Schon als wir um die Ecke kamen sah ich ihre Augen grösser werden. „Der Mercedes. Hast du deinen Escort wieder verkauft?" Dem war ja nicht so, ich erklärte es ihr. „Der ist für unsere Urlaubsreise. Ein besseres Auto gibt es nicht". Wilma nahm meine Hand, drückte sie. „Aber du hast nicht vor unseren Urlaub als eine Art Erinnerungstour zu machen? Das hast du nicht vor, oder?" „Nein, mein Hase. Das wird unser Urlaub". Immer öfter verwendete ich jetzt Kosenamen für Wilma. Manche waren glücklich, andere eher unglücklich gewählt. Aber immer nur den gleichen zu verwenden fand ich langweilig. Unkreativ.

„Naja. Mein Hase finde ich nicht so … Das verbinde ich direkt mit „rammeln". Und das ist auch kein schönes Wort". Sie gab mir einen Kuss auf die Wange. „Liebling finde ich schön, Willst das nicht sagen?"

„Wo ist Linda?" wollte ich wissen. „Das weiss ich nicht. Sie ist mit dem Fahrrad weggefahren". Ich zog an Wilmas Hand. Richtung Haustür. „Mein Liebling … mein Lieblingshase, wollen wir rammeln?" Über meinen eigenen platten Spruch so Lachen zu können, das war nochmals belustigend. Für mich. „Ne, also rammeln schon mal gar nicht. So will ich als Frau nicht angesprochen werden". „Lass' uns lieber mal über den Urlaub reden. Wo willst du überhaupt hin?"

Konkrete Pläne hatte ich noch keine. Wollte nur raus. Mit Wilma unterwegs sein. Die freie Zeit nutzen. Ich hatte Urlaub. Bezahlte Freischicht. Und auch noch verdammt gut bezahlt. „Vielleicht nach Frankreich. Da hat es mir sehr gut gefallen".

Aus dem Mercedes hatte ich den SHELL-Atlas geholt, der seit unserem letzten Road-Trip noch im Auto lag. „Nein, das meinte ich ja mit Erinnerungstour. Nicht nach Frankreich. Ich würde sehr gerne nach London, nach England. Wie findest du das denn?" „Da müssen wir aber schon durch Frankreich durch, das ist klar, oder?" „Ja, aber nur ein Stück. Die Küste entlang. Und auch durch Belgien. Das weiss ich schon. Ich weiss wo England ist. Also ehrlich. Für wie doof hältst du mich?" Wilma sah mich entrüstet an. „Ja, meine Schnecke. Das ist ein guter Vorschlag". „Ach, jetzt ist aus Hase plötzlich Schnecke geworden?" Ich musste lachen. Griff ihr leicht in den Schritt. „Und mit deiner neuen Frisur sogar Nacktschnecke".

„Du magst es nicht, dass ich mich rasiert habe, stimmt's?" Mittlerweile war ihr Schambereich schon wieder leicht „stoppelig". Aber es stimmte. Ich mochte das nicht. Immer spielte mein Kopf mir einen Streich – um es mal salopp zu formulieren. „Kannst du vielleicht ein paar Haare wachsen lassen? Dass du nicht aussiehst wie ein kleines Mädchen. Das bist du doch gar nicht". „Aber du weißt doch, dass ich eine Frau bin. Wo ist dein Problem damit?" Kurze Bedenkzeit. „Ich sag' es so wie ich es empfinde, okay?" „Ja, dann sag' es". „Ich will kein Mädchen, kein unschuldiges, unbedarftes Mädchen ficken. Da habe ich moralische Probleme mit. Und du bist weder unbedarft, noch unschuldig, noch Mädchen. Ich mag das einfach nicht".

„Ja Mann, aber …". „Wilma. Das passt in meinem Kopf nicht zusammen. Du hast so einmalige Titten und Untenrum bist du blank. Das passt nicht. Ich mag das nicht. Ich bin doch kein Kinderficker. Ende". „Okay, anderes Thema. Ich habe verstanden. Der Herr mag das nicht. Die Frau soll das ändern. Aber mit mir rammeln willst du schon. Du Arsch". Oh ja, sie war sauer. „Wann willst du denn eigentlich los? Jetzt wo wir uns auf England geeinigt haben".

Noch mehr als vier Wochen hatte ich Zeit. „Sagen wir in drei Tagen? Dann bleibt uns Zeit alles vorzubereiten. Linda muss es ja auch erfahren". „Dass wir in Urlaub fahren? Warum?" „Nein, dass sie dann allein hier ist. Und sich um alles kümmern muss, kümmern soll. Und jetzt spiel' nicht die beleidigte Leberwurst".

„Okay, dann am Dienstag ist Abfahrt, oder wie?" „Ja, wenn es dir auch passt? Dann gerne. Lass' uns zum Strand gehen. Eine Abkühlung wird uns beiden guttun. Was meinst du Liebling?" Wilma lächelte wieder freundlicher. „Ja. Liebling ist echt schöner als diese ganzen Tiernamen".

Das hatte ich ganz vergessen. Linda war ja mit dem Fahrrad unterwegs. Und an dem Damenrad waren auch die grossen Gepäcktaschen. Jemanden auf dem „Gepäckträger" mitzunehmen war mir ein Gräuel. Dazu waren Fahrräder nicht konstruiert. Davon geht nur die Felge kaputt. „Wir fahren dann das kurze Stück mit dem Auto?" Wilma tippte mir mit einem Finger an die Stirn. „Spinnst du? Dann laufen wir eben".

Linda sahen wir erst am Sonntagabend wieder. Sie war mit Arbeitskollegen aus der Gärtnerei unterwegs gewesen. An beiden Tagen. Wilma und ich hatten im Prinzip das gesamte Wochenende am Strand verbracht. Auf dem Rückweg waren wir über den Friedhof gegangen. Von dort quer durch die Dünen bis nach Hause.

Nur ganz kurz hatten wir mit Linda gesprochen. „Ist das okay, wenn ich das Fahrrad nehme um zur Gärtnerei zu kommen?" wollte sie wissen. „Morgen ist ja mein erster Arbeitstag". „Sicher. Aber nimm dir morgen nach Feierabend nichts vor. Wir wollen zusammen essen und etwas besprechen".

Mein Montag war voll verplant. Zuerst wollte ich den Mercedes durchchecken. Sicherheitshalber alle Flüssigkeiten kontrollieren, volltanken. Bei der Gelegenheit an der Tankstelle auch noch mal aussaugen. „Schon komisch, wie penibel du bei dem Daimler bist" musste ich mir selber eingestehen.

Dann fuhr ich weiter. Zur Bank. Bargeld abheben und gleichzeitig mal einen Blick auf den Kontoauszug, den Kontostand werfen. Das sah mehr als gut aus.

Bei Albert Heijn kaufte ich einiges ein, ebenso beim Metzger. Den letzten Abend vor unserer Abreise wollte ich grillen. Das hatte ich mir fest vorgenommen.

Als ich zurück kam bot sich ein mir sehr bekanntes Bild. Wilma war in ihrem Zimmer. Ein Chaos aus Klamotten und Taschen.

Lachend trat ich in das Zimmer. „Wetten, dass du jetzt fragst was du denn mitnehmen sollst". Ein wenig verschwitzt schaute sie mich an. „Ja, was soll ich denn einpacken? Wie lange bleiben wir?"

Das waren bestimmt die ersten beiden Fragen die unser Schöpfer Frauen mit auf den Weg gegeben hatte. Hätte ich drauf gewettet. Kurz danach folgte dann „Was soll ich anziehen?"

Mein Grinsen war überbreit. „Wilma. Wenn du aber auch gar nichts falsch machen willst – pack' einfach alles ein. Alles was du hast". Sie packte Kleidungsstücke von einem Stapel auf einen anderen. „Danke. Das ist mir eine grosse Hilfe".

Den Grill anschmeissen. Das war mir wichtiger. Meine Klamotten hätte ich vergleichsweise schnell gepackt. Einfach in den Schrank greifen, das was ich dann in der Hand hielt in eine Tasche, Reissverschluss zu. Fertig.

Nachdem ich Grillkohle entzündet hatte – das muss erst richtige Glut werden – lud ich die restlichen Einkäufe aus dem Auto in die Küche. War doch schon einiges zusammengekommen. Begann allerlei Salat klein zu schneiden. Tomaten, Paprikaschoten, Zwiebeln. Aber auch Erbsen und Mais - aus der Dose.

Wilma war entweder fertig mit ihrer Packarie – oder hatte nur eine Pause eingelegt. Wer weiss das schon? „Willst du das alles verputzen heute Abend. Das sind ja Berge". Mit dem Unterarm schob ich alles, ausser den Salaten, an die Seite der Küchenarbeitsplatte. „Nein, das ist für die nächsten Tage. Für Linda". „Wie? Für Linda?" Ich erklärte meinen Gedankengang.

Da sie ja heute erst angefangen hatte würde sie bestimmt auch erst in einer Woche zum ersten Male Geld bekommen. „Soll sie hungern bis dahin?" Die Frage beantwortete ich aber gleich selbst. „Ne, soll sie nicht. Also habe ich eingekauft. Für sie". „Ach, du bist so süss". Den Spruch fand ich mindestens genau so doof wie Wilma mein *Wollen wir rammeln*? „Ich bin nicht süss. Das ist doch wohl normal, oder?"

Linda kam herein. „Wie sieht es denn hier aus?" Trotz aller Mühe die ich mir gegeben hatte sah es in der Tat sehr chaotisch in der Küche aus. „Warte, ich räum' mal was in die Schränke und in den Kühlschrank". Linda machte sich direkt nützlich.

„Das ist alles für dich, damit du nicht Hunger leiden musst". Wilma konnte sich diese „Spitze" nicht verkneifen. „Hat er alles für dich eingekauft". Linda warf die Kühlschranktür zu. „Ach wie süss von dir".

Mit einem lauten Knall warf ich das Küchenmesser auf die Platte. „Verdammt, habt ihr Weiber noch was anderes drauf als *Ach wie süss*? Ich bin NICHT SÜSS. Verdomme". Mit dem Fleischpaket vom Metzger ging ich in den Garten. „Der Grill ruft nach mir". Linda übernahm die „Salatbar", Wilma widmete sich wieder ihrer Packaufgabe.

„So Ladies, also von meiner Seite aus könnten wir jetzt essen". Die Fleischstücke lud ich auf eine Porzellanplatte, stellte sie auf den Tisch. Die Salate hatten ebenfalls ihren Platz gefunden. Schnell noch ein paar kühle Biere geholt. „[17]*Eet smaakelijk dames*".

Wir erzählten Linda von unserem Urlaub - nein eigentlich war es Wilma die erzählte. Dass es schon morgen losgehe. Nach England. Dass sie dann das Haus für sich habe. „Und wenn du willst kannst du auch den Renault nutzen, der steht ja eh hier". Die kurze Redepause wollte ich nutzen. „Und zum Friedhof gehst du für mich, für uns. Bitte". Wilma schaltete sich wieder ein. „Langstielige Margeriten nicht vergessen. Willeke hat die geliebt". Ich war perplex. Sah Wilma an. Sie lächelte mich an. „Neun Stück immer".

---

[17] Guten Appetit, meine Damen!

„Dann lasst uns feiern. Auf euren Urlaub. Auf euch". Linda hob ihr Bier. „Gezondheid vrienden". „Gezondheid Linda". Die Flaschen krachten aneinander.

„Wie lange seid ihr denn weg?" wollte Linda wissen. „Das weiss ich nicht, noch nicht. Das kommt drauf an". „Wie? Worauf kommt das an?" Wilma sah mich fragend an. „Ob das mit uns klappt. Ob wir uns gut verstehen".

Eigentlich war das mehr als ein Spass von mir zu verstehen. „Ach. Und wieso sollte das nicht klappen?" „Das weiss ich nicht, noch nicht".

„Du bist ein Arsch". Stimmt. Aber so was von.

„Waterloo"

Wilmas Zimmer war mit Taschen und Reisegepäck vollgeprödelt. Wenn wir einen Lieferwagen hätten würde sie bestimmt einfach den Kleiderschrank – samt Inhalt – mitnehmen wollen. „Kann ich bei dir schlafen?" säuselte sie. „Bei mir liegt noch so viel Zeug herum". „Bei dem Arsch?" „Mann, das war nicht so gemeint". „Ich weiss. Aber Unrecht hast du auch nicht ganz. Ich bin schon ein Arsch". „Ja, manchmal schon". Aus meiner Nachttischschublade zog ich einen Briefumschlag hervor, gab ihn Wilma. „Hier, deine Reisekasse". Sie warf einen Blick hinein. „Wieso meine. Du meinst unsere?" „Nein, ich meine deine. Für uns habe ich Geld eingesteckt". „Das verstehe ich nicht? Wieso denn meine?"

Mit einer Hand streichelte ich ihre Wange. „Ist doch besser, ist doch einfacher, wenn du dir einfach was kaufen kannst, wenn du es magst. Du brauchst nicht fragen. Kannst einfach machen". Wilma gab mir einen Kuss. „Danke Liebling". „Und du weißt doch, dass Geld für mich bedrucktes Papier ist. Der Mensch definiert sich nicht durch Geld". „Ja, das hast du schon ein paar Mal gesagt. Für dich ist das einfacher zu sagen. Du verdienst ja genug". „Wilma, nicht nur das. Ich gebe auch gerne etwas ab". Wir kuschelten uns aneinander, ich freute mich sehr auf unsere Reise, schliefen ein.

Es war sehr früh, ich wollte wenigstens noch Linda verabschieden bevor sie zur Gärtnerei losradelte. Wilma schlief noch. „Pass' auf dich auf. Lass' es dir gut gehen". Ich gab ihr einen Kuss. Einen richtigen, mit Zunge. „Du bist ein Teufelsweib, weißt du das?" Linda hielt kurz meine Hand. „Ja, ich weiss. Ein Engel bist du aber auch nicht". Sie stieg auf das Rad. Fuhr los.

Im Bad kontrollierte ich mein Gesicht auf Lippenstift. Dann sass ich allein im Garten, studierte im SHELL-Atlas die Strecke. Hatte mir im Kopf gemerkt wie und wo wir lang fahren. Bis nach „De Haan" in Belgien wollte ich. Als erstes Reiseziel. Nicht einfach nur nach England fahren. Schon etwas sehen unterwegs. Die Strecke von Rotterdam nach Antwerpen, unten herum über die „E19" sollte es werden. Nicht über Bergen op Zoom, an Roosendaal vorbei. Da würden mich keine zehn Pferde mehr hinbekommen.

Das musste ich jetzt nur noch Wilma alles „verkaufen". Mehr oder weniger „beiläufig" erzählte ich ihr meinen Plan während wir das Gepäck einluden. Sie wusste ja noch nichts von meiner Leidenschaft als Reiseführer. Gut, dass ich dazu neigte ein Klugscheisser zu sein, war ihr bekannt. Den Rest würde der Urlaub zeigen. Ob und wie sie damit umgehen konnte. Das gleiche galt natürlich auch für mich. Wie würde es werden? Das war die grosse Unbekannte.

200 Kilometer lagen vor uns, wir sollten dann um die Mittagszeit in Belgien, in „De Haan" ankommen.

Der Mercedes fuhr sich spitzenmässig. Viel zu lange hatte ich nicht mehr in der Luxuskarosse gesessen. „Das ist schon das geilste was es gibt, ein fetter Mercedes" sagte ich vor mich hin. „Ach ja, das geilste?" fragte Wilma vom Beifahrersitz. Sie klang ein wenig gereizt. Ich sah zu ihr herüber. „Naja, das Geilste nicht. Deine Titten sind geiler". „Ach so, meine Titten. Und ich nicht?" Puuh, eigentlich wollte ich was Nettes gesagt haben. Dachte ich zumindest. „Äh … Natürlich du, denn ohne dich wären die Titten ja auch nicht da".

„Mann. Meine Titten, meine rasierte Fotze. Ist das alles?" Ich sah nochmals zu Wilma herüber. Sollte ich anhalten. Sie erstmal einen kiffen lassen? Sie war richtig aggressiv unterwegs. „Hast du deine Periode? Oder warum bist du so?"

Meine Frage war eher als Floskel gedacht denn als echte Frage. „Ja. Genau das. Mir läuft die Brühe nur so raus. Kannst du bitte anhalten, damit ich ein frisches Tampon aus der Tasche nehmen kann?"

Rastplatz, besser gesagt Parkplatz. Ohne Tankstelle. Ohne Restaurant. Einfach nur ein Parkplatz. Blinker setzen, Anker werfen. Zum Kofferraum. Meine Tasche geöffnet. Handtuch rausziehen. Zur Beifahrerseite. Tür auf. „Hier. Bitte". Wilma hatte bereits ihre Hosen heruntergezogen, hielt mir das blutgetränkte Tampon an einem kleinen Baumwollfaden entgegen. „Magst du das entsorgen?"

Ich betrachtete das blutige Teil. „Heisst es überhaupt das Tampon? Oder der Tampon?" Wilma fingerte zwischen ihren Beinen herum. „Schmeiss' die Scheisse einfach weg. Egal ob der oder das. Schmeiss' weg". Soviel zum Thema Grammatik. Mit breitem Grinsen schleuderte ich „die" Scheisse einfach auf den Rastplatz, irgendwo ins Gebüsch. Eigentlich sind das Situationen, in denen du als Mann am besten einfach nur die Fresse hältst – und vor Allem keine üblen Scherze reisst. Um mich nicht diesem Risiko - dem Risiko übelster Beschimpfungen - auszusetzen rauchte ich noch eine Zigarette. Mein Grinsen wollte nämlich nicht so schnell aus meinem Gesicht verschwinden. „Schmeiss' die Scheisse einfach weg".

Wir fuhren weiter. Ich nahm Wilmas Hand. Das geht ja in einem Automatik-Fahrzeug ganz hervorragend. In einem Benz sowieso.

„De Haan". Wir waren da. Jetzt noch einen Parkplatz finden. Auch das ging einfacher als gedacht. Direkt an der Hauptstrasse, der „Koninglijke Baan" war ein grosser Stellplatz. Nicht weit davon entfernt fanden wir eine Pension.

Wilma wollte sich direkt duschen gehen. „Holst du unser Gepäck?" Logisch. Kleinigkeit. Ich blutete ja auch nicht ein angestochenes Schwein. Das wird das Mindeste was ich tun konnte. Und auch gleichzeitig das Einzige.

Als ich dann das Zimmer mit den Taschen wieder betrat bekam ich einen Lachanfall. „Was hast du denn gemacht?" Das

Bild war unbeschreiblich. Witzig war da noch harmlos ausgedrückt. Wilma hatte sich mit Kajalstift eine „Bikini-Zone" auf ihren Schambereich gemalt. Mit dem Baumwollfaden des Tampons sah es aus als würde Adolf Hitler einen Teebeutel lutschen. Ich kriegte mich kaum ein vor Lachen.

„Du blöder Arsch, was lachst du so?" Mit der Hand zeigte ich auf ihren Unterleib. „Was hast du gemacht? Weißt du wie das aussieht?" „Du bist so ein blöder Arsch, das habe ich nur gemacht, weil du gesagt hast, dass ich wie ein kleines Mädchen aussehe". Ich musste mir den Bauch halten vor Lachen und Acht geben, dass ich nicht laut herausplatzte. „Du siehst jetzt da unten aus wie der Führer. Mach' das weg".

Wilma verschwand wütend im Bad. Als sie dann wieder herauskam war zwar das aufgemalte Kajal weg, dafür war ihr gesamter Intimbereich so was von „rot gerubbelt". Jetzt bloss nicht wieder lachen. Bloss nicht. „Liebling. Wollen wir etwas essen und trinken gehen?" Ich musste irgendetwas sagen - irgendetwas fragen - um nicht in einen Lachflash abzudriften.

Am „Zeedijk de Haan" reihte sich eine Bar, ein Café an das nächste. Vor uns ein riesiger Strand. „Fett was los hier". Wir setzten uns in irgendeinen Laden. Bestellten erst einmal kalte Biere. Das erste war quasi auf dem Weg in die Kehle „verdunstet". „Das gleiche noch mal, bitte".

„Und? Geht es dir besser?" wollte ich von Wilma wissen. Sie schaute mich an. „Ja, ist okay. Aber du kannst dir gar nicht vorstellen wie sehr es mich juckt. [18]*Mijn kut jeukt als de hel*". Sollte ich jetzt lachen oder aus Mitgefühl weinen? „Das habe ich dir doch gesagt. Sobald die Stoppeln spriessen juckt das wie Sau".

---

[18] Meine Muschi juckt wie verrückt.

Nach dem Essen - eine leckere, frische Fischplatte – liefen wir ins Stadtzentrum. Um uns einen ersten Eindruck zu verschaffen. Ob es sich lohnt hier zu bleiben. Das wussten weder ich noch Wilma. Keiner von uns beiden war zuvor hier gewesen. Kaum hohe Gebäude, die meisten Häuser im typisch angelnormannischen Baustil. Mit roten Dächern, Balkonen, Toren und Fachwerkgiebeln. Das war „Belle Epoque", ich fühlte mich in das 1900 zurückversetzt. De Haan – ein wunderschönes Dorf am Meer. „Was meinst du? Wollen wir hier ein oder zwei Tage bleiben? Uns alles in Ruhe anschauen?"

In einer Tourist-Information hatte ich mich mit Informationsbroschüren versorgt, wie es nun mal so meine Art war. „Ja, aber lass' uns erstmal in die Pension. Das Jucken macht mich irre". In der „Fussgängerzone" fragte ich einen Passanten nach einer Apotheke. Das sei leicht zu finden. Am „Leopoldplein" sei „Dupont", das könne man nicht verfehlen. „Was willst du denn da?" „Da kaufe ich etwas Creme für dich". „Und dann?" „Dann creme ich dich ein, so wie du es auch für mich getan hast. Ich kann mir vorstellen wie lästig das ist". Ich nahm sie in den Arm. „Das kenne ich zwar nur aus dem Gesicht, ich hab' ja keine Fotze". Ich musste grinsen. Bestimmt nur ein schwacher Trost für Wilma. Aber einen Versuch war es wert.

In der Apotheke fragte ich eine junge Frau nach einer kühlenden Salbe. „Gegen Juckreiz". Sie sah mich fragend an. „Welche Körperstelle?" Hmm, bisschen blöde Frage. Bevor ich jedoch etwas sagen konnte hatte Wilma das bereits erledigt. „[19]*Mijn kut jeukt als de hel*". Die Apothekerin musste lachen. „Rasiert?"

Wilma zog sich sofort aus. „Gib' mir mal die Creme, bitte". Schmierte sich ein wenig auf den Unterleib. „Nein, gib mal her, ich mach das mal. Da musst du anständig was

---

[19] Meine Muschi juckt wie verrückt.

auftragen. Leg' dich mal auf den Rücken". Aus der Tube drückte ich einen langen Streifen Creme heraus, rieb sie mit meinen Fingern ein. „Das tut gut". „Na, das sagte ich doch". „Nein, nicht die Creme, wie sanft du mich massierst".

Ich drehte den Schraubverschluss wieder auf die Tube. „Wie? Das war's?" „Jepp, die Creme muss jetzt etwas einziehen". Wilma nahm meine Hand. „Machst du das weiter? Mich massieren". Ich schaute auf ihren Unterleib. „Echt schön rot". Wieder nahm sie meine Hand. Mach weiter, bitte".

Es sollte nicht mehr lange dauern bis zu ihrem Orgasmus. Auch ich hatte richtig „Spass" daran gefunden sie einzubalsamieren. Ihr Unterleib kam meiner Hand mehr und mehr entgegen. „Magst du mit mir schlafen?" Ihre Stimme war sanft und erregt. „Und dein Tampon? Was ist damit?" Wilma lachte. Das nehm' ich natürlich vorher raus. Hol' mal ein Handtuch aus dem Bad".

Sie schob es sich unter den Hintern, zog das Tampon raus. War es jetzt das Tampon? Oder der Tampon? Die Frage war ja noch nicht endgültig geklärt. Also in dem Fall „das Tampon" oder „den Tampon"? Für mich war es jedenfalls „der" Tampon – „der" Blutspeicher. „Hast du grad keine anderen Sorgen als diese Scheiss Frage". Steck' deinen Schwanz rein".

„Ne, das geht nicht. Hier auf dem Bett sieht es aus wie auf dem Schlachtfeld von Napoleon. Bei Waterloo". „Magst du mich dann lecken?" Also ehrlich. Was war das für eine Frage. „Wilma, bin ich Graf Dracula? Ne, weder noch. Steck' dir lieber schnell noch ein Tampon rein. Der oder das - ist egal".

„Gib mir mal meine Tasche. Dann steck' ich mir halt so ein Teil rein". In meinem Kopf lief ein seltsames Kinostück. Ein glattrasiertes kleines, blutendes Mädchen. Zumindest „unten rum". Ein echter Horrorfilm.

„Schreiende Stille"

„Ein Stadtbummel wäre mir deutlich lieber. Ehrlich". An der Rezeption fragte ich nach Anregungen für eine Erkundung der Stadt. „Wenn sie gerne shoppen dann kann ich Ihnen einen Abstecher nach Oostende empfehlen".

So wie Wilma mich anschaute brauchte sie gar nicht erst die Frage stellen. Wie hätte ich ihr diesen Wunsch auch abschlagen können. Eine „leidende Frau" kannst du wie aufmuntern? Genau. Mit Shopping. „Wollen wir nach Oostende? Sind ja nur ein paar Kilometer".

„Sie fahren am einfachsten immer nur „De Koninglijke Baan" lang, immer am Meer entlang, dann kommen sie wie von selbst in Oostende an". Das dürfte nicht allzu schwer sein.

Wir parkten am Bahnhof. Übrigens ein so genannter „Sackbahnhof". Auf der Rückseite war direkt der Hafen. Zur anderen Seite war direkt das Meer gelegen. Zwischen beiden das Stadtzentrum. Ein lebhaftes Treiben umgab uns. Wilma war begeistert. Eine Stadt – wie für sie als Frau gemacht. Kaufhäuser, Stores, exklusive Boutiquen, kleine Kaffeehäuser, Tearooms. Und natürlich Strand und Meer - immer ganz nah. Perfekt.

In die ersten paar Boutiquen liess ich mich noch „mitschleppen", dann aber verabschiedete ich mich in eine der vielen Bars entlang der „Shoppingmeile". „Weißt du jetzt warum du eine eigene Reisekasse hast?" Wilma machte einen sehr zufriedenen Gesichtsausdruck. „Wir sehen uns gleich".

Was für eine Auswahl an belgischen Bieren! Zu den ganz wenigen Dingen zu denen ich nur schwer, oder gar nicht, Nein sagen konnte gehörte belgisches Bier. In der Bar gab es nicht weniger als sechzehn unterschiedliche Biere vom Fass – von dem beliebten Jupiler über das Starkbier Sint-Bernardus und dem einzigen Trappistenweißbier der Welt, La Trappe, bis hin zum Spezialbier Liefmans Goudenband. Hier gab es alles. Hier war ich richtig! So war es wenig verwunderlich, dass es mir gar nicht so „unrecht" war, dass Wilma ausgiebigst shoppen war. Im Gegenteil.

Als sie irgendwann, ich konnte nicht einmal genau sagen wann, auf der Terrasse erschien war ich bereits so blau, dass ich kaum noch richtig reden konnte. „Meine Fresse. Hast du dich in der kurzen Zeit so volllaufen lassen?" Was hiess denn jetzt schon kurze Zeit? Und was genau meinte sie mit volllaufen lassen? „Alle seeenwennisch blau bin, aba keina siiit wennisch Durst hab" lallte ich zurück.

„Du gibst mal sofort die Autoschlüssel ab, du bist so dicht. Unglaublich". Wilma grinste mich an. „Du musst ja ein Bier nach dem anderen reingekippt haben. Mann bist du blau". So war es auch. Dem Angebot - dem Sortiment – konnte ich nicht widerstehen.

Wilma wollte zum Strand. Wankend folgte ich ihr. „Bleib' bloss hinter mir, das ist ja peinlich wie du torkelst". Toll. Statt mich an die Hand zu nehmen liess sie mich wie einen „Fremden" hinter sich tappern.

Wir kamen zum „Zeeheldenplein". Ein monumentales Denkmal erinnerte an die zahlreichen Fischer, die durch die Jahrhunderte hindurch das Meer „verschlungen" hatte. Ursprünglich stand hier der erste Oostender Leuchtturm. So jedenfalls war es auf einer Gedenktafel zu lesen. Dass ich mir so etwas merken konnte. Trotz meiner Trunkenheit. Erstaunlich. Nur wenige Meter entfernt lag ein Strandcafé. „Lass' uns doch dahin gehen" versuchte ich mich möglichst fehlerfrei zu artikulieren. „Das sieht nett aus". Wilma amüsierte sich über meine Trunkenheit. „Du willst doch nur Weitersaufen". Kein schlechter Gedanke.

Mich fröstelte ein wenig. Es waren schon deutlich weniger Menschen am Strand. Die Sonne stand schon sehr tief am Horizont. Puuh, war ich fertig. Ich schaute mich ein wenig um. „Petite Plage" war über dem Eingang des Strandcafé zu lesen. „Wie lange sind wir schon hier?" wollte ich von Wilma wissen. „Du hast gepennt. Du bist einfach eingepennt". Ihr Grinsen war ungefähr so breit wie ich mich noch fühlte. „Wollen wir denn mal weiterziehen? Ausgeruht bist du ja jetzt wohl". „Okay, ein schnelles Bier. Und dann los?"

Wir liefen ein Stück die Promenade entlang, bis wir plötzlich vor dem Casino standen. Das Gebäude mit seiner geschwungenen Fassade, um die die Promenade herumführte, kam mir irgendwie bekannt vor. Mir fiel ein, dass ich als kleiner Junge mit meinen Eltern schon einmal hier war. „Gehst du mit mir da rein?" Wilma hatte mich mit ihrer Frage aus meinen Gedanken gerissen. „Mal ein bisschen zocken. Und schauen wie es drinnen aussieht? Ich war noch nie in einem Casino".

Mir war nicht bewusst da jemals drin gewesen zu sein. Jedenfalls konnte ich mich nicht erinnern. „Jepp, lass' uns das machen". Wilma tauschte an einen Schalter „echtes" Geld gegen Jetons und Münzen ein. „Ich möchte wenigstens einmal Roulette spielen". „Mach' du mal" dachte ich mir nur. Dass sowieso immer nur die Bank gewinnt war mir seit dem James Bond Film „Casino Royal" hinlänglich bekannt.

Allerdings war es mehr „Ursula Andress", die mir in Erinnerung war. Das erste „Bond-Girl" überhaupt. Eine Sex-Bombe. Wer konnte sich nicht an die Film-Szene erinnern, in der sie in einem weissen Bikini aus den Fluten des Meeres steigt? Und, oh Wunder. Auch Wilma verlor beim Roulette gegen die Bank. „Ich versuch's mal an der Slotmachine". Schon war sie auf dem Weg dorthin. Wer kennt sie nicht, die glänzenden Spielautomaten? Über den Bildschirm fliegende Symbole, bunte Lichter und Jackpot-Sounds. Das war „Vegas-Feeling". Sei es der klassische „einarmige Bandit" oder andere blinkende Motive. Was machte den Reiz aus, sein Geld in den Automaten zu „versenken"?

„Das Ziel ist es, immer die gleichen Symbole in eine Reihe zu bekommen. Je mehr gleiche Symbole, desto höher der Gewinn". Das war die ganz einfache Erklärung die Wilma parat hatte. Und irgendwie zog dieser „Bandit" Wilma in den Bann.

Anfangs warf sie erfolglos Münzen ein – dann „Ding, Ding, Ding - Jackpot!" Wilma sprang von ihrem Hocker auf. „Ich hab' gewonnen, ich hab' gewonnen". Laut hörbar rasselten die Münzen in den Ausgabeschacht. „Super Wilma. Glück im Spiel, Pech in der Liebe". Das war so eine Redensart. Sie reagierte aber gar nicht entspannt. „Wieso Pech? Mit dir jetzt? Oder wie?" Giftig schaute sie mich an.

„Sag' einfach gar nichts" schoss es mir durch den Kopf. Diese Periode ist echt schon eine anstrengende Zeit. Oder warum „explodierte sie bei jedem Scheiss? Bei allem was ich sagte? „Hoffentlich geht das bald vorbei". Nicht nur das hoffte ich insgeheim. Was wenn sich Wilma als notorische Nörglerin entpuppen würde? Und das jetzt konstant so blieb? Sollte so unser Urlaub verlaufen? Diesen Zweifel schob ich schnell beiseite. „Das ist einfach, weil sie ihre Periode hat".

Das war anzunehmen – zu hoffen, deshalb hiess es wohl auch Periode, also nur eine vorübergehende Phase. Und das Adjektiv „vorübergehend" beinhaltet ja bereits, dass es vorüber geht. „Das ist nur so eine Redensart. Es freut mich total, dass du hier fett absahnst". Das musste ich hinterher schiessen, um nicht eine noch angespanntere Situation herauf zu beschwören.

Meine Herren. Was hatte sich die Evolution dabei gedacht – den Frauen, und natürlich auch indirekt den Männern, so eine Scheisse mit auf den Weg zu geben? Die Evolution war wahrscheinlich „Single", wusste nichts von den Reibereien die zwischen Mann und Frau auftreten konnten.

Vom Strand aus gingen wir wieder in die Stadt, durchquerten den „Leopoldpark". Irgendwie hatte hier alles, oder zumindest sehr viel den Namen eines der belgischen Könige. Es war an der Zeit nach „De Haan" zurück zu kehren.

„Wollen wir hier, in Oostende, etwas essen gehen? Oder nachher in De Haan?" Wilma hatte sich eingehakt. Immerhin hatte die gewonnene Kohle ihre Stimmung etwas beflügelt. „Wie du möchtest Liebling. Du bist eh der Fahrer. Also entscheidest du".

„Dann fahren wir erst zurück. Dann kann ich auch trinken. Zusammen blau zu sein macht es spassiger. Nachher. Im Bett". Dachte sie ernsthaft an so etwas? Sex? Direkt hatte ich wieder das blutige Handtuch vor Augen. Ich mochte es noch nie, mit einer Frau zu schlafen die „blutig" war. Wollte ich das überhaupt?

Wir fanden in De Haan ein sehr schönes, typisch flämisches Restaurant. Als ich eine meiner Lieblingsspeisen auf der Karte entdeckte war meine Wahl direkt klar. „Rinderschmorfleisch flandrische Art, Carbonade Flamande", das sollte es werden. Eine Delikatesse, zubereitet aus Rindfleisch, in Butterschmalz angebraten, dann gibt man Zwiebeln, Tomatenmark, Karotten, Thymian, Lorbeerblätter, Nelken und etwas Rotweinessig hinzu. Aber das wichtigste ist natürlich Bier. Und davon reichlich, am besten Starkbier, lässt alles zart zerkochen.

Wie sich das gehört orderte ich das dazu passende Getränk – „Duvel Bier". Was Wilma sich ausgesucht hatte weiss ich schon gar nicht mehr. Nach dem zweiten „Duvel" war ich annähernd wieder auf dem Level wie am Nachmittag. Um nicht sagen „wieder anständig besoffen".

Nach einem ausgiebigen Mahl, aber noch ausgiebigerer Sauferei, waren wir beide „so richtig schön blau". Ähnlich wie die Trikots der italienischen Fussball-Nationalmannschaft.

In einem Getränkeladen in der „Goethelaan" kauften wir trotz aller „Bläulichkeit" noch reichlich Bier. „Leffe blond".

Welch ein merkwürdiger Strassenname. „Goethelaan". Nicht nur so völlig unbelgisch. Ich musste auch unweigerlich an die „gelbe Häuserzeile" beim Monopoly-Spiel denken. „Lessing-, Schiller-, Goethestrasse".

Wilma kam aus dem Bad. „Meinst du wir kriegen das noch hin?" Ihre Stimme war auch schon sehr lallig. Ich selbst vermied es einfach zu reden, ich war einfach nur blau. „Was hinkriegen?" Sie griff sich zwischen die Beine. „Ich hab' mich gewaschen, guck'. Kein Blut mehr". Ihr Unterleib erinnerte an einen frisch gekochten Hummer. Zumindest farblich. „Krebsrot" nennt man den Farbton. „Ich creme dich noch mal ein. Besser ist das".

Aus der Salbentube presste ich wieder eine „Wurst" heraus, rieb sie ein. Mir fiel auf das kein Baumwollfaden mehr aus ihr herauslugte. Das Einmassieren war aber jetzt schon etwas grobmotoriger. Von mir. Aber es gefiel mir. Wie Wilma ihren Unterleib bewegte. Mit der „freien" Hand steckte ich erst einen, dann zwei Finger in sie hinein. Dann rutschte ich nach oben, an ihre Brüste. Saugte und knetete. „Sei nicht so grob".

Wilma nahm meinen Kopf, hielt in fest. Dann küsste sie mich. Ihre Zunge war „ausser Rand und Band". Das machte mich nur noch „wilder". „Geh' mal etwas zärtlicher mit meinen Titten um, das tut weh".

Während wir uns weiter küssten – eigentlich küsste Wilma mich - wie weit konnte sie ihren Mund öffnen, Irre – wanderte meine Hand wieder herunter an ihren Unterleib. Die Creme musste ja auch richtig einmassiert werden. „Zieh' dich doch endlich aus".

„Du bist voll grob, wenn du so vollgesoffen bist. Meine Titten tun richtig weh".

Das war nicht verwunderlich. Ich hatte so fest „zugegriffen“ dass sich meine Finger auf ihren Brüsten abgezeichnet hatten.

Das wusste ich jetzt nicht so. Zumindest in meiner Wahrnehmung. Aber dass es heftig war – das war mir bewusst. Es war genau das was sie „als Frau“ nicht wollte. So hatte sie es zumindest gesagt.

Mein Kopf lag auf Wilmas Brustkorb als ich aufwachte. Mein Schambein tat mir weh. „Wilma. Hatten wir Sex?“ Sie lächelte mich an. „Das fragst du jetzt ernsthaft? Weißt du das nicht?“ Wie unangenehm. Für mich. „Ist anzunehmen, mein Schambein tut voll weh“. „Glaub’ ich jetzt nicht. Du weißt das nicht mehr? Du warst so heftig, hast mir richtig wehgetan“.

Sollte, musste ich mich entschuldigen? Aber wofür? Ich wusste doch gar nichts. Also hatte ich auch nichts getan. Logische Schlussfolgerung, oder?

„Und dein Pimmel war so dick. Kommt das vom Alkohol?“ Tja, gute Frage, nächste Frage. „Schau’ dir an wie sehr du meine Brüste gequetscht hast“. Ich bemerkte einige rote Flecken. „Ääh … sorry. Aber ich weiss echt nicht … Kann ich … kann ich …“. „Das wieder gut machen meinst du? Geh’ pissen und schlaf’ mit mir, aber nicht wie ein Tier. Sei mal ganz lieb“.

Unser heutiges Etappenziel sollte Calais sein. Frankreich. Gefühlt hatte ich bereits eine komplette Kannen Kaffee in mich rein geschüttet. Mein Schädel war aber immer noch „enorm“. Einen furchtbaren „Brand“ hatte ich auch. „Wilma. Liebling. Kannst du denn schon Auto fahren?“ Sie sah mich an. „Bist du jetzt so lieb oder tust du nur so weil du noch zu blau zum Fahren bist?“ Sie lachte. „Also ehrlich, mein Hase. Ich kann auch mehr als lieb mit dir schlafen, ich kann auch sonst ganz lieb sein“.

Sie lag aber nicht komplett falsch mit ihrer Vermutung, ich war einfach noch echt zu blau. Aber auch einfach nur lieb. Blau – und befriedigt. Wilma hatte „mich" richtig schön „lieb gefickt".

Auf etwa halber Strecke, in „Dunkerque", wollten wir eine Rast einlegen. Uns dort ein wenig „Geschichtsunterricht" geben. Wilma parkte den Mercedes an der „Rue Militaire" auf einer grossen Stellfläche. Direkt am „Canal Exutoire".

Zahlreiche Festungsbauten bezeugten hier die „schlimme Zeit" des zweiten Weltkriegs, die nicht nur Dunkerque miterlebt hatte. Über eine Brücke, den „Passerelle du Grand Large" kam man fussläufig zum Strand am „Digue des Alliés".

Nicht allzu weit entfernt sahen wir einige Strandcafés. „Wollen wir Kaffee trinken, so eine Art zweites Frühstück?" Das war eine hervorragende Idee von Wilma. Eine kleine Stärkung würde guttun. Kaffee sowieso. Aber jeder Schritt dorthin fiel mir schwerer und schwerer. Mich bekam ein sehr unwohles Gefühl. So als ob Stimmen gedämpft schreien. Ein leises Klagen. Aber dafür umso eindringlicher, kein Ende nehmen wollend. Ich spürte es genau, es war das Klagen, das Jammern der gefallenen Soldaten, auf deren Gebeinen wir jetzt liefen. Die Soldaten der „British Expeditionary Force", die 1940 zusammen mit Teilen der französischen Armee in der Schlacht von Dünkirchen von den Deutschen eingekesselt und getötet worden sind. Hier konnte ich nicht bleiben. „Wilma. Ich muss hier weg. Sofort. Bitte lass' uns sofort hier weg. Bitte". Erst als wir langsam Richtung Stadtmitte kamen verstummten die Klagelaute in meinem Kopf zunehmend.

Bevor wir in ein Café gingen kamen wir an einer Kirche vorbei. „Notre-Dame-de-la-Mer". Ich wollte, ich MUSSTE hinein gehen. Wilma setzte sich still neben mich. „Ich wusste gar nicht …".

„Ich auch nicht. „Du kannst dir gar nicht vorstellen wie furchtbar ich das gerade fand".

Ich fasste sie an der Hand. „Liebe soll unser Leben bestimmen, nicht Hass".

„Jeanette. Claudette. Et moi."

Der starke Kaffee tat gut. Dazu dann ganz französisch ein „Croissant au beurre" – und natürlich eine Selbstgedrehte. „Fährst du noch weiter?" wollte ich von Wilma wissen. „Ja, aber wenn es irgendwie geht nicht mehr ganz so lange. Nicht mehr ganz so weit". Ich bat die Bedienung um einen Pastis, mit Wasser und Eiswürfel.

„Wilma. Ich muss dir etwas sagen. Etwas sehr Ernstes". Ihre grossen Augen blickten mich an. „Ja Liebling". Absichtlich liess ich eine längere Pause, um die Spannung zu erhöhen. „Ich bin schon lange nicht mehr so schön gefickt worden wie vorhin von dir". „Ach Mann. Ich dachte jetzt kommt was Schlimmes, was Ernstes". „Ist das nicht ernst genug?" „Ist das wahr? Schon lange nicht oder nur nicht? Das ist ja schon ein Unterschied". „Lange nicht mehr". Wilma lächelte mich strahlend an. „Lange nicht mehr ist auch ein schönes Kompliment. Besser wäre natürlich „noch nie", aber das reicht auch. Vollkommen". „Wirklich. Schau' in mein Gesicht. Augen lügen nie". Wilma sah mich an. Ihr Blick ging bis tief in mich hinein. „Ja, mein Hase, das sehe ich". Ihre Mundwinkel zogen sich zu einem Lächeln. Ihre Zähne blitzen ein wenig hervor. „Und wo ich gerade Hase sage – das ist doch auch schöner als die Rammelei, oder?" Das Gefühl das ich verspürte ähnelte dem eines „Ola Viennetta" in der Sonne, ich schmolz dahin. Am liebsten wäre ich in sie, in Wilma hineingekrochen. Komplett.

Dann sollte es weiter gehen für uns. Nach Calais. Auf dem Rückweg zum Parkplatz hatte Wilma mich an die Hand genommen. „Und hast du da schon was geplant? Soll es direkt weiter gehen? Nach England?" Lieber wollte ich Calais erkunden, nicht direkt auf die Fähre. Zum einen war ich noch ganz schön fertig, aber auch Calais wollte ich sehen, kannte ich nicht. „Magst du dort nicht für einen oder zwei Tage bleiben? Bevor wir dann übersetzten?" „Wie du es magst. Ganz wie du es magst".

Wilma war so sanft in ihrer Stimme. „Weißt du was du da zu mir gesagt hast? Das war ein Riesenkompliment". Was hatte ich gesagt? Was meinte sie. „Was denn?" „Na, das mit dem „schon lange nicht mehr". Du hast doch vor mir nur mit Willeke geschlafen, oder etwa nicht?" Ich gab ihr einen Kuss auf die Stirn. „Ja, genau so ist es". Wilma schlang ihre Arme um meinen Hals. „Das ist ein Kompliment das mir unwahrscheinlich viel bedeutet". Sie küsste mich. Dann sah sie mich erneut an. „Hast du nie mit einer anderen Frau …. Als du mit ihr zusammen warst?" Laut und tief atmete ich aus. „Doch. Einmal. Mit dir". Auf ihre Reaktion war ich jetzt gespannt. War es doch das eine Mal – nachdem sie mich „bezichtigt" hatte sie vergewaltigt zu haben. Aber Wilma sagte nichts. Keinen Muckser.

Wir stiegen in den Mercedes, der wie immer sofort ansprang. Ein kurzer Stoss auf das Gaspedal liess die Motorleistung erklingen. Wir befuhren die „A16", die direkt bis nach Calais führte. Nicht einmal 40 Minuten dauerte die Fahrt. Wieder fanden wir in der Nähe des Bahnhofs, übrigens auch wieder ein „Sackbahnhof", einen Parkplatz.

Der „alte" Teil von Calais schien wie eine Insel zu sein. Ringsherum führte der Kanal „Calais à Saint-Omer". Dahinter lag direkt das Fährterminal. Das war aber erst einmal nicht so wichtig. Wir wollten ja etwas bleiben. Auf einem Hinweisschild entdeckten wir „Hôtel de Ville de Calais". Ob wir da ein Zimmer bekommen sollten?

In der riesigen Eingangshalle wies man uns aber lachend ab. „Hôtel de Ville" – so nannte man in Frankreich das Rathaus. Dafür gab die nette Dame uns einen Stadtplan. Mit Symbolen, sie zeigte auf eines, da sollten wir aber schnell etwas Passendes finden.

Wir hatten eine Adresse gewählt, die vom Namen her interessant klang – „Chemin des Dunes" - wollten uns den Weg erklären lassen, gingen zurück zu der Dame. In ihrem lustigen Akzent erklärte sie uns auf Englisch, dass diese ein ganzes Stück ausserhalb des Stadtkerns sei. Dafür aber „traumhaft" gelegen. Mit Kugelschreiber markierte sie auf dem Plan wie wir dorthin kommen. Zuvor hatte sie gefragt wo wir denn parken.

„Fahren Sie hier aus der Stadt heraus", sie machte das mit dem Kugelschreiber auf der Landkarte, folgen Sie einfach der Rue des Garennes. Dann stehen Sie irgendwann direkt vor der Pension. Am Chemin des Dunes".

„Magst du fahren?" Wilma wollte nicht. Also betrachtete ich bevor wir vom Bahnhof losfuhren lange den Plan, versuchte mir die Strecke einzuprägen. Das war gar nicht so schwer. Vom Bahnhof führte direkt die „Rue Mollien", dann irgendwo über Wasser, eine Brücke überqueren, links - dann die zweite Strasse rechts abbiegen.

Immer und immer wieder sagte ich das laut vor mich hin. „Geradeaus. Brücke. Links. Zweite Rechts". So lange bis Wilma es mit mir synchron sprechen konnte. Klang ein wenig als wenn wir gemeinsam ein Lied singen würden. „Geradeaus. Brücke. Links. Zweite Rechts". „Geradeaus. Brücke. Links. Zweite Rechts".

Irgendwann standen wir vor einem grünen Eisentor. Ansonsten war weit und breit kein Haus zu sehen. Das musste es sein. Wilma stieg aus, öffnete das Tor. Ein schmaler Weg, rechts und links mit Bäumen und Sträuchern bewachsen, führte bis zum Haus. Eine Frau kam uns im Hof entgegen. „Bonjour Madame, Bonjour Monsieur".

Ich schaute zu Wilma. „Kannst du französisch? Also, ich meine sprechen. Die Sprache?" Ich musste daran denken wie Willeke mich bei unserem Urlaub in Frankreich hatte „zappeln" lassen, bis sie mir endlich sagte, dass sie die Sprache sprach. „Also, oui ou non?"

Die Frau stellte sich als „Béa" vor. Merkte aber sehr schnell, dass wir nicht „wirklich" französisch sprachen, schaltete auf Englisch um. Sie bat uns herein. Ein kleines Häuschen. Die Umgebung und die Lage erinnerten mich an Rockanje. Dünenlandschaft halt. Es gefiel mir sofort. „Wollen wir hierbleiben?"

Die Frage hatte sich erübrigt. Wilma fühlte sich auch sofort wohl. Wir gaben der Frau, Béa, unsere Ausweise, sie notierte sich die Daten, gab uns einen Schlüssel. Das Zimmer war gemütlich. Das Beste war aber die Aussicht. „Das ist ja wie bei uns zuhause" sagte Wilma als sie das Fenster öffnete.

Schnell unser Gepäck aus dem Auto geholt. Ich wollte mich sofort etwas hinlegen. Die Sauferei kann einem ganz schön zusetzen. Und das hatten wir gestern ausgiebig getan. Uns so richtig den Arsch vollgesoffen.

Wilma sass in einem Sessel, blätterte in einem Magazin. Ich war richtig schön „weggeratzt". Sie kam zu mir ans Bett. „Fühlst du dich wieder fit?" Oh ja, das war ich. Richtig gut erholt.

Auf einem kleinen Tisch stand eine Flasche Wein. Die hatte Béa uns gebracht erzählte Wilma. Von all dem hatte ich nichts mitbekommen. Und jetzt waren meine Augen auch ganz geöffnet – und wurden immer grösser. Wilma trug ein weisses, rückenfreies Baumwoll-Kleidchen. Ein richtiges Strandkleidchen. „Das habe ich mir gestern gekauft. Gefällt es dir?"

Es hatte dünne Spaghetti-Träger, der V-Ausschnitt war vor den Brüsten geschnürt. Reichte bis etwa zur Mitte ihrer Oberschenkel. Ihre Körperbräune, die sie sich schon in Rockanje „zugelegt" hatte, liess das Kleid noch heller erscheinen. Ihre Brüste füllten das Kleid aus. Ein Augenschmaus. „Du siehst so was von hinreissend aus, ich bin platt". Sie stand auf, drehte sich im Kreis. „Und mit deiner …

na du weißt schon. Mit deiner Blutung ist das auch das Richtige? Ein weisses Kleid?"

Echt. Sie sah verdammt gut aus in dem Kleid. „Du müsstest jetzt noch eine tolle Halskette dazu tragen". Wilma schaute etwas ... Ich weiss nicht genau wie ich es beschreiben soll … etwas verlegen. „Ich habe keinen echten Schmuck. Nur diese Modezeugs".

„Komm' mal zu mir. Bitte". Mit meinen Händen griff ich in meinen Nacken, öffnete Willekes Halskette. „Das leih' ich dir. Bis du etwas Passendes hast". Legte ihr die Platinkette mit dem Diamantanhänger um. „Leihgabe. Du weißt ja …".

Wilma sprang auf, stellte sich vor den Spiegel. War völlig aus dem Häuschen. „Du verarschst mich jetzt nicht?" „Ne, mein' ich Ernst. Aber du musst sie zurückgeben, das ist klar. Sonnenklar".

Ich ging ins Bad, nahm eine Dusche, zog mir frische Kleidung an. „Wollen wir Calais unsicher machen? Aber nicht wieder saufen".

Der Weg, der „Chemin des Dunes", führte Richtung Strand. Klar eigentlich, wenn ein Haus in den Dünen liegt. Vor dem Strand war ein grosses Sandfeld, mitten drin stand eine alte Festungsanlage, die „Battery Oldenburg". Direkt hinter einem breiten Strand und dann das Meer. Sonst nichts. Rechts und links nur Strand und Dünen. Es war wirklich wie bei uns in Rockanje.

Zu unserer Linken war der Hafen, das Fährterminal zu sehen. Aber sonst eben nichts. Gar nichts. An sich eine schöne Sache, nur im Moment nicht wirklich der Brüller. Ich hatte mächtig Hunger.

Wir liefen locker fast eine Dreiviertelstunde am Strand entlang, dann erst kam ein erstes Gebäude. Aber auch das Einzige. An der Fassade, neben der Eingangstüre war ein Messingschild angebracht – „Direction Départementale du Contrôle de l'Immigration". Naja, irgendwie waren wir ja auch Immigranten, oder?

Ob ich für uns ein Taxi rufen könnte bat ich freundlich auf Englisch. Ein Mann nahm den Telefonhörer, sagte irgendetwas – ganz schnell und laut – und bat uns auf einer Holzbank zu warten. „Have a seat, please". Wenig später betrat ein Mann ebenfalls den Raum. „Taxi?"

Vor der Türe wartete ein „Citroën DS". Der Taxifahrer hielt uns die Türe auf. „Madame, Monsieur". Das Auto war zwar schon etwas älter, aber – welch' ein luxuriöses Fahrzeug. Das war wirklich eine Polstergarnitur auf Rädern. „Hôtel de Ville". Das hatte ich behalten, da war auch die Stadtmitte. „On y va". Der Fahrer startete, die Fahrt ging los. Glückerweise hatte ich noch ein paar der labbrigen französischen Geldscheine, die ewig in meiner Nachttischkommode lagen, vor unserer Reise eingesteckt.

Vor dem Rathaus stiegen wir aus. „Ich muss noch schnell was fragen". War schon auf dem Weg in das Gebäude. Mit einem neuen Stadtplan kam ich kurz darauf zu Wilma zurück. „Was wolltest du …?" „Nur kurz was gefragt, ich will auch mal shoppen. Komm', hier ist der Plan".

Die Adresse war schnell und leicht gefunden. „Boulevard la Fayette". Eine grosse, mit Bäumen bewachsene Strasse. Rechts und links blickte ich die Fassaden und Ladenbeschriftungen ab. „Was suchst du denn?" wollte Wilma wissen. „Gleich. Gleich sind wir da".

So war es auch. „Damade" war auf der Schaufensterscheibe zu lesen. Wilma schaute mich verwundert an. „Ein Juwelier? Was willst du denn hier kaufen?" Mit beiden Händen fasste ich um ihren Hals, öffnete die Halskette. „Die gibst du mir jetzt wieder zurück. Das ist meine. Deine wartet da drin auf dich".

Nachdem ich die Kette wieder dahin getan hatte wo sie hingehörte, nämlich um meinen Hals, stiess ich die Türe auf, hielt sie galant für Wilma auf. „Mademoisselle, tritt ein".

„Und jetzt?" Wilmas Blick war mehr als fragend. Ein wenig Aufgeregtheit konnte ich schon erkennen. „Jetzt? Jetzt suchst du dir eine Kette aus. Die zu dir, deinem Kleid und deinen Brüsten passt".

Wie so etwas abläuft war mir ja vertraut. Nicht zum ersten Male war ich in einem Juweliergeschäft. Und auch was es bedeutete einer Frau Schmuck zu schenken war mir nicht fremd. Es gab eigentlich nur eine Sache die über ein Schmuckstück geht – aber das war ein Ding der Unmöglichkeit – ein Kind.

Wilma hatte sich relativ zügig für eine Kette entschieden. Eine schmale Kette aus feinem Gelbgold. Von Schmuckdesigner de Castellane für Dior Jewelry entworfen. Drei feine Smaragde funkelten an der langen Kette, lagen zwischen ihren Brüsten. Der Verkäufer faselte, wie alle bisher, alles Mögliche. Ich hörte ihm nicht wirklich zu, Wilma verstand ihn nicht.

„Die drei Steine bedeuten „Leben, Lieben, Lachen". Für mich jedenfalls". Das war auch die Hauptsache. Wilmas Interpretation, denn sie sollte die Kette schliesslich auch tragen.

Der Verkäufer kramte noch eine kleine, mit Samt ausgeschlagene Schachtel hervor. Dann sah er mich an. „Ihre Halskette ist aber auch ein tolles Stück, mein Herr. Aber eigentlich eine Damenkette". Ganz breit grinste ich ihn an. „Ja, das weiss ich. Das macht aber nichts. Ich bin Homo". Mit offenem Mund liess ich ihn einfach stehen, ging zu Wilma. „Jetzt hast du auch Schmuck. Eigenen Schmuck".

Sie stand vor dem Spiegel und weinte ein wenig. „Das sind Freudentränen, oder?" Wilma drehte sich um. „Du bist so …". „Sag' jetzt bloss nicht süss".

„Magst du schon mal zur Türe gehen" bat ich Wilma. „Ich bezahle. Das sollst und willst du auch nicht wissen, was das Schmuckstück kostet. Es ist mein Geschenk an dich".

Wieder auf dem Boulevard fiel Wilma mir um den Hals. „Danke Liebling. Danke". Ich sah sie an. Ob das so schlau war? Jetzt war es fast noch unmöglicher nicht auf ihre Brüste zu schauen. „Und das *Leben, Lieben, Lachen*, das will ich mit dir. Danke mein Liebling". Sie hatte mich nicht losgelassen. Dann lachte sie. „Da hast du dem aber ganz schön einen Spruch verpasst. Ich bin Homo".

„Und jetzt gehen wir essen, was meinst du?" Mein Hunger war mittlerweile riesig. Nicht weit entfernt wurde aus „Boulevard la Fayette" der „Boulevard Jacquard". Dort war ein tolles Restaurant das wir fanden. „Au Calice". Im hinteren Teil war eine kleine Terrasse. Eine Servicekraft brachte uns zu einem Tisch.

Das Restaurant war wunderschön. Holzmöbel, antike Dekoration, Buntglasfenster. Ein reizvoller Charme, ein herzlicher Empfang, ein lebendiger und freundlicher Ort. Und die Speisekarte war mehr als verlockend - Fisch, Muscheln, hausgemachte Gänseleber, gebratene Jakobsmuscheln, Meeresfrüchte-Delikatessen - hochwertige Küche, deftige Gerichte und ein angenehmes Ambiente.

Dazu musste jetzt aber doch Wein serviert werden. Scheiss auf das was ich gesagt hatte. Von wegen „nicht saufen". Ausserdem ist Wein in Frankreich ja nicht als Alkohol eingestuft, sondern als begleitendes Getränk.

„Auf dich Wilma". Unsere Gläser stiessen klirrend aneinander. „Nein. Auf dich mein Liebling". „Ach quatsch. Auf uns."

Das erste Glas Wein hatte ich relativ zügig leer getrunken. Ein sehr aufmerksamer Kellner hatte die Gläser erneut gefüllt.

Meine Speisenwahl war schnell klar. Muscheln. Dafür könnte ich töten. Also nicht wirklich. So als Redensart. Zuvor sollte es Gänseleber werden. Wilma bestellte eine Auswahl an „Meeresfrüchten", dazu frischen Salat. „Und bringen sie uns gerne noch eine Flasche Wein" bat ich den Kellner.

Wie ich vermutet hatte konnten meine Augen nicht von Wilma ablassen. „Du hättest das Schmuckstück schon viel früher von mir bekommen müssen. Ohne dich sässe ich jetzt nicht hier".

Mit meinem Glas stiess ich erneut mit ihr an. „Gezondheid". Wilma erwiderte „Leben, Lieben, Lachen".

Aus dem geflochtenen Bastbrotkorb nahm sie ein Stück Baguette, bestrich es dick mit Gänseleber, spielte mit ihrer Zunge an dem Brotstück.

„Und nachher zeig' ich dir wie gut ich französisch kann".

„Wie kommen wir denn eigentlich zurück? Zur Pension?" „Wir nehmen uns wieder ein Taxi, ganz einfach".

„Chemin des Dunes". Das hatte ich mir gemerkt.

„Jeder. Mann. Frau.“

Ein wunderschöner Abend. Wir hatten uns bestens unterhalten. Sehr gut gegessen. Wieder einiges getrunken. Zur abschliessenden Käseplatte hatte ich zwei oder drei Pastis getrunken. Den Kellner hatten wir nach Bezahlung der Rechnung gebeten, auch hier konnte ich glücklicherweise mit Karte zahlen, uns ein Taxi zu rufen. Gehen wollte ich keinen Schritt mehr.

Wilma hatte nicht zu viel versprochen. Schnell kam sie zum Thema. „So. Französischunterricht. Stift raus“. Sie zog mir meine Hose aus, streifte ihr Kleid über den Kopf, schubste mich aufs Bett.

In ihrer Mundhöhle war es warm. Sie spürte genau wann sie aufhören musste, damit ich nicht zu schnell kam. „Jetzt du“. Sie war auch auf das Bett gekrabbelt. „Nein. Solange du blutest nicht“.

Warum lachte sie jetzt?

„Erste Lektion bestanden. Und direkt mit Bravour. Volle Ladung. Bravo, Monsieur Pénis“. Sie lachte immer weiter. Dann kam sie zu mir. Zum Gesicht herauf. „Küss’ mich.

Plötzlich fiel mir wieder der Juwelen-Verkäufer ein“. Glaubst du Homos - also Schwule – lassen sich auch einen blasen? Ich meine von einer Frau?“ Wilma lachte laut auf. „Hahaha. Auf was für Sachen du kommst. Und vor Allem zu welchen Gelegenheiten. Woher soll ich das wissen? Und ist das jetzt so Wichtig? Also ich habe jedenfalls noch keinem Homo einen geblasen“. Sie streichelte mein Gesicht. „Du bist schon ganz schön verrückt. Manchmal. Vielleicht nicht Jederfraus Sache. Aber ich mag das“. Jetzt musste ich lachen. „Jederfraus. Was für ein Wort. Gibt es das überhaupt? Das hast du dir gerade ausgedacht“. „Wieso? Was ist denn das

Gegenstück zu Jedermann?" Ich grinste Wilma an. „Ja gar nix. Das gibt es nicht. Es heisst einfach Jedermann. Fertig".

Das Thema wollte ich aber auch nicht vertiefen. Sondern weiter an ihren Brüsten nuckeln.

Wima stand aber auf. Ihre Brust flutschte aus meinem Mund. Sie ging zu dem kleinen Tisch. „Glas Wein?" „Was ist das für ein Wein?" wollte ich wissen. Wilma nahm die Flasche in die Hand, betrachtete das Etikett. „Château Migraine". „Grand vins misérable". "Domaine Scharlatan", "Dernier Cru", "Erste Verwesung", "Appellation souterraine pas controlée". Wilma liess sich mit der Flasche in der Hand auf den Boden fallen, hielt sich den Bauch vor Lachen.

Ihr Lachen war ansteckend. „Ach, und ich bin verrückt? Soso". „Château Migraine". Sie warf sich aufs Bett. Lachend und mit Tränen in den Augen lagen wir uns in den Armen. Tränen vor Lachen. Es war schön sie so zu sehen. So ausgelassen. So gestört. So durchgeknallt. „Weißt du wie schön das ist dich so Lachen zu sehen? Und wie deine Brüste dabei auf und ab wackeln?"

Wilma legte die Flasche vor ihren Bauch, umarmte mich. „Es ist so schön mit dir unterwegs zu sein. So verrückt sein zu können". Ja, das war es in der Tat. Wir waren anders als zuhause. Gelöster, ungezwungener, befreiter.

Nachdem wir gestern festgestellt hatten, dass es weitaus einfach ist mit dem Auto unterwegs zu sein - statt uns ein Taxi zu nehmen – wollten wir bei Kaffee und Croissant in einem Café in Calais-Stadt den Tag planen.

Unsere Pension war sehr schön, vor allem traumhaft gelegen, nur Frühstück oder gar Essen gab es hier allerdings nicht. Also brachen wir direkt auf. Unser Gepäck liessen wir auf dem Zimmer. Mindestens eine weitere Übernachtung wollten wir in Anspruch nehmen. Das liessen wir Béa vor unserer Abfahrt wissen. Sie gab uns als Tipp „Schaut euch die Côte d'Opale an" mit auf den Weg.

In einer Brasserie, direkt am „Place d'Armes", am „Tour du Guet de Calais", bestellten wir uns ganz Landestypisch „Petit-déjeuner français" - Grand café, lait, pain, beurre, confiture. Wie man das zu sich nimmt wusste ich noch aus Montpellier. Catherine hatte mir gezeigt wie das geht. Das mit satt Butter bestrichene Croissant solange in den Kaffee tunken bis die Fettaugen obenauf schwimmen. „Was ist das denn für eine ekelhafte Sauerei die du da machst?" Wilma schaute etwas angewidert auf meinen „Bol". „Das machen die hier so". „Ist ja widerlich".

Zugegeben, richtig appetitlich sah das nicht aus. Dafür Wilma umso mehr. Sie trug wieder ein luftiges Sommerkleid. „Hast du das auch neu?" vermutete ich. Ein dunkles, kurzes Kleid – mit roséfarbenen Blumenmuster. Ihr Decolleté war atemberaubend. Der V-Ausschnitt betonte ihre Brüste, dazwischen zog ihre Kette mit den drei Smaragden die Blicke genau dahin. Prall und rund lugten die Brüste seitlich einen Teil aus dem Ausschnitt. Zwischen beiden Brüsten war locker ein Abstand von 2 oder 3 Fingern breit. „Ich hätte nicht übel Lust direkt meinen Pimmel dazwischen zu stecken" musste ich ihr gestehen. Wilma grinste belustigt. „Denkst du eigentlich immer nur an Sex?" Einen kurzen Moment überlegte ich. Nicht weil das nötig war, sondern nur um die richtigen Worte zu finden. „Nicht immer, aber immer, wenn ich dich anschaue".

Die „Côte d'Opale" erstreckte sich von Calais bis runter nach „Boulogne-sur-Mer", das war auf der Karte, die wir ausgebreitet auf dem Tisch liegen hatten, gut zu erkennen. Ein kurzer Begleittext erklärte auch den Namen der gut 120 Kilometer langen „Opalküste", dass sich dieser aus der blau-grünen Wasserfärbung ableitete – und nicht aus den gleichnamigen Edelsteinen.

„Boulogne-sur-Mer" – dort wollten wir direkt hin – um dann von dort aus in aller Ruhe wieder nach Calais zurückzukehren. Unser Tagesplan stand. Für die Hinfahrt sollte es aber nicht an der Küste entlang gehen, sondern über die „A16", das waren dann nur knappe 40 Kilometer.

„Autobahn, das kann ich doch gut fahren". Wilma forderte mit einer Handbewegung die Autoschlüssel.

Die Strecke führte an einem riesigen Steinbruch vorbei, dem „Carrière de la Vallée Heureuse", bekannt für seinen „Marquise-Kalkstein" sowie den „Lunel-Marmor".

Wilma bekam davon wenig mit. Das lag zum einen daran, dass sie sich auf den Strassenverkehr konzentrieren musste. Aber, und das war - für sie - weitaus anstrengender, dass ich ständig einen Träger ihres Kleides von der Schulter streifte um an ihrer Brust zu saugen.

„Kannst du mal für fünf Minuten damit aufhören. Verdammt. Jeder der an uns vorbei fährt sieht meine Titten". Sie streifte den Träger wieder über ihre Schulter. „Titte, nicht Titten. Ist ja nur eine" antwortete ich belustigt. „Egal. Lass' es einfach sein". Wieder griff ich an den Träger ihres Kleides. „Wilma …". „Was?" „Fünf Minuten können ganz schön lang sein". „Ach, du Spinner. Du weißt genau was ich meine".

„Boulogne-sur-Mer" war schon eine richtige Grossstadt. Wir folgten der Strassenbeschilderung bis zum Bahnhof – „Gare de Boulogne Ville". Direkt an der „Liane" gelegen, einem Fluss, der die Stadt quasi wie eine Linie durchtrennte. Von dort startete unsere „Sightseeing-Tour".

Die Stadt gliederte sich in zwei wesentliche Bereiche. Die „Oberstadt", zwischen Festungsmauern aus dem frühen 13. Jahrhundert gelegen und der „Unterstadt". Hier gab es Fischerhäfen, Jachthäfen und Warenhäfen.

In der „Oberstadt" waren jede Menge Bauwerke - wie die „Basilika Notre-Dame", die hoch über die anderen Gebäude herausragt, zu bestaunen. Oder das Museum, mit seiner Sammlung über Archäologie, Ethnografie, lokale Geschichte und Kunst. Allein hier hatten wir einige Stunden verbracht.

Was mir aufgefallen war - Grundsätzlich hatte Boulogne-sur-Mer einen fest verwurzelten Bezug zu Napoleon.

Wir hatten schon anständig „was weggelatscht", Zeit für eine Pause. Es war bereits früher Nachmittag. Wir waren im Hafen angekommen. „Rue Charles Tellier" war auf einer Hausfassade zu lesen.

„Schau' mal, ein schickes Lokal. Wollen wir da etwas trinken? Und vielleicht eine Kleinigkeit essen?" Wenn Wilma so fragte, dann hatte sie Hunger. Das war klar.

„Eine Kleinigkeit?" Ich wusste die Antwort, dennoch wollte ich auf Nummer sicher gehen. „Ne, richtig. Das Croissant von heute Morgen habe ich schon mehrfach verarbeitet. Ich hab' Hunger, du nicht?" Während sie das sagte, studierte sie bereits die an der Hausfassade angeschlagene Speisenkarte. „Hier gibt es jede Menge Gerichte mit Pommes. Lass' uns was essen. Ich hab' voll Bock auf Pommes".

Von einer kleinen Terrasse aus konnte man direkt auf die Bootsanleger und die Hafeneinfahrt schauen. Ein kaltes Bierchen vorab, dann einen Blick in die Speisenkarte werfen. Während ich mir das Angebot ansah drehte ich mir eine Zigarette.

Hauptsächlich auf Meeresfrüchte orientierte Küche. Und zu meiner ganz persönlichen Freude wurden einige Muschelgerichte angeboten, dazu Pommes frites. Aber auch eingelegter Hering oder Makrele in Weißwein. Schon ein wenig holländisch.

Das Schöne hier war aber, dass man aus der umfangreichen Karte sich einfach ein Menu zusammenstellen konnte. Vorspeise, Hauptspeise, Dessert – nach Wahl. Dazu eine Flasche Wein. Das Ganze für knapp 25 Gulden, umgerechnet.

Mir fiel es nicht schwer zu wählen. Vorspeise Muscheln, Hauptspeise Muscheln in anderer Variation, dazu Pommes und als Dessert Käse. Die Flasche Wein sowieso. Wilma entschied sich ebenso simpel für Hering, Makrele, Pommes, Crème brûlée.

Zu unserer Verwunderung brachte die Bedienung 2 Flaschen Wein.

„Oui, Monsieur. Pro Person eine Flasche“. Daran musste ich mich noch gewöhnen, dass man den Wein hier in Frankreich anscheinend zum Essen wie anderswo Sprudelwasser trank.

Wilma hatte der Bedienung ein Zeichen gegeben, sie kam an unseren Tisch. „Ach bitte, ich hätte gerne nochmals Mayonnaise“. Das erste Schälchen hatte sie bereits mit den Pommes komplett weggeputzt. Sie war, was das anbelangte, eine echte Holländerin. Dazu gehörte eben auch Pommes mit Mayo.

Ich schob ihr meine Portion über den Tisch. „Magst du nicht mehr?“ Das war es nicht. Eher, dass sie anständig ihre geliebten Pommes verputzen konnte. Ähnlich wie ich mich an den Muscheln labte.

Zum Dessert, zur Käseauswahl orderte ich einen Pastis. Das Getränk hatte es mir ebenfalls angetan. Schmeckte mir – und haute immer anständig rein.

„Wilma. Ich komme mir vor als hätten wir uns gerade erst kennen gelernt. Es ist so ganz anders mit dir, ich fühle mich wie frisch verliebt“ sagte ich zwischen zwei Käseecken.

„Im Prinzip sind wir das doch auch. Seit etwas mehr als einer Woche zusammen. So richtig geschnackelt hat es doch eigentlich als wir Linda abgeholt haben, oder?"

Damit hatte Wilma vollkommen Recht. Aber was war das dann die ganze Zeit davor? Wie sollte man - wie sollte ich - die Zeit „davor" bezeichnen?

Wilma hob mit zwei Fingern ihre Halskette leicht von ihren Brüsten ab. „Und das ist doch sicherlich der beste Beweis für deine Liebe".

Das wollte ich ein wenig herunterspielen, es nicht wirklich zugeben.

„Das ist nur damit ich einen Grund hab' auf deine Titten zu schauen". „Ach quatsch. Das machst du doch sowieso. Sag' es doch ruhig. Wir sind doch unter uns. Liebst du mich?"

Ich hob mein Glas um mit ihr anzustossen. Aber nicht wie sonst – „Gezondheid" – nein, „Wilma, ja ich liebe dich. Ich bin verrückt nach dir". Sie lachte mich an. „Ja, verrückt bist du auf jeden Fall".

In den Weinflaschen war reichlich übriggeblieben. Ich hatte zwei Gläser zum Essen getrunken, Wilma nicht mal eines. Was die wohl mit den Resten machten?

„Glaubst du die saufen abends die Reste selber?" fragte ich Wilma. „Was würdest du denn machen?" gab sie als Antwort. Ja klar, also selber Wegsaufen. Das war bestimmt der Ursprung der Bezeichnung „Trinkgeld".

Vom Hafen aus gingen wir wieder in den Stadtkern, schlenderten dort noch durch die Strassen. Wie echte Touristen. Das waren wir ja auch. Und auch wie frisch

Verliebte. Hand in Hand. Auch das waren wir. Frisch verliebte Touristen.

Wieder am Bahnhof angekommen „studierte" ich noch ein wenig unsere Informationsbroschüren, die ich an jeder Tourist-Information sammelte. Das war mein Hobby, meine Passion. Gut vorbereitet zu sein konnte nie schaden.

„Die ganze Küste abzufahren, vor Allem uns alles anzuschauen dauert aber noch eine ganze Weile, das ist klar, oder?" fragte ich Wilma während ich ihr auf der Karte die Strecke zeigte. Sie klappte den SHELL-Atlas zu. „Und wenn wir nur ein Stück fahren, den Rest dann morgen? Ich möchte lieber in die Pension zurück, das machen was Verliebte so tun?" „Bis wohin? Und was machen Verliebte denn so?"

Wilma nahm meine Hand, steckte sie unter ihr Kleid an ihre Brust. „Miteinander schlafen. Das machen Verliebte. So oft es geht". Sie schaute mich an. „Willst du das nicht auch?"

„Ambleteuse". Mehr brachte ich nicht heraus. In Gedanken lag ich schon mit Wilma im Bett. „Das heisst was genau?" wollte sie wissen. „Ach so, das ist eine Ortschaft. Unser Etappenziel für heute. Und dann einfach nur zu dir. [20]*Tussen je tieten, tussen je benen. In je kut*".

„Dann komm'. Steig' ein. Nicht zu lange fackeln". Wilma startete den Strichachter. Wir bogen am Ortsausgang direkt auf die D940, an der Küste entlang.

Für die Landschaft hatte ich jetzt auch keine Augen mehr, nur noch für Wilma. Auf der linken Seite „flog" das Meer am Fenster vorbei. Nach etwas mehr als 20 Minuten waren wir in Ambleteuse – gut 15 Kilometer hatte Wilma "mal eben" runtergespult.

---

[20] Zwischen deinen Titten, zwischen deinen Beinen. In deiner Fotze.

Die kleine Ortschaft hatte auch wenig „Sehenswertes zu bieten. Lediglich „Fort Mahon", eine Festungsanlage aus dem 17.Jahrhundert. Hier mündete die „Slack" in den Ärmelkanal. Überreste der, durch die Deutsche Wehrmacht errichteten Artilleriekasematten waren noch auszumachen.

Ansonsten war aussen alles verlassen, runtergekommen. Lediglich im Inneren des Forts konnte man die Fortschritte der Restaurierung erkennen. Der Wall, die Dacheindeckung, die Inneneinrichtung und die Nebengebäude waren bereits restauriert und zur Besichtigung zugänglich.

Wir sahen uns immer wieder an. Alles nebensächlich. Die Geilheit kam uns förmlich an den Augen heraus.

„Russische Seeleute"

Wir nahmen für den Rest bis Calais wieder die Autobahn. Bloss keine Zeit verlieren, unnötig Bummeln. Die Strecke zur Pension kannten wir jetzt, wussten sogar, dass es noch einfach war dorthin zu gelangen, nämlich über die „Route de Gravelines". So brauchte man nicht unnötig um das Viertel herumfahren.

Wir stiegen vor der Pension, bei Béa aus. Wilma griff sich unter das Kleid, hielt der, die, das Tampon am Baumwollfaden zwischen Daumen und Zeigefinger. „Du kannst sofort rein. Die Blutung ist nur noch ganz schwach". Das war mir so was von egal. Ich war einfach scharf darauf in sie einzudringen. Blut hin oder her. Egal. Mit Schwung warf sie den Tampon ins Gebüsch. Hoffentlich hatte das keiner gesehen. Aber eigentlich war mir auch das egal. Wilma scheinbar sowieso.

Mein Blick wanderte zum Fenster. Alles dunkel draussen. War ich eingepennt? Neben mir lag Wilma, blätterte oder las in einem Magazin. „Na, auch wieder fit?" scherzte sie direkt drauf los. „Du bist ja echt flott eingeratzt". Mit Schwung warf sie das Heft auf das Bett. „Kannst du nochmal? Oder wollen wir in die Stadt? Ich hab' Durst. Und essen könnt' ich auch was". Ein breites Lächeln war auf ihrem Gesicht. „Was soll das heissen? Kannst du nochmal? Bring' ich es nicht?" „Ach Liebling. Das war ein Scherz. Nimm nicht alles so ernst".

Naja, irgendwas würde schon dran sein, sonst hätte sie mir doch den Spruch nicht gegeben. „Jetzt mal ohne Quatsch. Bin ich dir nicht potent genug?" Wilma gab mir einen Kuss. „Das ist für euch Männer ein echtes Problem, oder? Wenn eure Potenz in Frage gestellt wird. Ist doch alles okay, der steht doch immer". Wilma stand auf. „Komm' wir fahren in die Stadt". „Das ist ganz sicher?" Ich wollte eine Antwort.

„Mann, bei uns Frauen ist das so – Sexualität ist abhängig von unseren Hormonen und viele Frauen haben während der Menstruation einfach mehr Lust auf Sex. Sogar noch mehr als sonst. Ich auch. Das ist alles".

„Das heisst jetzt genau?" Irgendwie hatte ich es immer noch richtig begriffen. Wilma nahm mein Gesicht in ihre Hände. „Du kannst mit mir vögeln was das Zeug hält, willst du? Oder doch lieber was Trinken?" Mein Mund verzog sich zu einem Grinsen. „Dann was trinken – und danach noch mal vögeln?"

Wilma schnappte sich die Autoschlüssel von dem kleinen Tischchen das im Zimmer stand. „Dann sauf' aber nicht zu viel, du verstehst? Und jetzt komm'. Lass' uns los".

Als sie mir die Beifahrertür aufschloss schaute sie mich an. „Viel wichtiger als ein grosser Pimmel ist ein grosses Herz". Also doch. „Bring' ich es nicht?" „Mann, du gibst echt keine Ruhe. Was willst du hören? Du bist der beste Ficker unter der Sonne. Willst du das hören?" „Und? Bin ich das?" „Also wirklich, woher soll ich das sagen können. Was glaubst du denn was ich schon alles erlebt habe? Aber bitte, wenn du es hören willst. Du bist der beste Ficker unter der Sonne".

Wilma lachte. „Wirklich. Unglaublich. Du hast ein grosses Herz, das ist wichtig. Und ich bin nicht wegen deines Pimmels mit dir zusammen. Zumindest ist das nicht ausschlaggebend". Immer noch hakte ich nach. „Aber ...?" Wilma liess es dabei bewenden. Ich hätte sowieso nicht aufgehört zu fragen.

Wir spazierten in der Dunkelheit durch den „Parc Richelieu. Eine weitläufige Grünanlage, nicht weit vom „Canal de Calais" entfernt. Unterhielten uns über alles Mögliche, nur nicht mehr über den besten Ficker unter der Sonne. Das Thema war erschöpft. Jetzt wo ich wusste, dass ich das war – sowieso. Ohne Quatsch jetzt mal. Ich war glücklich mit Wilma.

Sehr sogar. Es war schön mit ihr. Einfach nur nebeneinander zu gehen, zu spüren, dass sie „da war".

Schräg gegenüber des Parks, am „Place du Marechal Foch" gingen wir in eine gemütliche Brasserie. „L'Hovercraft". Tranken Wein, assen eine Kleinigkeit, redeten weiter und lachten viel. Fast ununterbrochen hielten wir über den Tisch hinweg „Händchen". Verliebt sein ist schön. Sehr schön.

Das „L'Hovercraft" würde man in einem amerikanischen Film wahrscheinlich als Diner bezeichnen. Die Spezialität war „Welsh". In allen möglichen Geschmacksvariationen. Eigentlich ein Gericht der walisischen Küche. Geschmolzener Käse mit Gewürzen und Kräutern, heiß über eine Scheibe gerösteten Brot oder auf Cracker gegeben. Wilma war davon nicht so angetan, dafür umso mehr vom servierten Wein. Immer wieder – und je länger wir dort waren – immer schneller orderte sie einen „demi litre de vin", der in Glasbehältern serviert wurde, die Ähnlichkeit mit einer Blumenvase hatten.

Zum Auto musste ich sie, bildlich gesprochen, tragen. Sie war voll wie ein Eimer. Kicherte und schwankte. Beides. Permanent. Ich hielt sie am Arm damit sie bloss nicht auf die Strasse taumelte. Eigentlich brauchten wir nur wenige hundert Meter gehen, bis knapp hinter die „Pont George V". Dort hatten wir wieder am Bahnhof geparkt. Aber es dauerte „ewig". An einem Kreisverkehr riss sie sich los. „Ischgeeedamaalpullern". „Du bist doch irre. Du kannst hier nicht einfach hinpissen. Das gibt Theater". Wilma kicherte. „Hihihi, sollisscheinfachhiamachen?"

„Meine Fresse". War die dicht. Aber es amüsierte mich auch. So war ich wahrscheinlich auch unterwegs, wenn ich blau war. Kriegt man selbst dann ja gar nicht so mit. Ist wahrscheinlich auch besser so.

Hinter dem Parkplatz, am „Quai du Danube" lief sie aber dann doch los. „Ich piss' sonst einfach ins Auto. Was ist dir lieber?" Blöde Frage, bedurfte keiner Antwort.

Eine Sorge blieb mir noch. Wie krieg' ich Wilma ins Bett? Also zum Schlafen. Sie war schwer wie ein Sack Zement. Zumindest kam es mir so vor. Jegliche Körperspannung aus ihr war weg. „Echt voll wie 100 russische Seeleute" fluchte ich vor mich hin während ich sie in das Zimmer schleppte. Vorsichtig legte ich sie auf das Bett ab, zog ihre Klamotten aus, deckte sie zu. So besoffen hatte ich Wilma lange nicht, eigentlich noch nie erlebt. Und wir hatten ja schon einige heftige „Feierlichkeiten" zusammen erlebt. Auch viel früher schon, auf der Boerderij in Rockanje.

Von lauten Geräuschen wurde ich wach. Wilma kroch gerade wieder ins Bett, schlief sofort wieder ein. Aber ich hatte doch was gehört?

Als ich dann ins Bad ging war mir klar. Sie hatte so was von gegöbelt. Das Bad sah aus wie nach einem „Kettensägenmassaker". Zwar kein Blut, dafür aber komplett mit Rotwein vollgekotzt. Hier und da ein paar kleine Brocken irgendwas. „Lecker. Es ist angerichtet".

Es dauerte ganz schön lange bis ich die Sauerei weggewischt hatte. Dabei musste ich immer wieder mal aus der Hocke aufstehen um nicht selber auch noch zu kotzen. „Was für eine ekelhafte Sauerei". Aber trotz allem, ich musste heftig schmunzeln. „Ganze Arbeit". Rund um die Kloschlüssel insbesondere. Ich wusch mich lange. Hände und Unterarme mehrmals, ging zurück in das Zimmer, riss alle Fenster auf, legte mich wieder hin.

Die Sonne war aufgegangen, Licht fiel durch die Fenster herein. Erste Vögel waren zu hören. Es schien ein schöner Tag zu werden. Für mich auf jeden Fall. Wilma hätte bestimmt einen Mega-Schädel. Da brauchte man kein Spezialist sein um die Vermutung aufzustellen. Langsam wurde auch sie wach, legte einen Arm über meinen Brustkorb. „Aua, mein Kopf". Da war das Erste was sie sagte. Und direkt wieder. „Aua, mein Kopf". Dann folgte, sehr wehleidig „War ich sehr besoffen?" Ich streichelte durch ihr Haar. „Morgen Liebling. Nein, nicht allzu sehr".

Eigentlich wollte ich ihr einen Kuss geben, wich aber sofort zurück. „Was für eine Fahne". Rotwein, vermischt mit Erbrochenem. Nicht wirklich appetitlich. Schon erstaunlich was man alles entschuldigt, wenn man jemanden liebt. Ich war von mir selbst überrascht. „Nein, es war nichts. Ich hab' dich auf den Arm genommen. Nein, das ist auch nicht richtig. Ich habe dich auf Händen getragen. Vom Auto ins Bett".

Sie stand auf, ging ins Bad. Als sie raus kam schaute sie. „Ich glaub' ich hab' gekotzt. Bin mir aber nicht sicher". „Hey, schon wieder?" „Nein, in der Nacht. Zumindest fühl' ich mich so". „Geh' dich duschen, dann machen wir einen kleinen Spaziergang. Durch die Dünen. Das wird dir bestimmt guttun. Frische Luft. Bewegung".

Als wir in den Eingangsbereich der Pension kamen trafen wir auf Béa. Sie „erkannte" das Desaster in Wilmas Gesicht sofort. „Komm' mal mit in unsere Küche. Du brauchst auf jeden Fall einen Kaffee". Das war nicht nur sehr aufmerksam und nett. Auch sehr einfühlsam von ihr.

Aus einem Schrank kramte Béa Aspirin heraus und drückte Wilma zwei Tabletten auf den Tisch.

Wir setzten uns auf die Treppenstufen zum Hauseingang, tranken den Kaffee. Bevor wir dann loszogen brachte ich schnell die beiden Becher wieder herein. „Danke".

Nicht weit hinter der Pension führte ein Weg weiter in die Dünen hinein, endete plötzlich an einem See. Einem Tümpel. Irgendein stehendes Gewässer. An so etwas wie einem Mini-Strand lag ein umgedrehtes Boot. Dort setzten wir uns. „Mir geht es so dreckig. Was war gestern noch. Ich weiss einfach gar nichts".

Einen Arm hatte ich um Wilmas Schulter gelegt, sie lehnte sich an meinen Brustkorb. Wo sollte ich anfangen. „Du weißt noch, dass du in den Kreisverkehr pinkeln wolltest?" „Was wollte ich? Hab' ich denn?"

Immerhin hatte ich schon mal einen zeitlichen Ansatzpunkt. Konnte jetzt ab da die „Rückspultaste" drücken. Vom Hereintragen, über das „zu Bett bringen" bis hin zur Putzarie im Bad. „Du hast das alles weggewischt?" „Musstest du da nicht selber kotzen?" Ich musste lachen. Kotzen hört sich im Holländischen gar nicht so hart an. *„Over de nek gaan"*. Das ist doch drollig, hat so gar nichts Ekeliges. Ähnlich wie die deutsche Umschreibung „durch den Kopf gehen lassen".

„Danke Liebling. Danke dass du alles sauber gemacht hast". Ja, was sonst? Hätte ich das einfach so lassen sollen? Wir waren Gäste in einer Pension. Da kann man nicht einfach ein voll gekotztes Bad hinterlassen und dann abhauen. Es sei denn man ist Keith Richards. Der kann das. Das wird dann auch entschuldigt. Aber wir waren nun mal nicht Band-Mitglieder der Rolling Stones. Also?

„Wollen wir denn heute auf die Fähre? Nach England?" Wilma wich mit ihrem Oberkörper zurück. „Bloss nicht. Nicht auf ein Schiff. Keine Schaukelei. Ich muss würgen, wenn ich nur dran denke. Vielleicht morgen. Vielleicht".

„Lass' uns zurückgehen Ich will mich noch etwas hinlegen. Mir geht es echt dreckig. Bitte". Das hörte sich so wehleidig an. Aber wen wunderte es? So wie sie sich gestern die „Demi litres" reingekippt hatte. Da bleibt das nicht aus.

Wilma hatte sich direkt wieder ins Bett verkrochen. Jetzt aber einfach meine Zeit im Zimmer „absitzen" war so gar nicht meins. Ich wollte mich zumindest schon mal im Fährhafen informieren, vielleicht konnte ich etwas in Erfahrung bringen.

„Die kranke Birne"

Samstagmittag. Sonnenschein.

Einen Parkplatz fand ich in der Nähe des Rathauses. Die „Bürger von Calais" hatten mich fest im Blick. Imposante Bronzeskulpturen des französischen Bildhauers Auguste Rodin. Sie erinnerten an sechs einflussreiche Bürger der Stadt, die im 100-jährigen Krieg ihr Leben für das anderer Bürger verpfändet hatten, glücklicherweise, dank der Gnade Königin Philippa von Hennegau, Ehefrau des englischen Königs Edward III., dann aber doch nicht hingerichtet wurden.

Das Rathaus selbst überragte mit seinem Glockenturm - ein wahres Schmuckstück flämischer Renaissance-Architektur - mit strahlenden Orangetönen und üppiger Verzierung der Fassaden die umstehenden Gebäude.

Jetzt war es aber an der Zeit um ein Frühstück einzunehmen. Es zog mich in den Hafen, in das Fährterminal. Emsiges Treiben und hektisch rangierende LKW bestimmten das Bild auf dem Gelände der „P&O Ferries", das ich aus einem Café beobachten konnte. Die Luke einer Autofähre stand weit auf, so als wolle ein riesiger Mund die tonnenschweren Fahrzeuge verschlingen. Eigentlich das ideale Wetter für eine „Überfahrt". Klare Sicht bis zu den Kreidefelsen von Dover. Nur etwas mehr als 30 Kilometer bis zur Südküste Englands, auf der „anderen Seite" des „Pas de Calais". Übersetzt hiess das „Schritt über die Meerenge". Der Engländer nannte es „Strait of Dover", auf Deutsch bekannt als „Ärmelkanal".

An den „Verkaufsschaltern" für die Fährtickets erkundigte ich mich nach Preisen und Abfahrtszeiten. Es gab 2 Kategorien. Einmal für die „normale" Überfahrt mit der „Klassischen" Fähre oder aber – und das erschien mir durchaus reizvoll – die Überfahrt mit der „Hovercraft".

Tickets im Voraus zu reservieren war möglich, allerdings, wie die nette Dame am Schalter meinte, nicht unbedingt notwendig. Die Verbindung wurde alle paar Stunden bedient. „Wenn also die Fähre voll sein sollte warten Sie einfach bis die nächste ablegt". Das hörte sich einfach an. Bei der Gelegenheit wollte ich direkt Geld „umtauschen". „Britische Pfund Sterling", so offiziell die Währungsbezeichnung der Insulaner.

Das würde ein heilloses Chaos werden immer die Preise umzurechnen. 1 Pound Sterling entsprach knapp 3 Gulden 80. Und noch ein Problem, darauf hatte mich die Dame am Fährschalter aufmerksam gemacht – „You have to drive on the left".

Was sollte die beknackte Scheisse? Überall, in ganz Europa, fährt man auf der rechten Seite. Also warum jetzt auch nicht in England? War das ein „gelobtes" Land? Etwas Besonderes? Oder waren die einfach nur zu blöd um sich wie der Rest der Welt zu bewegen?

Eine Sache beschäftigte mich aber am allermeisten. Die Servicemitarbeiterin am Ticketschalter war in einer Uniform gekleidet. Einem dunklen Kostüm mit Blazer, dazu eine „lustige" Kappe in Rot auf dem Kopf. Sie erinnerte mich sofort an Willeke. Nicht wegen ihres Aussehens, sondern wegen des Kostüms. Wie liebte ich den Anblick, wenn Willeke ein Kostüm trug. Der knallenge Rock, der ihre Figur dermassen betonte. Es war mehr als „beschäftigte". In meinem Kopf drehten sich Bilder, die permanent umschalteten. Willeke, Wilma, Willeke. Dann kam plötzlich noch Linda hinzu, mit ihrer feuerroten Mähne, ihren Sommersprossen im Gesicht. Mir wurde ein wenig schwindelig. Ich musste mich setzen. Liess meinen Gedanken und Erinnerungen freien Lauf. Bis zum Schluss nur noch eine übrig blieb. Linda.

Auf der Stirnseite der Schalterhalle sah ich mehrere Telefonzellen, die mich magisch anzogen. Ich nahm den Hörer aus der Gabel und wählte – meine eigene Telefonnummer.

Nach mehrmaligem Klingeln, beinahe hätte ich wieder „aufgehängt", vernahm ich ihre Stimme. „Met Linda". Meine Freude war riesengross. Freudig erzählte ich ihr, dass wir bereits in Frankreich seien und ich gerade am Terminal für die Fährüberfahrt nach England bin. „Wie geht es dir? Was macht die Arbeit? Zuhause alles in Ordnung?" Aber sehr schnell merkte ich, dass es nur „Phrasen" waren, Geplänkel. „Linda, ich will dich wieder sehen, bald schon. Ich habe Sehnsucht nach dir".

Die Gegenseite, Linda, blieb stumm. Nach einer scheinbar unendlichen Pause sprach sie dann „Bist du dir sicher?" „Ich …. Ich weiss nicht". Am liebsten wäre ich zum Auto gegangen und sofort nach Hause, nach Rockanje gefahren.

Was war das jetzt? „Junge, hast du den Knall nicht gehört? Wilma liegt in der Pension. Du bist mir ihr zusammen. Du bist mit ihr unterwegs. Fang' dich. Komm' zu Sinnen!" Mein „innerer Schweinehund" gab keine Ruhe, laberte durchgehend auf mich ein. Luft – ich brauchte Luft. „Denk' nach. Denk' nach. Was willst du eigentlich?"

Über eine Brücke verliess ich das Terminalgelände, lief durch die Stadt, um dann über eine andere Brücke wieder ins Hafenbecken zu kommen. Nur auf der anderen Seite. Vorbei an „Fort Risban", einem Teil einer alten Befestigungsanlage, gelangte ich dann an der Spitze der Hafeneinfahrt an ein Monument. „The Green Jackets Memorial".

Auf einer Bronzetafel war zu lesen *„TO THE GLORY OF GOD AND IN MEMORY OF ALL RIFLE MEN OF THE KING ROYAL RIFLE CORPS, THE RIFLE BRIGAD AND QUEEN VICTORIA'S RIFLES WHO FELL DEFENDING CALAIS MAY 23-26 1940"*

Während der gesamten Zeit, selbst als ich die Inschrift las, zermarterte ich mir mein Hirn, kam aber zu keinem

Ergebnis. „Was willst du eigentlich?“ Diese Frage konnte ich mir selbst nicht beantworten.

Mir war als würde irgendjemand – „A Force from above“ – mir sagen „Kümmere dich um deine Freundin. Los jetzt“.

Schnellen Schrittes ging ich Richtung Rathaus, stieg in den Mercedes, fuhr zur Pension.

„Epilog"

Wilma war wach, sichtlich erholt, ausgeruht. „Hallo mein Liebling. Da bist du ja wieder". Ich setzte mich zu ihr aufs Bett, küsste sie. Umarmte sie. Streichelte sie. „Was hast du?" Ich antwortete erst nicht. „Ich möchte … – ich möchte mit dir schlafen". Reden mochte ich nicht. Über was? Wie sehr ich durch den Wind war?

Mein Blick war auf die Zimmerdecke fixiert. „Du warst zwar in mir, aber nicht bei mir". Wilma hatte sich über mein Gesicht gebeugt. „Alles okay bei dir?"

„Ja. Alles gut. Ich hab' dich nur vermisst". Das war gelogen, aber auch gleichzeitig die Wahrheit. Zerrissen. Ja genau, das war das richtige Wort. Meine Gefühle, mein Herz war zerrissen, zerbrochen. War das wirklich so? Mein Herz konnte unmöglich zerbrechen. Es war nicht einmal ganz. Nicht mal annähernd repariert. Wieso sonst sollten immer wieder diese Fragen, diese Scheiss Zweifel in mir hochkommen? Wo gehörte ich hin? Zu wem gehörte ich?

„Können wir in die Stadt fahren? Ich habe so einen Hunger". Wilma war bereits aus dem Bett gestiegen, wollte sich ankleiden. Mit einer Hand streichelte ich über ihren Hintern.

Mir kam ein Satz von Willeke in den Sinn, den sie einmal zu mir gesagt hatte. „Traurigkeit kann man nicht wegvögeln. Sie kommt immer wieder". Aber genau das hatte ich gerade versucht. Meine Traurigkeit - meine Orientierungslosigkeit - wollte ich durch einen schnellen Fick verdrängen, abtöten, zum Schweigen bringen.

„Wo war eigentlich dieses Land, das man Liebe nannte? Lag es vor mir oder schon hinter mir? Oder war ich dort angekommen?"

„Also heute trinke ich nichts, keinen Tropfen. Soll ich Auto fahren?" Wilmas Angebot nahm ich gerne an. Wir gingen nach unten. „Was hast du gemacht? Wo warst du?" Es war keine Neugier von Wilma. Es war einfach Interesse. Vom Fährterminal erzählte ich. Die mich quälenden Details liess ich allerdings aus. Das würde mich selbst nicht weiterbringen – und sie garantiert verletzen. Wir hatten gerade miteinander geschlafen. Wie konnte ich ihr da sagen, dass ich auch an Willeke und Linda dachte.

Auf der Landkarte hatte ich die Route an die Küste herausgesucht. „Wollen wir ans Meer fahren? Also, so richtig ans Meer? Nach Wissant? Das ist knapp 20 Kilometer von hier". Wilma gefiel der Vorschlag.

Die Ortschaft öffnete sich weit zum Meer, zum Ärmelkanal. Zwischen den beiden großen Kaps an der Opalküste, dem Cap Blanc Nez und dem Cap Gris Nez. Badegäste, Strandbesucher, Surfer – eine lebhafte Atmosphäre. Hier war schon „einiges" los.

Wir gingen einfach nur den langen Strand entlang. Hielten uns an der Hand. Nach einiger Zeit erzählte ich Wilma dann auch was mir durch den Kopf gegangen war, auch dass ich Linda angerufen hatte. Ihre Reaktion erstaunte mich. „Geht es ihr gut? Läuft alles bei ihr?"

„Wilma, ich habe dir gerade gesagt, dass ich nicht weiss wo ich hingehöre, hast du das nicht gehört?"

„Das habe ich sehr wohl gehört. Das war doch auch der Grund warum du mit mir geschlafen hast, nicht? Du musst dich einfach entscheiden. Und dann zu dieser Entscheidung stehen, verstehst du?"

Wir waren stehen geblieben. Der Wind zerzauste unsere Haare. „Willeke ist tot – und bleibt tot. Das ist dir klar? Oder? Bleibt dir also nur die Frage: Linda oder Wilma?"

Wortlos lief ich weiter. Lange. Wilma sah mich zwar immer wieder an, fragte aber nicht. Wartete darauf, dass ich mich erkläre. „Ich habe Linda gesagt, dass ich sie vermisse. Aber ich liebe dich. Wilhelmina, ich liebe dich". Wir blieben wieder stehen. „Weil du mich lässt wie ich bin".

„Ja mein Liebling. Und du bist in dir so was von verkorkst. Da wartet noch viel Arbeit auf mich". Ich musste sie in den Arm nehmen. Es war wie ich selbst es Linda gesagt hatte. „Wilma ist die Richtige, die Einzige".

„Und jetzt lass' uns bitte essen. Ich hab' Hunger wie ein Wolf". Wilma zog mich Richtung Dünen, landeinwärts. „Du solltest öfters mit mir über deine Ängste reden. Die kannst du nicht einfach wegvögeln". Waaas? Was hatte sie da gerade gesagt? „Wilma. Weißt du …?" „Ja, ich weiss. Ich weiss so viel mehr als du. Ich bin eine Frau".

Der Ortskern von Wissant war klein, überschaubar, gemütlich. Niedrige Häuser, ein kleines, weiss getünchtes Rathaus, eine Kirche, „Eglise Saint-Nicolas". Mir fiel beim kurzen Blick hinein auf, dass sie keine Holzbänke hatte - wie sonst in Kirchen üblich - sondern extrem viele einzelne Stühle.

„Können wir jetzt endlich was essen?" Wilma wurde immer nörgeliger. Verständlicherweise. Sie hatte die Nase voll von der Lauferei – zudem war ihr gesamter Mageninhalt auch in der letzten Nacht im Bad geblieben.

In der „Rue du Murret" wurden wir fündig. Ein kleines Restaurant, mit einer überschaubaren Speisenkarte. Zu unserer Überraschung öffnete sich hinter der Fassade ein kleiner Garten. Das Ganze hatte mehr den Charakter als wenn man Freunde besucht, bei ihnen im Garten bewirtet wird, als dass man ein Speiselokal betritt.

Unsere Bestellung wurde serviert. Wilma liess sich nicht lange bitten, begann sofort zu essen. Mein Appetit hielt sich in Grenzen. Auch diese Portion wanderte dann zu Wilma herüber. „Mann, ich hatte so einen Hunger. Ich war so was von leergekotzt". Sie lachte.

Nach dem Essen spazierten wir durch das kleine Dorf. An einem kleinen Brunnen setzten wir uns – „um eine Zigarette zu rauchen", wie Wilma vorgab. „Ich möchte mit dir reden. Über uns". Was sollte jetzt kommen? Was wollte sie mir sagen?

„Immer wenn ich das Gefühl habe, dass wir uns endlich näherkommen, als Mensch, passiert irgendetwas. Etwas das dann alles wieder kaputt macht. Was ist das nur?" Fragend schaute ich sie an. „Ja, du bist gemeint. Die Frage ist an dich gestellt". Wie konnte, was konnte ich ihr antworten? Ich wusste es doch selbst nicht einmal. „Gib mir eine Antwort. Bitte. Versuche es wenigstens". Ihre Augen waren flehend, auf der Kippe zum Weinen.

„Ich habe Angst. Angst mich zu binden. Angst wieder jemanden zu verlieren. Angst jemanden zu enttäuschen. Angst vor der Verantwortung. Ich habe einfach Angst".

„Würdest lieber davonlaufen? Zur nächsten? So wie du auf diese Scheiss Plattform gelaufen bist? Um dich da einsperren zu lassen? Befreie dich. Versuch' dich zu finden. Nicht in diesen Extremkategorien - Ja oder Nein, Schwarz oder Weiss - zu denken. Das sind alles nur Wegweiser für dein Leben. Für dich".

Wilma nahm meinen Kopf, legte ihn an ihre Schulter. „Liebling. Ich war und bin immer für dich da. Du musst nur mit mir reden. Das ist schon alles. Das ist gar nicht schwer. Du musst nur vertrauen".

Dann sagte sie etwas ganz Wichtiges, Gewichtiges – „Die Vergangenheit ist ein Sprungbrett, kein Sofa. Das Gestern ist fort - das Morgen nicht da. Leb' also heute!"

Ich schaute sie an. Liebevoll und sanft lächelte Wilma mich an. „Wolltest du nicht mit mir in den Urlaub fahren um mich besser kennen zu lernen? Dabei kennst du nicht mal dich selbst".

Wieso konnte ich keine klare Position zu Wilma finden? Wieso waren da immer wieder diese Zweifel in mir? Warum verletzte ich sie immer wieder? Fand ich gar Gefallen daran ihr weh zu tun? Spielte ich mit ihr, ihren Gefühlen? War ich vielleicht sogar schizophren, dass ich mal so – mal so - mit ihr umging? Dass ich etwas was ich gerade lieb gewonnen hatte so Demütigen musste. Warum nur war es mir nicht möglich meine Liebe zu einem Menschen zu zeigen? Dauerhaft. Unzweifelhaft. Einfach nur ehrlich sein. Zu mir selbst vor Allem. Das musste Schizophrenie sein. Angst zu haben etwas, jemanden zu verlieren – aber auch nichts unversucht lassen um den Verlust noch zu verstärken, zu provozieren.

Je mehr ich darüber nachdachte umso klarer wurde mir „Du brauchst Hilfe". Drastischer formuliert hätte es heissen müssen „Du gehörst in eine geschlossene Anstalt".

Wilma riss mich aus meiner Lethargie. „Bevor es morgen weiter geht, nach England, bekommst du jetzt zum zweiten, aber definitiv letzten Mal eine Chance von mir. Eine Chance die du nutzen solltest". Ihr Gesichtsausdruck war sehr ernst. „Vielleicht erinnerst du dich, das habe ich dir schon einmal gesagt. Und wenn du dich nicht erinnern solltest, dann merk' es dir jetzt. Noch mal wirst du das nicht hören. Von mir jedenfalls nicht".

03 | Liebe ist ein fremdes Land

Sie nahm meine Hand. „Es gibt nur noch diese eine Möglichkeit für dich. Du sagst mir, dass du mich nicht liebst. Hier und jetzt. Dass du mich belogen, mich benutzt hast. Dass du dich belogen hast. Die ganze Zeit".

Immer noch sah ich Wilma stumm an. Sie griff mit beiden Händen um ihren Hals, nahm ihre Halskette ab und hielt sie mir hin.

„Du entscheidest selbst wie es weitergeht, wohin die Reise geht. Für dich. Also wohin?"

In ihrer Hand baumelnd hielt sie mir die Kette entgegen. „Also …? Wir können weiter nach England fahren, machen weiter Urlaub – um, wie du selbst gesagt hast, mich kennen zu lernen. Um zu mir zu finden – und endlich zu mir zu stehen. Oder …".

Sie machte eine Pause, sah mich eindringlich und ernst an. „… oder wir drehen um, wir fahren zurück nach Rockanje. Ich packe meine Sachen und bin weg. Für immer".

„Wilma …". Weiter kam ich mit meinen Worten nicht. „Und deine Reise geht alleine weiter. Du fährst dann zur Hölle".

„Meine Fresse …". Lag es jetzt tatsächlich an mir, dass es anscheinend nicht „passte" mit uns beiden? Hatte ich zu viel erwartet von unserer Reise? Der Wunsch danach zusammenzupassen doch einfach grösser war als die nüchterne Betrachtung unserer Beziehung? Hatten wir eine Beziehung? Welcher Art? Im Bett, auf körperlicher Ebene klappte es mit uns. Sehr gut und sehr reizvoll sogar. Hatte ich … hatten wir deshalb gedacht, dass es auch ansonsten mit uns gut funktionieren würde?

Lektorat: Rolf Schade

Klappentext: Judith Mücher

Coverfoto: Pixabay

Wahrhaft Liebende betrachten alles,
was sie bisher empfunden,
nur als Vorbereitung zu ihrem gegenwärtigen Glück.
Johann Wolfgang von Goethe

****
Von Herzen bedanke ich mich bei Ihnen, liebe Leser*innen. Sie haben bis hierhin gelesen, was keine Selbstverständlichkeit ist. Ich hoffe, Sie hatten viel Freude dabei und ich konnte Ihre Neugier wecken, wie es in den folgenden Buchtiteln weiter geht.

Gerne höre ich Ihre Meinung und Ihr Feedback
www.gustavknudsen.com
autor@gustavknudsen.com
****

Gustav Knudsen

Der Autor Gustav Knudsen fand schon in jungen Jahren heraus, dass er es liebte zu schreiben. Erlebtes festzuhalten und mit seiner eigenen Sicht zu interpretieren. Nach einigen beruflichen Ausflügen fand er zu seiner eigentlichen Passion, dem Schreiben zurück.

In seiner Buchreihe beschreibt der Autor in kurzweiligen Romanen aus den Lebenserfahrungen des jungen Gustav, die in den 1980er Jahren in den Niederlanden, Frankreich, Belgien, Grossbritannien und Norwegen spielen. Die Bücher sind durchgängig packend geschrieben und fesseln einen von Anfang an.

Große Träume – ob die auch in Erfüllung gehen?
Retrospektiv die Vergangenheit und Jugend durchleben – darum geht es in Gustav Knudsens Romanen. Eine Zeitreise in die 1980er Jahre – Back to the roots. Knudsen erzählt Erlebnisse aus der Ich-Perspektive, nimmt die Lesenden dabei quasi mit in eine andere Zeit. In eine Zeit, in der man noch unsicher war, was man aus seinem Leben machen soll, erreichen will, auf wen man sich verlassen kann.

Mit diesen Büchern erhält man einen tiefen und abenteuerlichen Einblick in die Welt eines jungen heranwachsenden Mannes, dessen lektionreiches Leben sich während den 80er Jahren abspielt. Zudem wird dem Leser durch die gereifte und trotzdem emotionale Sprache das Gefühl gegeben die Konfrontationen des jungen Mannes mit Liebe, Lust und Begierde selbst miterlebt zu haben. Somit sammelt man durch die authentisch übermittelten Aspekte wichtige Erfahrung und Lebenstipps, obwohl man es in der Realität nicht erlebt hat.

Der avantgardistisch flüssige Schreibstil des Autors ist versehen mit einem amüsanten, aber auch berührenden Touch, der es dem Rezipienten leicht macht, sich mit dem Protagonisten zu identifizieren.

Die eloquente Ausdrucksweise des Autors und die in der Ich – Form geschriebene Geschichte lassen mühelos im Kopf des Lesers intensive Bilder der beschriebenen Situationen entstehen, so dass dieser den Eindruck hat, selbst am Geschehen beteiligt zu sein.

Hervorragend gelingt es dem Autor, sich als Lebensbeobachter zu betätigen und seinen Hauptakteur in Situationen zu begleiten, mit denen der Rezipient sich mühelos aufgrund eigener Erfahrungen identifizieren kann.

*** Judith Mücher

EL RON DE LOS REYES
EL REY DE LOS RONES
BAVARIA
Rockanje
aan Zee
Gustav Knudsen
ROMAN

Band 01

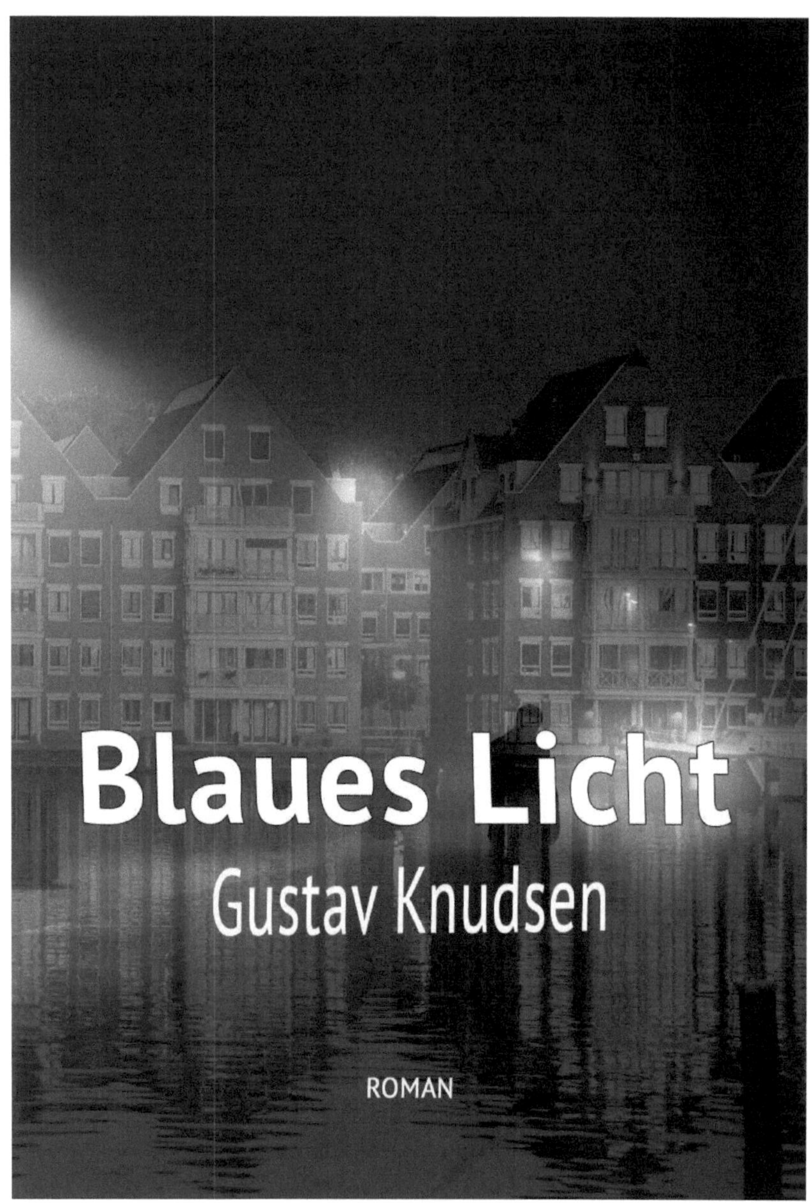

Band 02

242 – Gustav Knudsen
Die 1980er Jahre - prägend und einprägend

Band 03

Band 04

244 – Gustav Knudsen
Die 1980er Jahre - prägend und einprägend

Band 05

Band 06

246 – Gustav Knudsen
Die 1980er Jahre - prägend und einprägend

Band 07

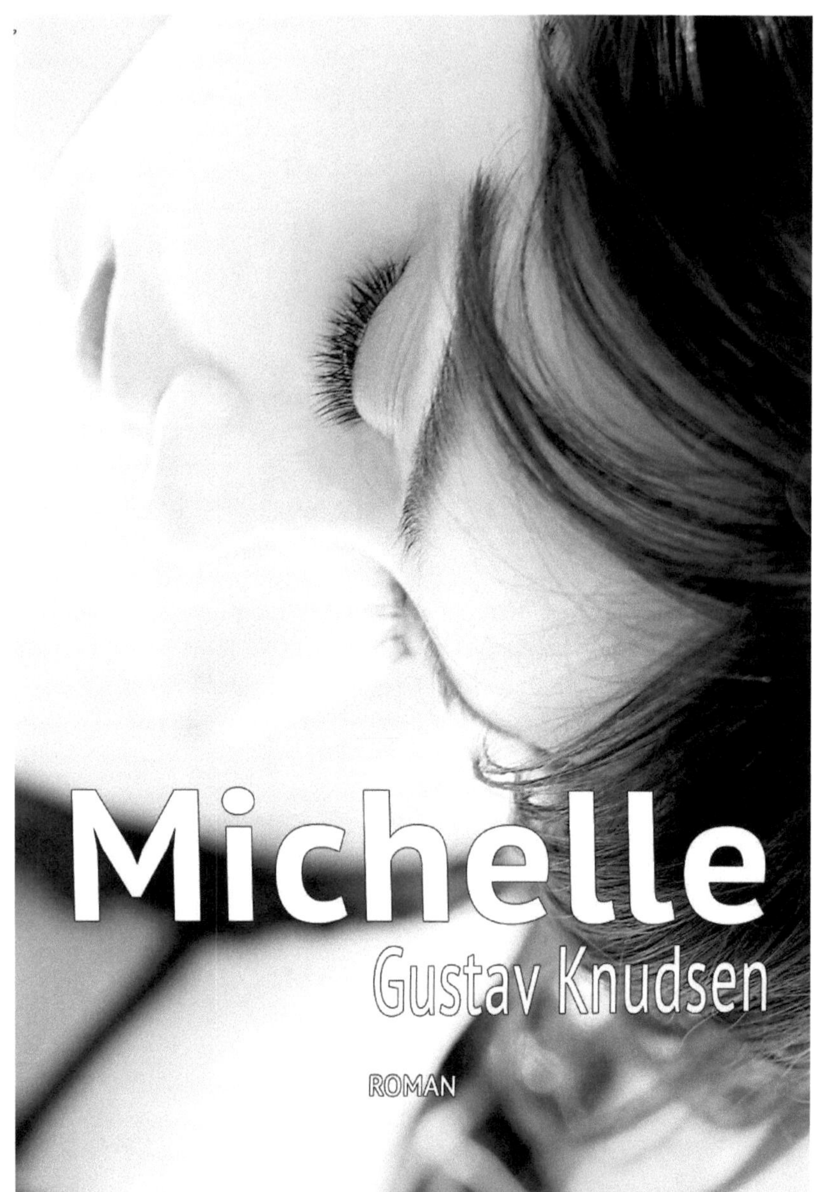

248 – Gustav Knudsen
Die 1980er Jahre - prägend und einprägend

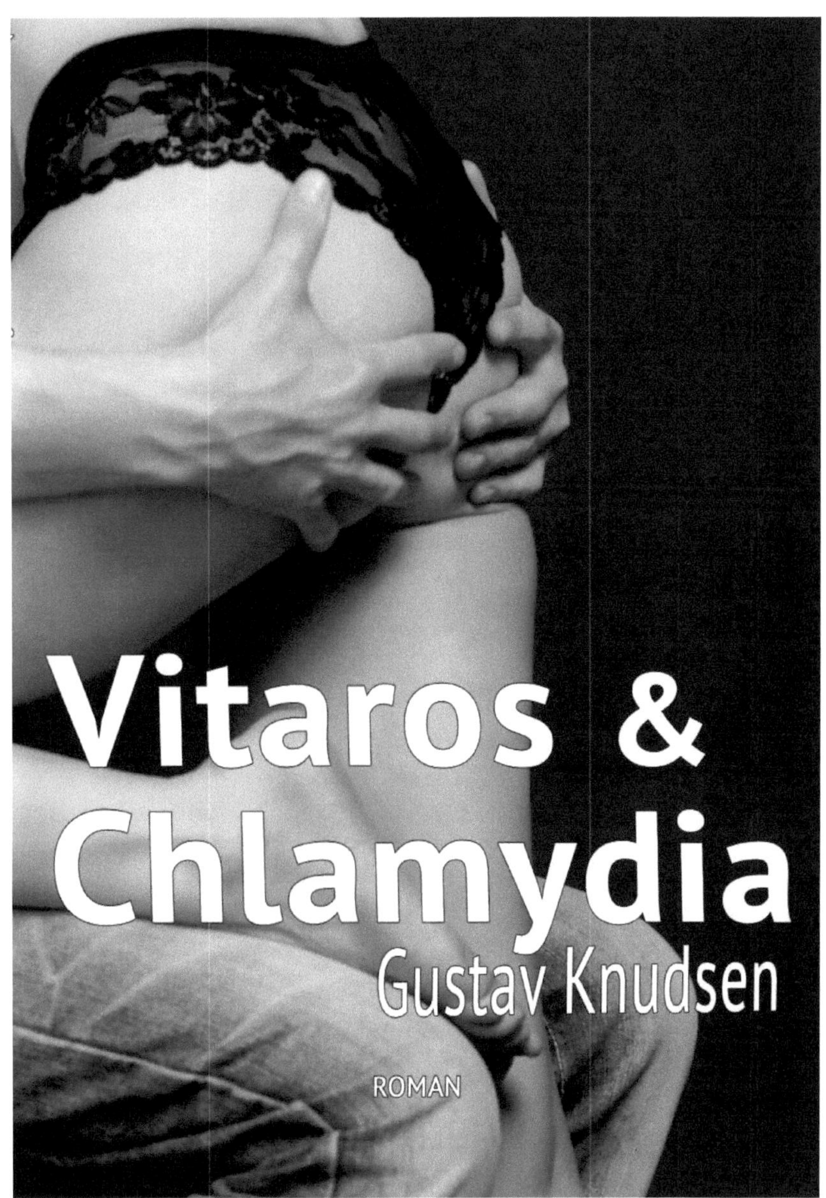

Band 09

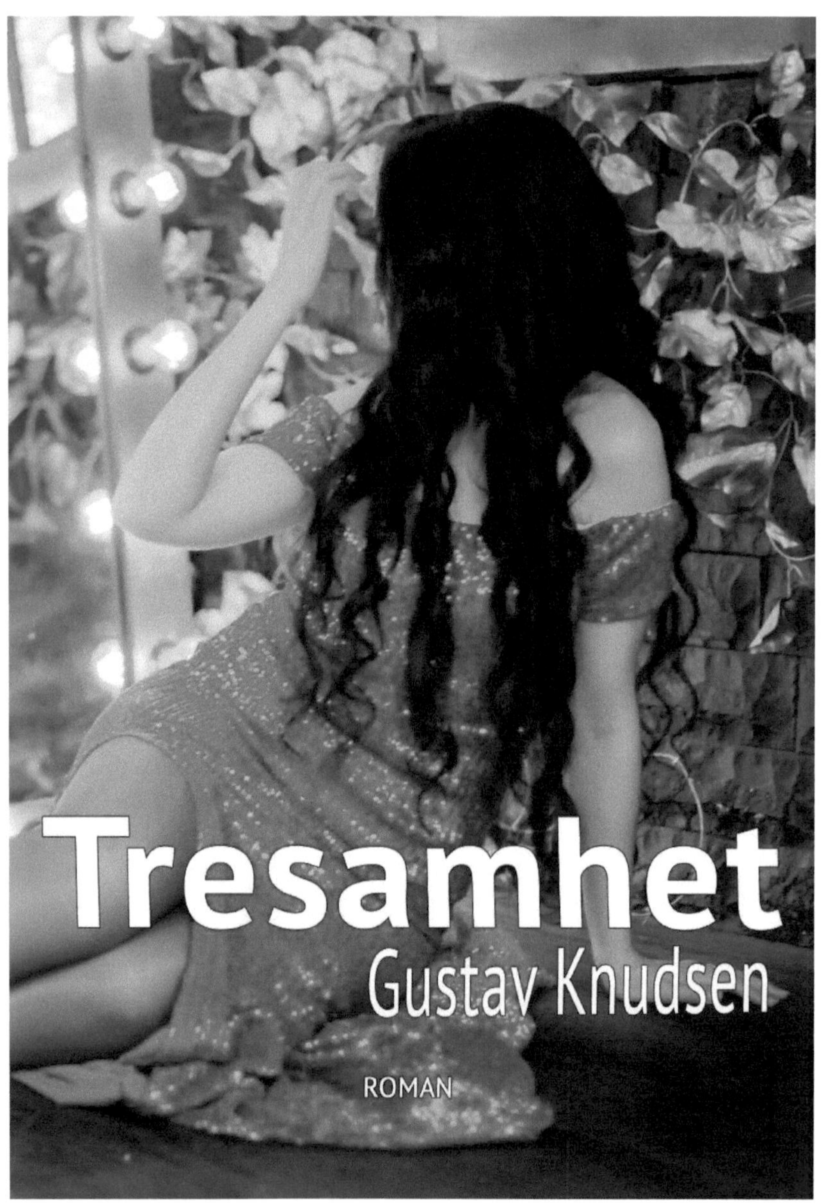

Band 10

250 – Gustav Knudsen
Die 1980er Jahre - prägend und einprägend

Band 11

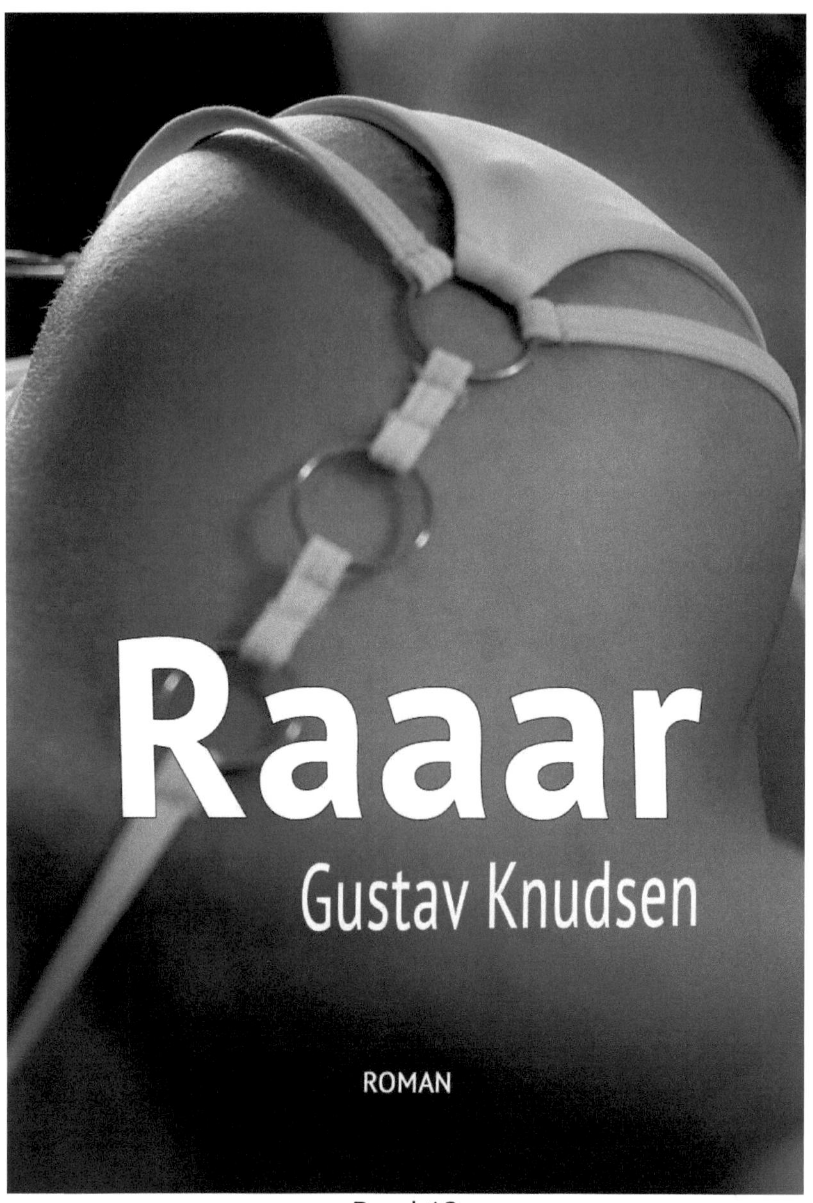

Band 12

252 – Gustav Knudsen
Die 1980er Jahre - prägend und einprägend

Band 13

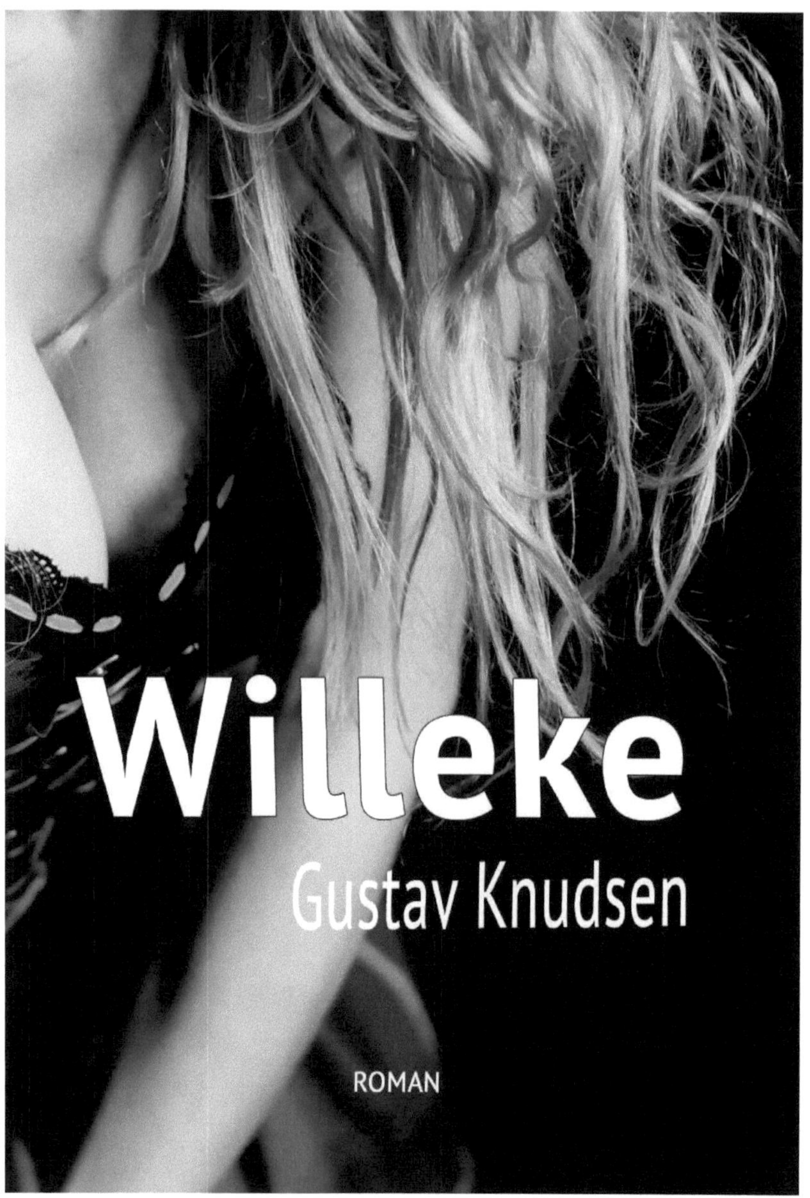

Band 14

254 – Gustav Knudsen
Die 1980er Jahre - prägend und einprägend

Band 15

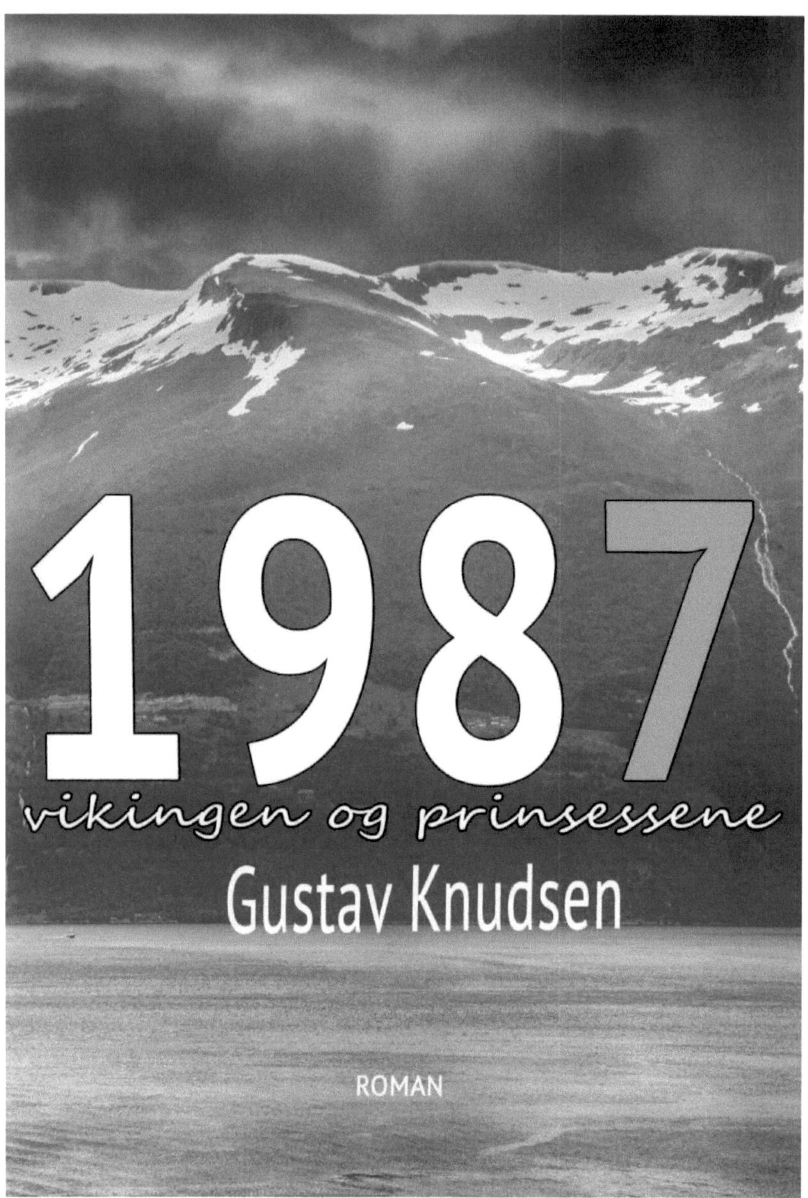

Band 16

256 – Gustav Knudsen
Die 1980er Jahre - prägend und einprägend

Serendipity
Wenn man etwas sucht ...
... aber etwas ganz anderes findet
Gustav Knudsen
ROMAN

Band 17

Band 18

258 – Gustav Knudsen
Die 1980er Jahre - prägend und einprägend

Band 19

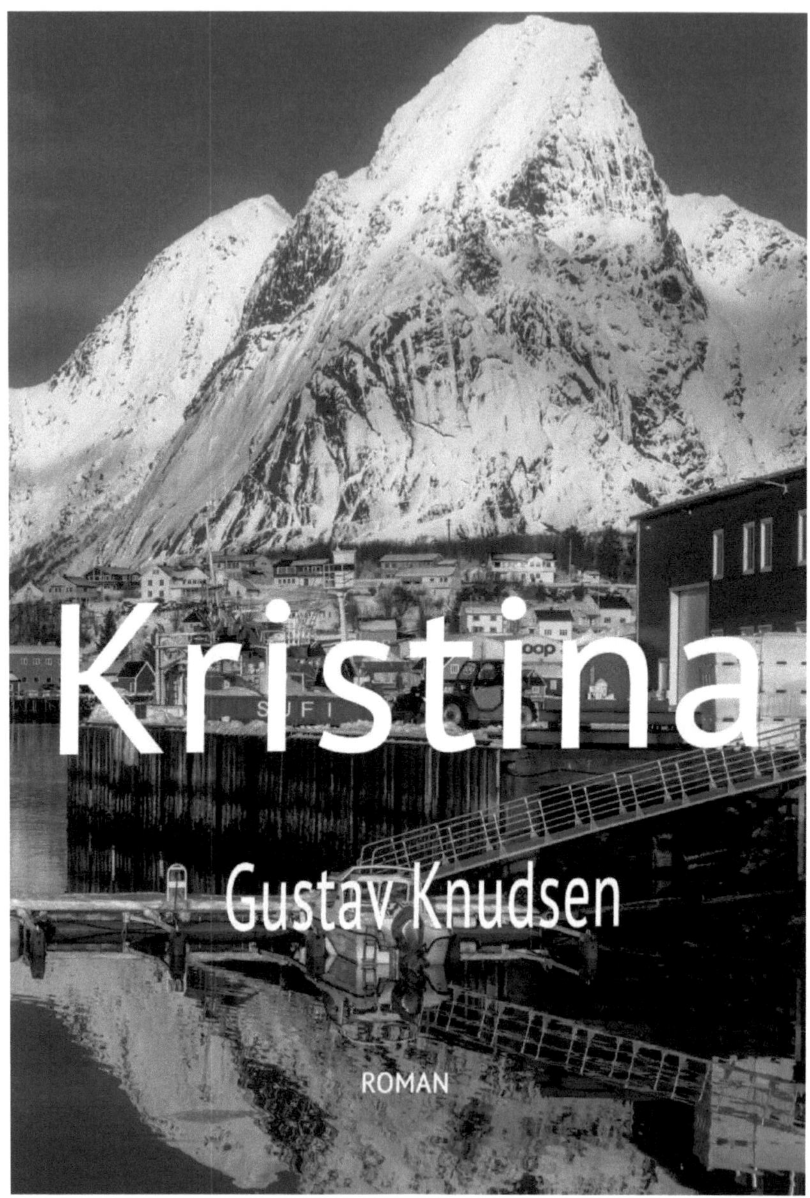

Band 20

260 – Gustav Knudsen
Die 1980er Jahre - prägend und einprägend

Heute ist mehr als das
Gestern von Morgen.
Reflexivum
Gustav Knudsen
ROMAN

Band 21